D1734914

Second

UNE REVANCHE À PRENDRE

Livres déjà parus de l'auteure

HÉLOÏSE CORDELLES

Second

UNE REVANCHE À PRENDRE

Romance New Adult
Europe – Écosse

Résumé

« Harrow McCallum a toujours grandi dans l'ombre de son frère aîné. En s'installant à Édimbourg, il espère recommencer une nouvelle vie et se débarrasser du poids du passé. Son objectif ? Devenir meilleur que ce frère tant détesté ! Rapidement, il se heurte à un obstacle. Mais il est prêt à tout mettre en œuvre pour le surmonter, afin de ne plus être l'éternel second ! »

Facebook : *Héloïse Cordelles*
Instagram : *@heloise.cordelles_auteure*
Mail : *heloise.cordelles@gmail.com*
Site : *https://www.heloisecordelles.fr/*

Couverture : Allison's World Illustrations
Photo : The Killion Group Images / Depositphotos
Correction : Jeanne Corvellec
Relecture & mise en page : Héloïse Cordelles

ISBN : 979-8747930834

Dépôt légal : Mai 2021

L'éditeur : Héloïse Cordelles
42155 Pouilly-les-Nonains

CHAPITRE 1
Harrow

De nos jours, Édimbourg, Écosse

— McCallum ! Qu'est-ce que tu fous, bordel ?

Comment ça, ce que je foutais ? Comme si ça ne se voyait pas ! J'essayais de lui prouver en direct qu'il avait eu tort sur toute la ligne. Que ma place sur la patinoire n'était pas à l'arrière, en défense, mais bien au premier plan, en tant qu'attaquant. Qu'est-ce que je foutais ? Pour un coach, je le croyais plus malin ! Je m'apprêtais à marquer un putain de but, si parfait qu'il en pleurerait et n'aurait pas d'autre choix que de reconnaître son erreur monumentale ! Après ma brillante démonstration, il se sentirait tellement con qu'il se traînerait à genoux pour s'excuser.

Je ricanai derrière la grille de mon casque en savourant mentalement le moment imminent de son humiliation. Bon seigneur, peut-être que je consentirais à lui pardonner… En attendant, le coach Campbell gueulait toujours comme un putois aux abords du terrain. Sa voix hystérique se répercutait dans tout l'espace du *Murrayfield Ice Rink*. J'imaginai ses joues empourprées par la colère, et non plus par le whisky de vingt-cinq ans d'âge qu'il aimait siroter dans le calme de son bureau. Mais rien à foutre! Qu'il continue de s'égosiller. Pour une fois, je n'avais pas envie de lui obéir. Ras-le-bol d'être à l'arrière!

Oui, encore quelques secondes de patience, et il devrait s'incliner face à mon jeu époustouflant. J'allais montrer à ce bouffon de coach que j'étais un bien meilleur élément qu'Edan Kennedy. Plus vif, plus incisif. C'est moi que Campbell aurait dû nommer en tant que centre. Et capitaine. Maîtrisant le palet au bout de ma crosse, je remontai le camp adverse à une vitesse d'enfer, en évitant un joueur et en propulsant de l'épaule un autre qui me barrait la route. Non, je ne laisserais personne me voler mon moment de gloire!

Sur ma gauche, je vis Eliott, le deuxième attaquant, me faire signe. Il avait réussi à se dépêtrer de ses adversaires et s'attendait à ce que je lui fasse une passe. Cependant, je l'ignorai et, arrivé devant les buts, j'esquissai un sourire diabolique. J'allais ne faire qu'une bouchée du gardien! Ce dernier, engoncé dans ses vingt kilos d'équipement, se mit en position pour repousser mon futur boulet de canon.

Je repérai immédiatement la fenêtre de tir, et expédiai le palet de toutes mes forces. Avec cette puissance et à cette vitesse, c'était impossible qu'il n'atterrisse pas au fond du filet! Confiant, je suspendis mon souffle, en attendant de pouvoir exploser de joie. Comme au ralenti, je vis la rondelle fuser, fendre l'air, emportant dans son sillage une traînée blanche, mais, à la dernière seconde, elle fut déviée. Elle vola par-dessus la tête du gardien pendant qu'un sifflet émettait des sons stridents au loin, entrecoupé par les paroles étouffées du coach.

Bordel de merde!

Le coin de mes lèvres tomba. J'avais l'impression que quelqu'un venait de me verser un seau d'eau glacée dans le dos. La mauvaise blague! Je revoyais mon action. Rien ne clochait! Mon geste avait été maîtrisé, mon angle de tir impeccable. Alors, comment j'avais pu foirer mon coup? Hébété, je restai figé, la respiration hachée et le cœur cognant à tout rompre. Mon sang pulsa furieusement à mes tempes et j'entendis à peine les effusions de joie des autres joueurs venus en masse féliciter leur imbécile de gardien.

Après la vague de déception, je sentis la colère grossir en moi. Elle transpirait par tous les pores de ma peau. J'étais soudain trop à l'étroit dans ma combinaison. Je me raidis et serrai ma crosse avec l'envie de la lever et de la bousiller contre la glace de la patinoire. Bordel, pourquoi est-ce que cette foutue rondelle n'était pas rentrée comme prévu? J'avais voulu démontrer que je pouvais devenir le numéro un, mais je m'étais planté en beauté. Merde, Campbell n'allait pas me rater !

D'ailleurs, son hurlement déchaîné m'écorcha les oreilles :

— McCallum, tu es suspendu !

Mes mains gantées se contractèrent un peu plus autour du manche de ma crosse. Ivre de rage, les mâchoires serrées à m'en faire péter les dents, je m'élançai en de rageux coups de patin pour évacuer le terrain gelé. Sans un regard pour l'entraîneur, je me laissai lourdement tomber sur le banc. Tandis qu'un remplaçant prenait ma place sur la patinoire, j'arrachai mon casque avec un claquement de langue exaspéré et me retins de le pulvériser par terre. Du coin de l'œil, je captai le mouvement de recul de mes coéquipiers. Putain, si j'avais marqué ce point, le coach ne m'aurait pas foutu au coin comme un gamin !

La saison universitaire de hockey s'étirait de novembre à mai. Notre premier match du tournoi était pour dans deux semaines. Hors de question de faire le planton à l'arrière ! Dès les sélections, Campbell m'avait refourgué le poste de défenseur. J'avais fermé ma gueule devant les autres joueurs, mais, à la fin de l'entraînement, je l'avais pris à partie. J'avais défendu mon bifteck. Il m'avait écouté, puis avait secoué la tête. Quoi, c'était tout ? J'avais eu beau ensuite m'insurger contre cette décision arbitraire, il refusait toujours de me prendre au sérieux. D'où mon échappée en solo. L'occasion était trop belle ! C'était le moment ou jamais de lui enlever la merde qui lui bouchait les yeux. Qu'est-ce que je pouvais faire d'autre ?

Je jouais depuis aussi longtemps qu'Edan Kennedy ! Il était au même niveau que moi ; il n'y avait donc aucune raison pour que lui brille sous les projecteurs alors que j'étais cantonné dans l'ombre. Non, vraiment aucune ! Je me retenais pour ne pas hurler contre cette situation injuste. Néanmoins, si je ne voulais pas me faire exclure de l'équipe, je devais m'écraser. Pour le moment ! Je retenterais un autre coup d'éclat quand le coach se serait calmé. Je savais que la seule possibilité de lui démontrer ma valeur inestimable était lors des entraînements. OK, cette fois, j'avais échoué. Je n'avais peut-être pas eu assez de temps pour cadrer mon tir. La prochaine fois, j'y arriverais ! J'avais la puissance, il me manquait juste un peu de précision. Voilà tout !

Les yeux rivés au sol, je ruminais toujours mon acte manqué quand j'entendis des exclamations enthousiastes. Je relevai la tête et vis la vedette de l'équipe lever les bras et les secouer en signe de victoire. Edan Kennedy venait de marquer un but… La jalousie embrasa ma poitrine. Il avait une chance insolente ! C'était plus que je ne pouvais en supporter. La bouche pincée, je me redressai soudain du banc et me détournai en direction des couloirs. Dans mon dos, la voix basse et dure de l'entraîneur m'arrêta pendant une fraction de seconde :

— McCallum, tu passeras dans mon bureau !

— Oui, coach, répondis-je, contraint et forcé.

Je fonçai en direction des vestiaires, dont je claquai violemment la porte derrière moi. Exaspéré, je jetai ma crosse contre les casiers. Elle retomba lourdement sur le lino. J'enlevai ensuite une à une les pièces de mon équipement pour me précipiter sous la douche. Pendant

13

que l'eau chaude ruisselait sur mon corps, j'eus envie de frapper le mur carrelé avec mes poings crispés. Je possédais les qualités pour devenir capitaine. J'avais la rage de gagner! Et je les emmènerais jusqu'à la victoire finale. Pas comme cette mauviette d'Edan. Ma position en ligne de fond me laissait un goût d'autant plus amer en bouche.

Il fallait que je leur prouve à tous ce que j'avais dans le ventre! À commencer par mes parents... Je devais me retrouver au centre de l'attention pour attirer la leur. Grâce à mes exploits sur la glace, ils s'apercevraient enfin que j'étais digne de succéder à mon grand frère, qu'ils idolâtraient. Joueur talentueux, Colin, de trois ans mon aîné, avait raflé toutes les victoires, me rendant invisible à leurs yeux. Mais je ferais tout ce qui était en mon pouvoir pour qu'ils soient fiers de moi, à mon tour. J'arriverais d'une manière ou d'une autre à détrôner le leader actuel!

La douche m'avait ragaillardi. Même la perspective du coach Campbell en train de me souffler dans les bronches me perturbait moins. N'empêche que j'allais devoir faire profil bas avec lui. S'il me renvoyait, j'étais cuit pour la saison. Et ça, c'était inacceptable! Je devrais me la jouer fine, flirter avec les limites. D'abord endormir sa vigilance, puis, dès qu'il se serait radouci, retenter de me démarquer et, surtout, réussir à expédier ce fichu palet au fond du filet!

Je finissais de me rhabiller quand les autres joueurs entrèrent en fanfare dans les vestiaires. Ils riaient tout en se bousculant. Lorsqu'ils me remarquèrent en train de ranger mes affaires en silence, leurs voix baissèrent d'un décibel. Chacun regagna le banc en continuant de chahuter. J'étais mis à l'écart de leurs plaisanteries, mais je me foutais bien des conneries qu'ils se balançaient. Mieux valait être seul que mal accompagné !

Dans cette nouvelle ville où je venais d'emménager, je n'avais sympathisé avec aucun gars de l'équipe. J'étais tellement en pétard contre ma place d'arrière que j'avais pris tous les autres joueurs en grippe. Et personne n'osait m'approcher. Pourtant, il y avait un moment d'après-match que je ne raterais pour rien au monde : c'était la petite sauterie chez Edan. J'étais un profiteur. Et alors ? Quand il avait lancé son invitation, il ne m'en avait pas exclu !

— Kennedy, on se retrouve toujours chez toi ? l'interpellai-je.

— Oui, à partir de six heures.

— À plus, les gars !

Je n'attendis pas leur réponse et sortis des vestiaires. D'ailleurs, je me demandais qui pourrait bien me saluer en retour ! Mon énorme sac de sport calé sur une épaule, j'empruntai le chemin du bureau du coach. J'écouterais ce qu'il avait à me dire. Puis j'en profiterais pour lui tirer les vers du nez. Cette fois, il ne pourrait pas se contenter d'éluder la question. Le bon côté de cette convocation, c'est que j'aurais enfin une explication.

Je me retrouvai bientôt devant un carreau de verre épais où le nom du coach était inscrit, en lettres d'imprimerie noires. Je frappai plusieurs coups vigoureux et il m'invita à entrer d'une voix irritée. Une fois à l'intérieur, je me tins debout, puisque je n'avais pas été autorisé à m'asseoir. Campbell bascula le dossier de sa chaise en arrière et me fixa de son regard sévère depuis l'autre côté du bureau.

— Tu peux m'expliquer ce débordement, Harrow ?

— Je ne suis pas à ma place en défense, et vous le savez !

Il se rétablit si brusquement que l'armature de son fauteuil grinça.

— Tu contestes toujours ma décision.

— Oui, plus que jamais ! Vous avez été injuste sur ce coup-là.

— Tu crois savoir mieux que moi comment composer mon équipe ? Espèce de petit con arrogant, je suis entraîneur depuis plus de vingt ans, alors ne viens pas m'apprendre mon métier !

S'il croyait m'intimider, il se trompait !

Je lâchai mon sac, qui s'écroula sur le sol dans un grand fracas, et fonçai vers lui, jusqu'au bord du bureau.

— Et moi, je sais ce que je vaux !

Le visage de Campbell s'empourpra. Il bondit de sa chaise aussi vite qu'un ressort se détendait. On se toisa quelques secondes, puis il finit par secouer la tête, en émettant un rire de dérision.

— Tu penses que je t'ai attribué ce poste par hasard ? Non, je t'ai bien observé et, désolé de te décevoir, mais tu es loin de posséder les compétences requises pour devenir le capitaine. Tu ne fédères personne autour de toi. Tu as un jeu trop perso. D'ailleurs, les autres joueurs ne te portent pas dans leur cœur. Ils te craignent, toi et ton caractère ! Tu es trop imprévisible.

— Rien à foutre !

Le coach me regarda avec une lueur de compassion au fond des prunelles.

Merde! Mon palpitant battit à coups redoublés dans ma poitrine. Le couperet allait-il tomber plus vite que prévu? Avais-je franchi la limite trop tôt? J'avais conscience de mon insolence, d'être sur la corde raide avec lui. Un mot de sa part et je pouvais basculer dans le vide. L'adrénaline fusa dans mes veines, tandis que j'attendais la suite.

— Harrow, il y a tellement de colère en toi, mon garçon... Qu'est-ce que tu cherches à te prouver?

Je n'allais pas cracher le morceau aussi facilement!

Mon cœur rata un battement. Pour cacher mon trouble, je me raidis et me penchai un peu plus, avec un air menaçant. De l'index, je martelai la surface du bureau.

— Je suis fait pour être dans la lumière! aboyai-je.

— On ne peut pas te reprocher ton manque d'assurance! s'esclaffa-t-il, en reposant ses fesses dans le fauteuil. Toutefois, écoute-moi bien parce que je n'ai pas l'intention de me répéter : tu es un garçon qui en veut, et je suis sûr que tu as beaucoup d'autres qualités, mais tu n'es pas un leader. Reste à la place où je t'ai nommé. Si tu deviens ingérable, je serai obligé de t'exclure. C'est un jeu collectif. Il suffit d'un élément perturbateur pour que l'équilibre soit rompu...

— Ça va, j'ai compris, concédai-je entre mes dents serrées.

Je ramassai mon sac pour le plaquer sur mon épaule. Puis j'arrachai pratiquement la poignée de la porte pour me barrer de son bureau. Dans le couloir, je gagnai rapidement la sortie pour éviter de me défouler sur les murs. «Loin de posséder les compétences requises». «Pas un leader». «Si tu deviens ingérable». Ces paroles tournaient en boucle dans ma tête.

Merde, merde et merde! Je crispai les poings plus fort. Ça me faisait chier de l'admettre, mais j'étais dans une impasse. Comment lui prouver ma valeur, si je devais me tenir à carreau? Campbell se trompait, j'avais la niaque nécessaire pour mener l'équipe à la victoire. Le hockey était un sport agressif qui se finissait souvent en pugilat, pas une activité pour les douillets. D'ailleurs, j'avais hâte d'en découdre avec l'équipe adverse!

En débouchant sur le parking, j'avalai soudain une grande goulée d'air, comme si j'avais été en apnée dans ce sombre dédale. Je déglutis pour recouvrer une respiration normale. Puis je relevai la tête et aperçus mes potes, Leah et Kyle, appuyés sur le capot de ma vieille caisse. Mes lèvres s'étirèrent en un bref sourire tandis que je pressai le pas vers eux. Si des personnes pouvaient me comprendre, c'étaient bien ces deux-là! Avec eux, je pouvais être moi-même.

Bon, je savais aussi pourquoi ils avaient patienté! Ils tenaient à m'accompagner chez Edan pour pouvoir s'enfiler des bières à l'œil. Le capitaine avait l'habitude d'organiser une petite soirée dans sa baraque bourgeoise pour se détendre après l'entraînement du samedi après-midi. J'avais beau le détester parce qu'il m'avait piqué ma place, ça ne m'empêchait pas d'aller chez lui, pour l'emmerder un peu plus. J'avais même réussi à imposer mes potes! Bah, quand il y avait à picoler pour quinze, il y en avait pour deux de plus, non? En plus d'être le leader de l'équipe de hockey, Edan était un étudiant populaire sur le campus, du genre propre sur lui, avec pantalon clair de golfeur et pull noué autour du cou. Il s'investissait également dans les associations de la fac. Et pour ne rien gâcher, ses parents étaient pleins aux as !

Mais quel trou du cul !

Penser que je ne le surpasserais peut-être jamais me filait la gerbe…

Kyle et Leah dégagèrent du capot et s'échangèrent un regard incertain à mon approche. Pourquoi ils faisaient cette tronche ? Ce n'était pas la première fois que j'affichais un air renfrogné. Je déverrouillai ma bagnole et, énervé pour de bon, balançai mon sac dans le coffre, avant de le refermer d'un claquement sec.

— On était dans les gradins…

— Ah bon ?

— Ouais. On s'est faits tout petits dans un coin, comme nous l'a spécifié Campbell… On a tout vu de là-haut. Putain, mec, ton jeu, il était trop beau à voir ! Je te jure, avec Leah, on n'a rien compris. Ce palet, il aurait dû rentrer ! s'exclama Kyle, surexcité.

— Je sais…

Ma déception avait été d'autant plus difficile à encaisser !

Je m'aplatis contre la portière conducteur de ma voiture, qui tangua sous l'impact. Exaspéré, je soufflai en l'air tout en fourrageant dans mes cheveux. Je reportai mon attention sur Leah, qui s'était plantée devant moi. Les bras croisés, elle pencha la tête sur le côté.

— Tu veux un câlin pour te consoler ?

— Va te faire foutre !

19

— Rho, pas la peine d'être si susceptible ! Je voulais juste te décrisper. La saison ne fait que commencer ; les occasions, ce n'est pas ça qui va te manquer.

— À ta place, je ne parierais pas là-dessus !

— Qu'est-ce que tu veux dire par là ?

Tout à coup, un sourire retroussa mes lèvres. Je n'avais plus envie de traîner dans les parages. Ma conversation avec Campbell continuait de trotter dans ma tête, et son refus de revenir sur sa décision avait le don de me ficher en rogne. Je devais mettre de la distance entre lui et moi. Décompresser, sinon j'allais tout gâcher. Et aller siffler quelques bières chez Edan me ferait le plus grand bien !

— On se tire, les gars. Direction : la piaule de Kennedy !

Leah me lança un regard pénétrant. Je l'avais laissée sur la brèche en ne répondant pas à sa question. Je lui adressai un froncement de sourcils, l'air de dire : « On en discutera plus tard ! » Elle finit par lever les yeux au ciel, et accepta de mauvaise grâce de grimper en voiture.

— Youhou ! De la bière gratis ! hurla Kyle, le poing en l'air.

CHAPITRE 2
Harrow

Je démarrai.

En quittant le parking de la patinoire, je poussai le volume de l'autoradio à fond, à s'en crever les tympans. Une musique rock métal assourdit l'espace de l'habitacle, faisant vibrer nos corps. Ayant les mêmes références musicales, Leah et Kyle s'époumonèrent avec moi sur les paroles. Dans le rétroviseur, je vis Leah balancer ses cheveux aile de corbeau de gauche à droite, une moue sur les lèvres, en grattant une guitare imaginaire. Je l'encourageai en hurlant. Bien sûr, notre raffut attira l'attention des autres automobilistes. Bouche bée, ils nous regardaient soit choqués soit avec une lueur de pitié. Encore un peu, et ces culs serrés nous jetaient des cacahuètes !

J'éclatai de rire, euphorique, alors que je n'avais encore rien bu !

Après avoir un peu traîné dans les artères en attendant que les autres joueurs nous rejoignent, je finis par me garer à côté d'un parc, à une centaine de mètres de chez Edan. Difficile de stationner plus près puisque les places étaient réservées aux résidents. Et les policiers locaux dégainaient les PV plus vite que leur ombre ! J'éteignis l'autoradio et le silence revint dans l'habitacle. Par réflexe, je scrutai plus loin les superbes façades en brique claire des maisons mitoyennes, ainsi que l'étalage de voitures de luxe. Autant dire que ma vieille caisse faisait tache dans le décor ! En plus, on avait fait un boucan d'enfer en débarquant dans Stockbridge, le quartier le plus chic d'Édimbourg. Ça ne m'étonnerait pas qu'une bagnole de flics en embuscade surgisse de nulle part pour nous demander de dégager. Ne voyant aucune menace à l'horizon, on pouffa de rire comme des gamins contents de leur bêtise.

Je me tournai ensuite vers Kyle.

— Vous êtes prêts pour ce soir ?

— Un peu, mon neveu ! Hein, Leah ?

Celle-ci émit un marmonnement pour toute réponse.

— Avec le groupe, on a répété toute la matinée et une bonne partie de l'après-midi, ajouta Kyle. Puis on a décidé de venir te voir à l'entraînement pour décompresser. Et aussi parce qu'on aime bien les apéros chez l'autre friqué !

22

On cogna nos poings dans un ricanement. On pouvait dire qu'on s'était bien trouvés, tous les trois.

Un vrombissement puissant de moteur s'entendit au loin. Le véhicule de sport bleu nuit d'Edan nous dépassa soudain, tandis que les voitures moins prestigieuses des autres joueurs s'arrêtaient à notre hauteur. Le propriétaire des lieux nous devançait pour nous ouvrir les portes de sa baraque. En plus de posséder une magnifique maison, il avait une caisse super classe ! Bon, en même temps, c'était logique que sa bagnole colle avec son statut. Mais quand même !

Le. Bâtard.

On descendit de notre carrosse et on traîna quelques mètres derrière mes coéquipiers. Kyle et Leah, parce qu'ils ne voulaient pas se mêler aux autres et moi, parce que je prenais le temps d'admirer le décor. J'étais toujours aussi fasciné par cet alignement de maisons…

On grimpa les quelques marches qui nous séparaient de l'entrée. Une gouvernante en uniforme nous tint la porte grande ouverte tandis qu'on pénétrait dans le vestibule. L'intérieur était à la hauteur de l'extérieur. Il n'y avait pas tromperie sur la marchandise ! Du bois courait du sol au plafond. Les tapis somptueux recouvraient le parquet. Plus loin, j'avais la vision d'un début d'escalier monumental qui desservait les deux étages. Un énorme lustre était suspendu au-dessus de nos têtes.

On bifurqua vers le salon. Mais, contrairement aux autres gars qui avaient trouvé une place sur les nombreux fauteuils et canapés, on se pointa devant la longue table dressée de victuailles. Des bouteilles de bières et de jus de fruits côtoyaient des saladiers remplis de chips, des bols d'olives, de cacahuètes et des plateaux de petits fours. Putain, c'était royal !

On s'empara des jolies petites assiettes en porcelaine et on se servit sans gêne. On piocha un peu de tout et la bouffe s'entassa en équilibre précaire sur nos soucoupes. N'ayant plus de place, Kyle attrapa même au passage une poignée de cacahuètes pour les fourrer directement dans sa bouche. Comme chaque fois, on avait conscience du silence scandalisé dans nos dos. On était des pique-assiette ; on assumait. Rien à foutre de leur opinion ! Edan nous avait invités, mais on n'était pas obligés de se mélanger. Et puis, s'il n'était pas content, il n'avait qu'à nous virer !

Après avoir attrapé chacun une bière fraîche, on traça notre route pour nous isoler dans l'immense cuisine, séparée du salon par de lourdes doubles portes vitrées à meneaux. On déposa notre bouffe sur le comptoir et on tira les hauts tabourets pour s'y hisser. On trinqua à la santé d'Edan. Après tout, c'était grâce à lui qu'on pouvait s'empiffrer !

En réalité, j'avais plus de manières que ça. Si je me conduisais mal sous son toit, c'était uniquement pour le provoquer. Kyle et Leah rentraient dans mon délire parce qu'ils étaient solidaires.

Pourtant, c'était mal parti entre nous ! Leah et Kyle suivaient le même cursus que moi : l'informatique. Dans une salle, pendant un cours magistral, mon regard avait accroché le look un peu trop marqué de Leah. Avec ses cheveux noirs noués en deux couettes, son maquillage sombre et ses multiples piercings, elle était la version gothique de Harley Quinn et elle ne passait pas inaperçue. Je n'avais pu m'empêcher de remarquer sa mine courroucée quand, à la fin du cours, elle avait fixé notre prof qui discutait tout en riant avec quelques étudiantes. Ses yeux étaient devenus deux armes meurtrières. Je crois que si elle avait eu une batte entre les mains, il y aurait eu un bain de sang... Les murs de la classe auraient été crépis de rouge !

Leah avait dû sentir mon regard insistant. Quand elle avait tourné la tête, j'avais bien cru que ma dernière heure avait sonné ! Elle était enragée, prête à planter ses dents ou ses ongles vernis de la couleur des ténèbres dans ma gorge. Puis elle avait détalé sans un mot. Kyle, qui avait assisté à toute la scène, était venu me retrouver plus tard, pour s'excuser à la place de son amie. Je lui avais répondu qu'il n'y avait pas de lézard.

Venant d'emménager à Édimbourg pour la rentrée universitaire, je n'avais aucun repère dans cette nouvelle ville et ne connaissais personne. Et ce n'étaient pas les membres de l'équipe de hockey qui allaient m'aider à m'intégrer ! Kyle, qui avait reconnu mon accent glaswégien, avait pris pitié de moi. Depuis, on était devenus potes. J'appris qu'il habitait chez Leah... Plus tard, cette dernière s'était excusée à sa manière, du bout des lèvres. Elle n'avait pas un mauvais fond. Tous les deux m'avaient aidé à me familiariser avec le coin. Je crois également qu'on avait vite sympathisé parce que chacun avait perçu quelque chose qui clochait chez les autres, derrière nos attitudes crispées ou désinvoltes.

Leah fourra une chips dans sa bouche. Assise à côté de moi, elle me poussa d'un coup d'épaule.

— Allez, raconte! Pourquoi tu doutes d'avoir d'autres occasions?

— Quand tu as une idée dans la tête, tu l'as pas ailleurs!

— Merde, on se dit toujours tout! Tu ne vas pas commencer à nous faire des cachotteries. C'est si grave que ça?

Depuis plus d'un mois qu'on se fréquentait, on se racontait nos malheurs respectifs. Et on faisait front. On se consolait mutuellement. Mais là, mes potes ne pouvaient pas me dépanner. Me remonter le moral ne me servirait à rien. Ce dont j'avais besoin, c'était une bonne étoile pour réussir à marquer! Je ne voyais pas vraiment de solution à mon problème. Je mâchai un petit four d'un air sombre, avant de l'avaler en même temps que la boule qui s'était formée dans ma gorge.

— Campbell m'a convoqué dans son bureau pour me remonter les bretelles. Il m'a prévenu qu'il allait me surveiller comme le lait sur le feu. Au prochain dérapage, je risque d'être viré de l'équipe.

— Ouille... Je comprends que tu sois sur les nerfs.

— Fais chier! s'exclama Kyle. Qu'est-ce que tu comptes faire?

Un sourire rêveur retroussa mes lèvres.

— J'ai envie de retenter...

Éberlué, Kyle me fixa avec des yeux ronds.

Leah faillit s'étouffer avec sa bière.

— Tu prendrais quand même le risque?

— Si je réussis, il fermera sa gueule!

— Mais tu ne peux être sûr de rien...

— Ouep, j'avais été si certain de marquer un but prodigieux…

Je me mordillai la lèvre. Cet échec m'avait ébranlé. Me hantait encore.

Kyle siffla.

— À nous, les paumés !

Sur cette conclusion, je cognai ma bouteille contre celles de mes potes, et engloutis une gorgée. Puis je restai pensif. Je ne pouvais qu'être d'accord avec son toast. C'est vrai que chacun à notre manière, on était sacrément paumés ! Un silence tomba entre nous. Chacun mastiquait lentement ses chips, plongé dans ses réflexions. Je me rendis alors compte que j'étais en train de plomber l'ambiance. Certes, j'étais dans une impasse, mais je n'allais pas me laisser abattre. À dix-huit ans, on était censé passer du bon temps en déconnant. Pas se morfondre.

— Hé, faites pas ces têtes d'enterrement ! J'y arriverai !

Dans mon dos, j'entendis la porte s'ouvrir et les discussions de l'autre côté nous parvinrent, avant d'être de nouveau étouffées. Et le moins qu'on puisse dire, c'est que l'ambiance dans le salon était bien plus à la fête que dans cette cuisine. Kyle fixa un point mouvant par-dessus mon épaule. D'une torsion, je pivotai sur mon haut tabouret. Une rouquine se dirigeait vers le réfrigérateur, qu'elle ouvrit.

Mes yeux devinrent deux fentes tandis que je suivais avec intérêt chacun de ses gestes. C'était Kirsteen, la petite amie d'Edan. Putain, ce qu'elle était canon ! Je n'avais pas de type particulier en matière de nanas, mais celle-ci me faisait clairement bander. J'adorais sa longue chevelure roux foncé qui, telles des flammes, lui léchait le bas des reins à chaque pas. Je m'immolerais volontiers avec elle! La jalousie revint creuser mon cœur. Cet enfoiré d'Edan cumulait vraiment tous les privilèges : une famille pétée de thunes, une belle petite amie, une place de choix dans l'équipe, une bagnole hors de prix, une baraque immense avec domestiques et jardiniers… La liste était encore longue. Et je vis rouge!

À l'instar des autres joueurs, Kirsteen nous snobait royalement. Pas une seule fois, son beau regard vert n'avait daigné se poser sur nous. Une bouteille d'eau dans une main, elle referma rapidement le battant du réfrigérateur et reprit le chemin du salon, comme si on était invisibles. Tiens, et si je m'amusais un peu? Un sourire provocant étira mes lèvres lorsque je lançai :

— Putain, il y a vraiment trop de *carottes* dans ce pays!

Je n'en pensais pas un mot. Mais je visais Edan à travers elle. Si ça l'atteignait, elle, alors son petit ami en serait également touché! Mes potes ricanèrent. Je fis un demi-tour sur moi-même, juste le temps de recogner nos poings pour me féliciter de ma comparaison, avant de me retrouver de nouveau face à elle. L'air goguenard, j'étais carrément avachi sur le haut tabouret, les jambes écartées. En mode : vulgaire.

Kirsteen s'était arrêtée net au milieu de la pièce. Elle tourna la tête vers moi pour balayer du regard ma silhouette ramollie. Face à mon manque de tenue, elle retroussa son adorable petit nez en signe de dégoût. Je ne l'avais jamais vue d'aussi près, parce que je n'étais jamais près du groupe quand elle rejoignait Edan. Debout à seulement deux mètres de moi, je pus la détailler à loisir. Elle était mince, de taille moyenne, mais ses bottes à talons la grandissaient en allongeant ses jambes joliment galbées.

Je remontai à son visage aux contours doux. Sa peau pâle de rouquine semblait aussi veloutée que celle d'une pêche. Ses traits étaient fins, ses pommettes hautes. Un frisson me parcourut de l'échine jusqu'aux creux des reins. Mon inspection me valut un regard noir de sa part, mais ses yeux émeraude qui me fusillaient, au lieu de me dissuader, me donnaient encore plus envie de la provoquer… Ses doigts se crispèrent autour de la bouteille en verre et elle pinça la bouche. Est-ce qu'elle avait autant de feu dans le tempérament que dans ses cheveux ?

Je mourais d'envie de pulvériser les limites. C'était un moyen comme un autre de me vider la tête. De ne plus penser aux conséquences si je me faisais virer de l'équipe. Le tempérament tout feu tout flamme n'était pas pour me déplaire. Les filles timides qui rougissaient pour un rien avaient plutôt tendance à me gonfler. Pour se mesurer à moi, il fallait avoir un foutu caractère. Moi-même, j'étais loin d'être un ange ! Même si j'aboyais plus que je ne mordais, j'étais soupe au lait et m'emportais pour une broutille. *Ma* nana devrait être capable de me tenir tête, sans jamais éprouver une once de peur.

D'un bond, je quittai mon tabouret et réduisis la distance entre nous d'une démarche conquérante. Je me plaçai à un mètre d'elle. Avec mon mètre quatre-vingt-dix, je la dépassai d'une bonne tête. Bien campée sur sa position, elle leva farouchement les yeux et les planta dans les miens. Je la toisai et m'avançai d'un pas. Elle se raidit un peu plus, mais refusa de reculer. Un sourire carnassier releva mes lèvres. On se jaugea du regard.

Longuement.

Intensément.

Je fis abstraction du bruit autour de moi. La seule chose sur laquelle je me concentrais, c'étaient ses lèvres renflées et entrouvertes, si proches. Si tentantes. Soudain, mes pulsations cardiaques s'accélérèrent, comme shootées à l'adrénaline. Je me rendis compte que je crevais d'envie de les mordiller pour connaître leur goût… La seconde d'après, je hissai un sourcil surpris en constatant que son souffle s'était raccourci. Et j'étais certain que ce n'était pas de la peur…

Kirsteen cligna des paupières, comme pour se reprendre, et fit éclater notre bulle.

— Tu te crois drôle, espèce de pauvre débile ?

Elle se recula et brandit un doigt d'honneur avant de refermer le battant derrière elle, nous isolant de nouveau, mes potes et moi, du reste du groupe. Je mis quelques secondes pour redescendre sur terre. Waouh ! Mes veines charriaient de la lave en fusion. Ça avait été chaud bouillant entre nous ! Mon entrejambe douloureux se rappela à moi… J'inspirai discrètement pour débander. Je fixai alors la porte par laquelle elle s'était échappée. Merde, sa proximité m'avait collé des frissons, et un début d'érection !

— Allo, Harrow, ici la Terre !

— Minute !

 30

J'étais agacé par l'intervention de Leah. Mes pas, comme aimantés, me menèrent vers la porte, et je plaquai pratiquement mon nez contre les carreaux pour observer ce qui se déroulait dans le salon. Kirsteen avait retrouvé les bras d'Edan. Elle s'était lovée contre lui et souriait tandis que son petit ami captait la foule. Si je n'avais pas entendu l'accélération de son souffle de mes propres oreilles, je n'y aurais pas cru ! Non, je n'avais pas rêvé ce moment hors du temps ; elle aussi avait été sensible à ma proximité. Y avait-il de l'eau dans le gaz entre eux ? Pourtant, que ce soit sur le campus de l'université ou après les entraînements, le couple affichait partout l'image d'une relation solide.

Tout à coup, je me reculai, les yeux arrondis par l'évidence. Il y avait forcément une faille dans leur couple ! Et j'allais m'empresser de m'y engouffrer. Si Kirsteen était aussi heureuse avec Edan qu'elle le prétendait, elle n'aurait pas dû être troublée par notre altercation. Un sourire s'épanouit sur mes lèvres lorsqu'une idée germa dans ma tête. Je ne jouais pas à la loyale ! D'une manière ou d'une autre, Edan tomberait de sa place de leader.

Je me retournai pour regagner ma place sur le tabouret autour de l'îlot. Tandis que je me frottais les mains, Leah me gratifia d'un regard noir, accentué par le maquillage charbonneux autour de ses yeux.

— Tu as intérêt à m'expliquer pourquoi tu t'en es pris à elle ! À sa place, je ne me serais pas contentée d'une insulte et d'un doigt d'honneur, je t'aurais carrément arraché les couilles !

Je la croyais volontiers. Leah pratiquait les arts martiaux deux soirs par semaine. Kyle m'avait raconté que ceux qui l'emmerdaient le regrettaient généralement la minute d'après. J'avais beau être plus fort physiquement, je n'aurais pas parié sur ma victoire dans un combat singulier. Je n'avais pas non plus très envie de perdre mes bijoux de famille.

J'esquissai une moue amusée.

— Je suis presque déçu que Kirsteen ne m'ait pas mis la main au paquet.

— Harrow, l'ami de la poésie… Pourquoi, elle, précisément ?

— Tu n'as pas deviné ? Parce qu'elle est la petite amie de notre capitaine !

Leah ouvrit la bouche, choquée.

— Salaud ! Juste… pour cette raison ?

Je haussai les sourcils plusieurs fois d'une manière significative.

— Je viens d'avoir une idée de génie : la « séduire » pour affaiblir ce cher Edan.

Énervée, elle me balança une chips dans la gueule.

— Tu penses à ce qu'elle peut ressentir ?

— Putain, mais je ne veux pas la lui voler ! me défendis-je. Uniquement lui tourner autour. S'il est plus attentif à ses amours, il sera moins concentré sur le terrain. Attends, qu'est-ce que tu crois ? Il n'y a pas photo entre lui et moi. Elle lui a mis le grappin dessus, tu penses vraiment qu'elle va lâcher un aussi beau morceau qu'Edan Kennedy ? Je suis sûr qu'elle se voit déjà donner des ordres aux domestiques. Alors, tu te détends, d'accord ?

Je lui projetai à mon tour une cacahuète dans la tronche.

Elle répliqua aussitôt avec une autre chips.

Kyle intervint pour calmer le jeu.

— Oh, les sales gosses, on ne joue pas avec la nourriture !

Leah et moi, on se tourna vers lui pour s'écrier de concert :

— Ta gueule !

Et on lui expédia chacun une olive dans la face, en se marrant comme des décérébrés.

CHAPITRE 3
Kirsteen

*Q*uel con !

Même après avoir regagné le salon et les bras d'Edan, je continuai de fulminer intérieurement. J'aurais dû éclater ma bouteille en verre sur le crâne de ce triple idiot, histoire de lui apprendre à se foutre de moi ! Mais, au lieu d'obéir à mon impulsion, j'avais laissé cet abruti s'en sortir sans une égratignure, avec un insignifiant doigt d'honneur. Ça lui avait fait une belle jambe ! Il devait encore se tenir les côtes de rire face à ma piètre riposte.

J'avais envie de lâcher le cri de dépit qui restait coincé en travers de ma gorge. Un violent coup de genou dans ses parties, voilà ce qui aurait soulagé mes nerfs, et lavé mon honneur! À quel point j'aurais jubilé de voir sa grande carcasse se plier en deux et sa belle gueule de brun ténébreux aux yeux gris-bleu se tordre de douleur… C'était tout ce que ce pauvre con méritait, d'ailleurs! J'inspirai discrètement pour refouler ma fureur.

Peu à peu, je captai de nouveau les conversations et les rires qui fusaient autour de moi. Edan était au centre de l'attention. En plus d'être beau comme un dieu nordique et riche, il était apprécié de tous pour sa gentillesse et sa générosité. Il n'y avait pas une once d'arrogance en lui. Et c'était un excellent capitaine : chaque fois qu'il ouvrait la bouche, ses coéquipiers l'écoutaient comme le messie. J'avais de la chance qu'il m'ait choisi pour être sa petite amie attitrée! Lui, au moins, n'avait rien contre les rousses…

Je me rembrunis aussitôt. Merde, qu'est-ce qui m'arrivait? C'était quoi, cette dernière remarque complètement hors de propos?! Pourquoi est-ce que j'accordais autant d'importance à l'autre débile profond? Putain, il avait quel âge pour me traiter encore de «carotte»? À la rigueur, sa réflexion pouvait passer en maternelle, mais, à l'université, ça ne pouvait dénoter que d'une connerie incurable chez lui. Et d'abord, mes cheveux n'étaient pas orange!

Tout à coup, le silence se fit dans la pièce. L'assemblée s'était figée au bruit d'une porte qui s'ouvrait. Les trois planqués émergèrent de la cuisine en s'esclaffant fort, comme s'ils étaient seuls au monde. Je me retins de souffler, excédée par leurs comportements déplorables.

Edan nous invitait gracieusement dans sa maison après la séance d'entraînement, et comment en était-il remercié ? Par de l'impolitesse la plus crasse ! C'était trop leur demander que de faire montre d'un minimum de discrétion ?

Les trois lascars longèrent la table dans le salon et en profitèrent pour piquer d'autres chips qu'ils enfournèrent dans leur bouche. À leur tête, Harrow McCallum s'arrêta devant la double porte vitrée et se retourna vers nous. Il porta deux doigts à sa tempe droite et salua ses coéquipiers. La bouche encore pleine, en postillonnant des miettes, il lança à la ronde :

— Merci, Edan ! À plus, les gars.

Le porc !

Ses deux complices pouffèrent de rire devant sa grossièreté tandis que je percevais une houle générale de répulsion se soulever parmi nous. On n'avait pas le même sens de l'humour, et c'était tant mieux !

Avant de sortir, l'indélicat balaya une dernière fois l'assemblée des yeux. Je retins ma respiration quand il me fixa une fraction de seconde de trop. Pourquoi avais-je la nette impression que son rictus m'était destiné ? Je devais me tromper. Pourquoi s'attarderait-il sur moi, puisqu'il détestait les rouquines ? Ou alors... J'écarquillai les yeux, frappée par l'évidence. Ce con sans manières continuait de se foutre de ma gueule ! Une colère flamba en moi. S'il pensait avoir trouvé un souffre-douleur parce que j'avais répliqué par un faible signe de rébellion, il se plantait sur toute la ligne. Qu'il s'acharne sur moi, et il allait réellement se récolter mon genou dans l'entrejambe !

Le son tonitruant de leurs voix s'éteignit dès que la porte d'entrée se fut refermée sur eux. Comme tout le monde, je lâchai un soupir de soulagement. Puis je fronçai les sourcils. Cette fois, on touchait le fond ! J'étais venue toutes les fois chez Edan à la fin de son entraînement du samedi, mais c'était moi ou leur attitude empirait, devenait de plus en plus insultante ? Jamais ils n'avaient manqué de respect à leur hôte à ce point.

— Edan, pourquoi tu laisses cette situation s'éterniser ? s'enquit Bennett, en exprimant tout haut le sentiment d'incompréhension général. Ce mec est un vrai connard sur la patinoire… et ailleurs. Il n'a aucune considération pour l'équipe. Tu ne crois pas que tu devrais mettre fin à leur bouffonnerie ?

Ces coéquipiers acquiescèrent de concert. Moi aussi, je ne pouvais qu'être d'accord avec ce constat. Pourquoi Edan s'infligeait-il leur présence ?

— Il fait partie de l'équipe quand même, se défendit ce dernier.

— On connaît tous ton sens de l'hospitalité, mais il y a des limites à tout !

— Et McCallum les a allègrement franchies, ce soir ! renchérit David.

— Au moins, interdis l'accès à ses deux parasites.

— J'essaierai de lui en glisser un mot, concéda Edan.

— Peut-être que ça le dissuadera de venir tout court !

Tout le monde éclata de rire. À l'exception d'Edan, ses autres coéquipiers espéraient réellement être débarrassés de la présence malsaine de McCallum. Ce dernier n'était ni plus ni moins qu'un profiteur. J'avais entendu parler de la rivalité entre eux sur la glace. Ou, plutôt, de la jalousie de McCallum envers le poste occupé par Edan. Pourtant, il s'obstinait à venir s'incruster chez celui-là même qu'il détestait, pour tirer avantage de ses largesses.

Je sortis de mes pensées quand Rory s'exclama :

— Hey, les gars, vous avez vu sa tête quand le gardien a dévié le palet ?

— Oui ! C'était tellement jouissif !

— Ça lui apprendra à la jouer solo ! Il n'a pas non plus sa place dans une équipe. Il ne sait même pas qu'on existe.

Je buvais les paroles de l'équipe comme du petit-lait. Je ne comprenais rien aux règles du hockey sur glace, mais j'avais saisi qu'il avait raté une action décisive. Il m'avait «insultée», et j'écoutais avec une jubilation perverse les autres membres le rabaisser dans son dos. Je me vengeais par procuration. McCallum avait dépassé les bornes.

— Campbell l'a convoqué sèchement dans son bureau.

— Je pense qu'à la prochaine faute, il vire de l'équipe !

— Tu crois ?

— Et si on le dégageait nous-mêmes, les gars ?

— Qu'est-ce que tu proposes ?

— En le poussant à commettre une faute, justement…

— Je suis sûr qu'en s'y mettant tous, on y arriverait sans trop de difficulté. Il est tellement impulsif qu'il peut vriller si on le provoque. S'il se retourne contre nous, sa place est cuite…

Je me sentis soudain mal à l'aise face à cette montée de haine. Les membres de l'équipe ne se contentaient plus de lui casser du sucre sur le dos, ils conspiraient pour le chasser. Mais, après tout, de quoi je me mêlais ? N'avais-je pas un instant plus tôt rêvé de me venger de sa réflexion stupide ?

— Oh, les gars, intervint Edan d'une voix ferme. On se calme. Personne ne fera quoi que ce soit contre McCallum. Avec un peu de chance, s'il ne change pas de comportement sur la patinoire, il va s'exclure lui-même. Campbell n'a aucune patience.

— Comme toujours, tu as raison, capitaine !

Une pendule sonna sept heures quelque part. C'était le signal pour lever le camp. Les invités convergèrent vers la sortie ; Edan et moi refermions la marche. Sur le large trottoir, les membres de l'équipe remercièrent chaleureusement leur hôte, avant de regagner leurs véhicules. Après leur départ, j'observai le visage préoccupé de mon petit ami. Une ride creusait son front et il se mordillait les lèvres.

— Hey, ça va ?

Aussitôt, il se détendit et m'adressa un sourire.

— Oui, ne t'inquiète pas.

— C'est à propos de McCallum ?

Il hocha la tête.

Je levai les yeux au ciel. La suggestion de ses coéquipiers devait encore lui trotter dans la tête. Autant sur la patinoire, Edan parvenait à exprimer toute son agressivité, autant en dehors du hockey, c'était une tout autre personne. Il était un mélange de feu dans l'action et de sang-froid dans la vie courante.

Je fis la moue.

— À mon avis, tu n'as pas à t'inquiéter pour un éventuel lynchage. Je crois qu'ils sont juste excédés par son attitude grossière et que leurs mots ont dépassé leurs pensées… Quoique, s'ils se décidaient à agir, je leur filerais volontiers un coup de main, achevai-je sur un ton amer.

— Tu ne vas pas t'y mettre, toi aussi !

— Et pourquoi pas ? C'est lui qui m'a attaquée en premier.

— Ah ? Et quand s'en est-il pris à toi ?

— Quand je suis entrée dans la cuisine pour chercher une autre bouteille d'eau. Apparemment, il avait pissé sur ton carrelage pour marquer les frontières de son territoire, et j'ai osé violer sa propriété.

— Ah, c'est pour ça que tu étais si tendue…

— McCallum est un raciste anti-roux dans toute sa splendeur ! Figure-toi qu'il m'a traitée de *carotte*, ce sale con !

Contre toute attente, les lèvres d'Edan s'étirèrent en un sourire qui lui arrivait jusqu'aux oreilles. Je clignai des yeux sous le coup de l'incrédulité. Puis, sans hésiter, je lui fichai mon poing dans l'épaule.

— Non, mais je rêve ! Edan ! Je viens de t'apprendre qu'il a comparé mon superbe roux carmin avec des mèches de miel à une vulgaire botte de carottes et toi, tu te marres ! Et moi qui pensais que tu allais défendre mon honneur en le provoquant en duel… Tu es censé être mon petit ami.

L'image du prince charmant en prenait réellement un coup. Je fronçai les sourcils, les lèvres pincées.

— Arrête, sinon ton visage sera aussi rouge que tes cheveux !

— Espèce de salaud ! Tu ne vaux pas mieux que lui.

Il s'avança et repoussa des mèches autour de mon visage.

— Désolé. Je ne voulais pas te vexer.

— Pourtant, c'est ce que tu as fait ! J'aimerais bien voir ta tête si on comparait tes cheveux à de la paille brûlée !

Edan esquissa une petite moue.

— C'est sûr que ça me ferait moyennement plaisir.

— Ah, tu vois ! m'exclamai-je d'une voix triomphale.

— N'empêche… Je ne pense pas que McCallum soit réellement mauvais…

Je redevins sérieuse.

— Pourquoi tu es si indulgent avec lui ?

— Je ne sais pas, avoua-t-il en haussant les épaules. Je ressens de la colère en lui, mais elle n'est pas dirigée contre les autres. Il se montre provocant et blessant parce qu'il cherche à extérioriser un mal-être… J'en ai discuté avec l'entraîneur et il est d'accord avec moi.

Je me mis à pouffer de rire.

— Tu devrais changer de branche, passer du commerce à la psychologie. Tu cherches toujours le meilleur en chacun de nous. Même quand ton père essaie de te caser avec une héritière, tu lui trouves des excuses.

— Je sais, admit-il avec un soupir. Heureusement que tu es là pour me protéger du dragon.

— On se demande qui est le prince charmant !

— C'est toi, ma magnifique guerrière rousse.

Edan encadra mon visage et déposa un baiser sur mon front. Je me reculai, un tendre sourire sur mes lèvres.

— Je vais rentrer moi aussi. Il se fait tard et j'ai encore de la route…

— Tu es sûre que tu ne veux pas que je te ramène jusqu'à Sheriffhall ?

— Ne t'inquiète pas. Je suis une grande fille. Il paraît même que je suis une guerrière rousse qui n'a peur de rien !

Edan éclata de rire.

— OK. Tu m'envoies un message quand tu arrives ?

— Promis !

Je lui adressai un clin d'œil, avant de me détourner pour aller rejoindre l'arrêt de bus le plus proche. À l'exception du dimanche, c'était presque mission impossible de trouver une place de stationnement dans la capitale, sans oublier le prix prohibitif à la journée. Je me garais donc en périphérie et circulais en ville à pied, en bus, ou en tramway.

Pendant l'heure et demie que dura le trajet, je ne pus m'empêcher de ressasser la réflexion vexante de l'autre abruti. J'en avais subi tout au long de ma jeunesse. J'avais cru m'être endurcie, mais ça faisait toujours mal. Je pense qu'une telle blessure ne se refermerait jamais complètement. Il fallait vivre avec et surmonter ses faiblesses passagères. Je m'arrêtai devant une modeste maison en pierre, bordée par un jardinet entouré d'une barrière en bois.

Je pris le temps d'envoyer un message à Edan, avant de descendre de voiture. Puis je grimpai les marches de l'escalier pour me retrouver sous le porche. J'insérai la clé dans la porte d'entrée et poussai le battant.

— *Granny*, je suis rentrée.

J'accrochai ma veste à la patère, avant de me diriger vers le salon.

Ma grand-mère me sourit depuis son fauteuil à bascule, près de la cheminée. Je m'approchai pour déposer un baiser affectueux sur sa joue ridée, avant de me laisser tomber dans le canapé. J'attrapai mon ouvrage dans le panier et continuai à tricoter là où je m'étais arrêtée la veille. Je préparai une surprise pour Edan : un pull « moche » pour notre premier Noël ensemble ! Je me marrai toute seule en anticipant sa réaction. Bien sûr, il n'oserait rien dire puisque c'était mon cadeau, mais il n'en penserait pas moins !

— Ton dîner est dans le réfrigérateur, si tu as faim.

— Merci, mais je crois que j'ai un peu abusé des gâteaux apéritifs chez Edan, déclarai-je avec une petite grimace d'excuse.

Ma grand-mère secoua la tête avec indulgence.

— Ton amoureux va bien ?

— Égal à lui-même ! Toujours aussi adorable et tourné vers les autres.

Même envers ceux qui ne le méritaient pas ! Je pinçai les lèvres, contrariée. Merde. Pourquoi revenais-je sur cet incident ? Y songer fit instantanément s'évaporer ma bonne humeur.

— Heu, ça s'est bien passé au salon de thé ? se hasarda ma grand-mère.

— Fatigant, comme tous les samedis.

Depuis cet été, je travaillais dans un salon de thé. Après la rentrée universitaire, la gérante avait accepté de me garder en supplément les week-ends. Ça faisait toujours un peu d'argent pour aider ma grand-mère. On ne roulait pas sur l'or, mais on ne s'en sortait pas si mal. Étant toutes les deux de nature casanière, nous n'avions pas beaucoup de loisirs. Et je n'avais pas d'amis avec qui aller boire un coup, en dehors des soirées d'après-match chez Edan. Très tôt, j'avais été mise à l'écart parce que j'avais été élevée par ma grand-mère, ma mère ayant disparu de la circulation après m'avoir larguée chez la sienne. Je ne savais pas non plus qui était mon père, puisque ma mère n'avait pas daigné lui divulguer son identité.

— Kirsteen, arrête.

Je sortis de mes pensées et reposai mon tricot sur mes genoux.

— Qu'y a-t-il, chérie ? s'enquit-elle d'une voix douce.

— Rien d'important, *granny*.

— Si ce n'est pas le salon de thé, et si cela ne concerne pas ton petit ami, qu'est-ce qu'il se passe d'autre, ma chérie ? Ce sont tes études ? Tu sais que tu ne dois plus rien me cacher.

Son ton n'était plus léger. Il était même devenu impérieux. Le front de ma grand-mère se plissa, accentuant ses rides, et je m'en voulus aussitôt de l'inquiéter inutilement.

— Je te jure que ce n'est pas grave.

— Je suis toujours là pour t'écouter.

45

— Je le sais très bien, *granny*.

Ma grand-mère était tout pour moi! Une mère et une amie. J'avais longtemps cru qu'elle ne pourrait jamais me comprendre, étant donné l'écart de génération. J'avais donc gardé mes problèmes pour moi, et ô combien j'avais eu tort! Petite, j'avais absorbé en silence les moqueries des autres enfants lorsque mon aïeule venait me chercher à la sortie des classes. Même ceux dont les parents étaient divorcés avaient leur papa et leur maman. Et les miens, ils étaient où? Je n'avais pas osé le demander à *granny*, parce qu'au fond de moi, je connaissais la raison de leur absence dans ma vie. Mes parents n'avaient pas voulu de moi, et entendre cette violente vérité de vive voix m'aurait fait encore plus mal. J'avais pratiqué la politique de l'autruche à un haut niveau!

Mais c'était au collège que les choses avaient vraiment dégénéré. Les enfants de primaire avaient gagné en assurance. Comme je ne répliquais pas, j'avais constitué une cible de choix pour certains d'entre eux. Jusqu'au jour où je n'avais plus voulu mettre un pied en cours. L'école était devenue mon enfer personnel. J'avais fini par tout balancer à ma grand-mère, qui avait pris les choses en main. Après un dépôt de plainte en bonne et due forme, mes bourreaux avaient peu à peu cessé leur harcèlement.

Je m'étais affirmée depuis cette épreuve. Ma grand-mère m'avait montré la voie à suivre : agir au lieu de subir. En parler avant qu'il ne soit trop tard. Par la suite, j'avais été plus que jamais traitée comme une pestiférée, car nous avions osé briser la loi du silence et dénoncer mes emmerdeurs. Toutefois, que les autres me tournent le dos ne m'atteignait plus. J'avais toujours été une fille solitaire.

Après avoir confié mes brimades quotidiennes à ma grand-mère, j'avais enfin eu le courage de l'interroger sur mes parents. Malgré ses mots soigneusement choisis, la réalité n'en était pas moins difficile à digérer. Comment pouvait-on abandonner son propre enfant sans explication? Si, au moins, ma mère m'avait fourni une raison, j'aurais pu lui chercher des excuses pour son rejet brutal.

En me traitant de *carotte*, cet abruti avait rouvert une plaie, mais j'étais plus forte que ça. Je devais me ressaisir et passer outre toutes ces considérations merdiques! J'imaginais la tête de McCallum s'il me voyait tricoter… Il aurait des crampes au ventre à force de rire à gorge déployée! J'étais une petite vieille avant l'heure. Grâce à ma grand-mère, les travaux d'aiguille n'avaient plus aucun secret pour moi. Je savais même repriser une chaussette! Qui de nos jours, pouvait se targuer de savoir encore repriser une chaussette? Parfois, je m'exaspérais moi-même de ce constat d'un autre temps, mais je ne pouvais pas récuser tout ce que ma grand-mère m'avait patiemment appris. Je me considérais même chanceuse de connaître toutes ces activités.

Heureusement qu'Edan m'avait aidée à sortir de ma coquille! Avec lui, j'avais un semblant de vie sociale. Je l'avais rencontré au salon de thé. Sa mère et lui étaient venus après une séance de shopping. Contrairement à sa mère qui m'avait prise de haut, Edan s'était montré gentil avec moi et le courant était passé entre nous. On s'était ensuite revus à l'université, où il m'avait aidée à me repérer, car on étudiait dans la même branche : le commerce ! Quand il m'avait demandé de sortir avec lui, j'avais accepté. Cela faisait à présent plus d'un mois que nous étions ensemble.

Je retournai à mon tricot, moins sur les nerfs. Ma grand-mère avait bien fait de me dire d'arrêter, j'allais devoir reprendre quelques lignes parce que j'avais trop serré les mailles.

— Et toi, comment s'est passée ta journée ?

— Fiona m'a tenu compagnie cet après-midi.

Fiona était notre voisine d'en face, et je m'amusais souvent à l'appeler aussi *granny*, car ma grand-mère et elle étaient si fusionnelles qu'elles auraient pu être sœurs jumelles ! Elles se connaissaient depuis leur naissance. Elles avaient toujours vécu à Whitecraig, s'étaient mariées dans le village, et y mourraient probablement. Depuis quelques années, elles étaient toutes les deux veuves. Aussi enfermées l'une que l'autre dans leurs habitudes, il n'y avait pas un jour sans qu'elles ne se rendent une petite visite.

— Comment va son poignet ?

— Elle est allée voir le médecin. Le verdict est tombé : elle doit se faire opérer du canal carpien. Elle va s'ennuyer à mourir quand elle ne pourra plus bouger son poignet…

Je grimaçai intérieurement, partagée entre des sentiments contradictoires. Fiona faisait partie d'une liste de vieilles personnes que ma grand-mère fréquentait. J'avais dix-huit ans, et j'avais l'impression d'avoir déjà un pied dans la tombe en demandant des nouvelles d'amis aussi âgés que ma grand-mère, qui étaient aussi devenus les miens au fil des années. Quand je n'étais pas à l'université, je travaillais le week-end dans le salon de thé et, le soir, je tricotais en face de la cheminée. Il ne manquait plus qu'un chat ronronnant sur le tapis et j'avais devant les yeux le décor de ma vie : une future vieille fille.

CHAPITRE 4
Harrow

Il était vingt-et-une heures trente quand je me garai à proximité du Scottish Thistle, le pub où le groupe de Leah et Kyle allait monter pour la première fois sur scène. Un utilitaire loué pour l'occasion et conduit par Leah se stationna sur la place de livraison, pile devant l'établissement. Le patron autorisait les artistes qui venaient se produire chez lui à squatter l'emplacement pour la soirée.

Je rejoignis Leah et Kyle sur le trottoir, où les attendaient déjà les deux autres membres de la bande, Glenna et Brynn. Ils exultaient sur place, incapables de retenir leur joie, et leurs couinements stridents faillirent me crever les tympans. Avec un large sourire, je les observai s'embrasser et se féliciter ; ils concrétisaient enfin leur projet. Non, ils ne rêvaient pas de gloire ni de tournée mondiale, mais seulement de montrer le fruit des heures de répétitions dans la cave de Leah.

Le groupe exécuta son rituel porte-bonheur. Ils s'attrapèrent par les épaules et se réunirent en cercle. Ils se baissèrent et se relevèrent plusieurs fois, imitant le mouvement des vagues, avant de se séparer dans un cri victorieux, les bras en l'air. Leur enthousiasme débordant déteignit sur moi, et mon sourire s'élargit quand je saluai Glenna et Brynn, que j'avais croisées à de rares occasions. Par contre, les quatre membres se connaissaient depuis le collège. Depuis, chacun avait emprunté des chemins différents, mais ils étaient restés toujours soudés par une même passion : la musique.

Cela faisait une éternité que je ne m'étais pas senti aussi insouciant ! Ce soir, entouré de mes amis, j'étais décidé à profiter du concert et, surtout, à mettre entre parenthèses mes problèmes avec des parents qui n'en avaient rien à foutre de moi ; avec Campbell et l'équipe de hockey qui m'avaient pris en grippe, et avec une certaine rousse que je comptais séduire pour parvenir à mes fins.

— Oh, les stars ! les interrompis-je en tapant dans mes mains. Je vous rappelle que votre show commence dans une heure. Grouillez-vous si vous voulez que tout soit en place !

Leah cala ses poings sur sa taille.

— Mais regardez-le qui nous donne des ordres !

— Ce soir, je suis votre manager.

— Toujours à commander !

Je haussai les épaules.

— Sois pas jalouse, ma poule ! la narguai-je en lui adressant un clin d'œil. On sait tous que tu rêverais d'avoir une paire de couilles entre les jambes !

— Oh, toi, espèce de…, gronda-t-elle.

Kyle se reprit et posa une main apaisante sur l'avant-bras de Leah. Avec ses yeux qui lançaient des éclairs et son corps tendu, cette dernière semblait prête à se jeter sur moi, tous crocs dehors. Mais je savais que je pouvais compter sur Kyle pour arrondir les angles. Leah se contenta de marmonner des imprécations dans sa barbe, tandis que les deux autres filles se marraient. Je me retins d'en rajouter. D'habitude, je ne manquais jamais une occasion d'exciter la féministe en elle avec mes propos machistes, mais le moment était mal choisi pour la déconcentrer.

— Harrow a raison, décréta Kyle. Il faut encore qu'on installe et teste le matériel.

Leah souffla et me tira la langue.

— Tu ne perds rien pour attendre…

Exceptionnellement, je la laissai avoir le dernier mot. Je me dirigeai vers le pub et leur tins la porte ouverte tandis qu'ils déchargeaient l'utilitaire. Des étuis de guitares suivirent plusieurs caisses contenant les éléments de la batterie démontée. Le barman les accueillit et leur indiqua la scène. Pendant que mes amis réglaient leurs instruments, je m'accorderais du bon temps. Je me hissai sur l'un des tabourets hauts en cuir brun disposés autour du large comptoir, et commandai une bière. La boisson fraîche atterrit devant moi et je fis pivoter mon siège tout en la portant à ma bouche.

J'observai les musiciens s'affairer, lorsque je sentis un regard insistant planer sur moi. Je tournai le visage et croisai les yeux bleus d'une blonde assise avec sa bande de copines. Prise en flagrant délit, la fille ne détourna pourtant pas la tête en rougissant. Au contraire, elle me sourit, et je lui répondis par un clin d'œil. J'adorais quand on faisait preuve d'audace avec moi !

Comme aimantée, la nana bougea de sa banquette et marcha droit vers moi, poitrine bombée et cheveux flottant dans le dos. Je parcourus des yeux sa silhouette pulpeuse moulée dans une courte robe près du corps. Ma queue se réveilla derrière mon pantalon de survêtement à mesure qu'elle comblait la distance entre nous. Elle s'installa enfin sur le siège à côté du mien, et sa jupe remonta avec indécence sur ses cuisses pâles. Magnétisé par sa présence, je me tournai vers elle.

— Tu m'offres un verre ? me proposa-t-elle.

— Tu m'ôtes les mots de la bouche. Qu'est-ce que tu veux boire ?

— Un whisky-coca, s'il te plaît.

J'appelai la barmaid pour qu'elle vienne prendre nos commandes. Je recommandai une autre bière ; j'avais subitement un coup de chaud. Une fois seuls, ma compagne reprit la parole :

— Tu es du quartier ? Je ne t'ai jamais vu par ici.

— J'accompagne le groupe qui va monter sur scène…

— Oh, tu es musicien aussi ?

 54

— Pas du tout ! Mon dada, c'est plutôt le hockey sur glace.

— Un sportif ! Intéressant, marmonna-t-elle avec gourmandise, les paupières mi-closes. Ça tombe bien, j'adore patiner aussi... On était faits pour se rencontrer, tu ne crois pas ?

— Tu m'en diras tant, acquiesçai-je avec un large sourire.

L'arrivée de la barmaid qui déposait nos boissons sur des serviettes interrompit notre tête-à-tête, qui s'annonçait plus que prometteur pour moi. On trinqua sans se lâcher du regard. Mille chances sur cent que je la sautais dans les toilettes, ce soir ! Je lus dans ses yeux brillants les mêmes statistiques, l'envie de finir au même endroit. Puis la porte d'entrée s'ouvrit et je relevai machinalement la tête. Je faillis recracher ma gorgée de bière en reconnaissant le nouveau venu. Putain, qu'est-ce qu'il fichait là ?

La nana à côté de moi me parlait d'une voix basse et me touchait même l'avant-bras. Non seulement je ne captais plus un mot de ce qu'elle me racontait, mais je ne réagissais pas à ses caresses. J'étais tiraillé. D'un côté, à force de ne pas répondre à ses avances, je risquais de perdre une fille aussi chaude que la braise, et de l'autre côté, je m'inquiétais pour Leah, qui jouait avec le feu avec *lui* !

Je me tournai vers la scène pour la fixer. Elle parlait avec les autres membres, mais j'avais remarqué sa nervosité. Sa main tremblait légèrement en s'emparant du micro, et ce n'était pas dû au trac. Elle semblait le chercher du regard. Qu'est-ce qu'il lui avait pris de l'inviter? L'homme me salua et alla s'installer sur une banquette libre. Il se rejeta contre le dossier en feignant d'être détaché, comme s'il avait atterri par hasard dans cet endroit. Mais je décelais sa fébrilité, parce qu'il ne cessait de jeter des coups d'œil à la dérobée aux alentours. Avait-il peur de rencontrer d'autres visages connus? Il mettait en jeu sa réputation.

Les paroles de la nana parvinrent à percer mes pensées embrouillées.

— Hey, tu m'écoutes?

Je m'ébrouai pour revenir avec elle.

— Excuse-moi, j'étais ailleurs…

— Oui, tu es parti tellement loin que tu n'as pas entendu mon invitation…

Elle s'approcha pour me chuchoter à l'oreille :

— Ça te dirait qu'on se retrouve chez moi après le concert?

Encore mieux que les chiottes!

— Putain, ça me dirait beaucoup même, ouais!

Elle se mordit la lèvre inférieure. À l'idée que ces lèvres encerclent une partie de mon anatomie, je me sentis vibrer de la tête aux pieds. Elle devait avoir dans la vingtaine et beaucoup d'expérience. Quant à moi, j'avais toujours paru plus vieux que mes dix-huit ans. Peut-être aussi avais-je grandi trop vite? Je sentis mon sang galoper dans mes veines. Le désir fourmilla dans le creux de mes reins… jusqu'à ce qu'un bras s'enroule autour de ma taille de l'autre côté. Je pivotai immédiatement mon buste vers l'importun. Kyle. Je ne l'avais pas vu venir, celui-là! C'était quoi, son problème? Si c'était une blague, je ne la trouvais pas drôle. Parce que, clairement, il était en train de casser mon plan cul !

Kyle continua son manège. Il avança son visage et déposa un baiser sur ma joue, seulement à quelques millimètres de ma bouche, avant de dériver vers mon oreille.

— Mon ex est là… couvre-moi, murmura-t-il.

OK. Je fermai les paupières autant pour donner l'illusion que j'appréciais les effusions de Kyle que pour me résigner à dire adieu à ma soirée débridée. À part si j'arrivais à convaincre plus tard la fille que j'avais joué la comédie pour aider mon pote.

— Bordel, mais c'est qui, lui ?!

— Hum…

— Ce qu'il essaie de t'expliquer, c'est que lui et moi, on est ensemble, pigé ! confirma Kyle, d'une voix ferme. Alors, maintenant, tu es priée de partir. Si tu cherches un bon coup, je te conseille d'aller voir ailleurs. Il ne se passera rien avec toi. Il se fiche de toi !

— Quoi ? s'écria la nana en pétard.

Elle agrippa son verre et je crus que j'allais en recevoir le contenu dans la gueule. Mais, en fin de compte, elle décida que sa boisson était trop précieuse pour être gaspillée. Le nez en l'air, elle dégringola du tabouret et fila vers sa banquette, où ses copines s'attroupèrent autour d'elle telle une nuée de corbeaux. Je me détournai du spectacle et terminai tranquillement ma bière. Une de perdue, dix de retrouvées ! Je n'avais même pas pensé à lui demander son prénom, c'était dire l'importance qu'elle avait pour moi ! Des occasions comme celles-ci, il y en aurait des tas d'autres ! Les dieux de la baise seraient plus favorables avec moi une autre fois! Pour l'instant, Kyle avait besoin de moi. C'est fou ce que ces deux-là avaient pris de l'importance dans ma vie!

Après notre départ de chez Edan, on s'était réunis chez Leah à chahuter, à mater une des innombrables séries sur le câble et à s'enfiler des parts de pizzas. En un mois et demi, l'appartement de Leah était devenu mon deuxième chez-moi, comme il était devenu le refuge de Kyle. Les parents de ce dernier l'avaient chassé sans ménagement de chez eux après avoir découvert qu'il était homosexuel. Malgré ses manières un peu brusques, Leah avait le cœur sur la main et n'avait pas hésité à héberger son ami d'enfance.

Et je n'allais pas non plus laisser tomber Kyle! Il avait été le premier à me parler alors que je ne connaissais personne dans cette université. S'il avait besoin de moi en tant que couverture — ce qui était une première, parce qu'il était très discret sur son orientation sexuelle —, je l'acceptais. Kyle était doux, intelligent et patient. Il avait su être une oreille attentive quand je m'étais épanché sur mes problèmes. C'était à mon tour de lui renvoyer l'ascenseur.

J'attrapai sa main pour mêler mes doigts aux siens.

— J'espère qu'il sera vert de jalousie! plaisantai-je.

— Je ne crois pas, répliqua Kyle d'une voix triste, mais c'est gentil à toi de marcher dans la combine. Et désolé d'avoir gâché ta soirée avec la blonde.

— À ton service, mon ami!

Je trinquai ma bouteille contre la sienne, et le dévorai du regard, comme un homme amoureux. Ces

 58

petits gestes étaient destinés à prouver aux autres qu'il existait une certaine intimité entre nous. Et je n'en avais vraiment rien à foutre de ce que tout le monde pouvait penser de moi ! Kyle savait qu'il pouvait compter sur moi à n'importe quel moment, car je connaissais ce sentiment familier d'avoir été rejeté par ses parents…

— Tu as vu qui est entré ? repris-je, en changeant de sujet.

— Oui ! Je n'en ai pas cru mes yeux non plus… mais, en même temps, ce n'est pas étonnant. J'en ai bien sûr touché un mot à Leah, mais elle m'a répondu que ce n'étaient pas mes oignons.

Je m'esclaffai.

— Comme d'habitude, quoi !

— Elle est aveugle dès qu'il est dans les parages.

— Elle ferait mieux de se montrer plus prudente. Il est en plein divorce, et si on découvre qu'il entretient une liaison avec une de ses étudiantes, son ex-femme ne va pas le louper, surtout s'il tient à avoir la garde partagée de sa fille ! Tiens, Leah pourrait être sa fille…

Mon voisin émit un petit rire.

— Je sais… mais si tu crois qu'on peut raisonner en amour, tu te trompes.

Après un coup d'œil à l'horloge au-dessus du bar, Kyle avala le reste de sa bouteille d'une traite pour se donner du courage. Puis il descendit de sa place. C'était l'heure du concert. Je lui caressai affectueusement la joue pour le réconforter.

— Tout va bien se passer, mec ! Tu vas tout déchirer, ce soir.

Il hocha la tête et se dépêcha de rejoindre la scène, plongée dans la pénombre. Kyle était le batteur de la bande, Leah, la chanteuse, tandis que Glenna et Brynn les accompagnaient à la basse et à la guitare électrique.

Je pivotai sur mon siège pour parcourir l'assistance des yeux. Je tombai sur la blonde qui me regardait toujours, l'œil torve et la bouche tordue par la colère. Elle avait dû m'envoyer au diable une centaine de fois depuis qu'elle s'était barrée. J'aurais pu me lever et aller tout lui expliquer, mais je savais aussi que, quelque part dans cette salle, quelqu'un perturbait mon ami. Je restai donc le cul vissé sur mon tabouret.

Je tombai également sur le profil du professeur, dont les yeux étaient à présent rivés sur la scène. Ou, plus précisément, sur une personne au look gothique de dix-huit ans sa cadette. Entre eux, ça avait été un coup de foudre réciproque. On pouvait se demander pourquoi Leah s'était entichée d'un homme ayant l'âge d'être son père... Élevée par son père après que sa mère les avait abandonnés, elle avait eu une relation fusionnelle avec ce dernier. Jusqu'à ce qu'il se tue dans un accident de voiture quelques années plus tard. Cherchait-elle inconsciemment à le remplacer ?

Quant à Kyle, il avait affaire à son ex, Liam, dans le public... Dès qu'ils avaient eu connaissance de la date de leur concert, le groupe avait fait imprimer une centaine de flyers qu'ils avaient distribué dans les environs du Scottish Thistle. Je savais que Kyle n'avait plus de nouvelles de Liam depuis leur rupture brutale, mais son ancien petit ami aurait reconnu son visage sur le prospectus. Que lui voulait Liam, après la manière dont il avait rejeté la faute sur Kyle ? Les deux amoureux avaient été surpris par les parents de Kyle dans une situation compromettante et Liam avait accusé Kyle de l'avoir perverti dans cette voie. Quel salaud, alors que c'était tout le contraire !

Les parents de Kyle l'avaient jeté dehors la minute d'après en le traitant de tous les noms. Mon ami ne s'était pas défendu, abasourdi par la trahison de celui dont il était amoureux. Je faillis lâcher un rire de dérision. Bordel, un psy se régalerait avec chacun de nous ! On s'était reconnus dans notre malheur, et on ne se cachait rien. Mais je revins à ma décision du début de la soirée. Pourquoi ne pas profiter du concert sans arrière-pensée ? Les emmerdes tomberaient bien assez tôt.

Les projecteurs s'allumèrent soudain au-dessus de la scène. La voix de la chanteuse résonna dans la salle, réclamant l'attention :

— Bonsoir, tout le monde ! Je suis Leah, se présenta-t-elle, avant de se tourner vers les autres membres du groupe. À la basse, c'est Glenna. À la guitare électrique, je vous présente Brynn et, derrière nous, à la batterie, c'est Kyle ! Et nous sommes les Mortal ashes !

Ce dernier fit une démonstration en frappant sur les différentes caisses et cymbales. Leah enchaîna :

— Nous allons vous présenter des chansons de notre répertoire et des reprises. J'espère que vous allez adorer notre show. Faites du bruit et bonne soirée à tous !

Il y eut des sifflements appréciateurs dans le public. Puis Kyle battit la mesure sur ses baguettes. La voix grave et puissante de Leah imposa le respect. Elle avait un coffre étonnant pour une fille avec une silhouette aussi frêle. Mais, avec elle, il ne fallait jamais se fier aux apparences, car elle pouvait terrasser n'importe qui dans un combat singulier ! Je me laissai porter par le rythme de la musique.

CHAPITRE 5
Harrow

Après une heure de prestation où ils avaient donné leur maximum, les membres du groupe avaient été ovationnés comme il se devait. Je les avais moi-même tellement applaudis après chaque chanson que mes paumes me brûlaient. Et j'avais tellement sifflé que j'avais l'impression que ma bouche avait doublé de volume. Je ne sentais presque plus mes joues ! Puis les clients retournèrent à leurs discussions pendant que les musiciens démontaient et remballaient leur matos. J'allai leur filer un coup de main.

Une fois que tous leurs instruments furent chargés à l'arrière de l'utilitaire, on s'accorda une pause bien méritée. Dans le pub, on se laissa tomber en chahutant sur les banquettes réservées au groupe. Le patron vint les féliciter. Ils avaient assuré comme des pros, c'était indéniable ! Avec un clin d'œil, il leur glissa l'enveloppe contenant leur cachet. Il était tellement content de leur show qu'il promit de les recontacter pour une autre date, le mois prochain. Pour finir, il leur offrit une tournée générale. Les pintes de bière arrivèrent, et j'avais la sensation de faire partie du groupe quand tout le monde trinqua au succès de la soirée. Avant de quitter l'établissement, des clients s'arrêtèrent même à notre hauteur en arborant des pouces en l'air.

Puis Leah nous abandonna en s'excusant. Elle était restée un petit moment avec nous pour la forme, alors qu'elle trépignait d'impatience de rejoindre son amoureux. Elle partit s'installer en face de l'homme avec qui elle n'avait pas le droit d'être vue. Leur relation n'était pas interdite au sens strict de la loi ; ils étaient majeurs et n'avaient aucun lien de parenté. C'était plutôt réprouvé par le règlement interne de l'université : un professeur ne pouvait pas fricoter avec une étudiante. Mais, comme l'avait dit Kyle, on ne pouvait pas lutter contre l'amour !

Un autre incident vint de nouveau ternir la soirée… Un gars se matérialisa à notre table, et Kyle se raidit aussitôt à côté de moi. Je compris très vite que j'avais affaire au fameux Liam, son ex. Ce dernier complimenta le groupe, avant de bouffer du regard mon voisin, qui soudain trouvait plus intéressant de contempler le fond de son verre.

— Kyle, je pourrais te parler une minute, s'il te plaît ? s'enquit Liam.

— Non, je suis fatigué. Je vais plutôt rentrer…

Je claquai la langue.

— Bon, les filles, on va vous laisser, intervins-je.

Kyle se leva, les yeux toujours baissés, et contourna Liam pour aller annoncer son départ à Leah. Je vis cette dernière hocher la tête, avant de reprendre, les yeux brillants, la conversation avec son interlocuteur. Elle avait si peu l'occasion d'être en tête-à-tête avec son amoureux que le monde extérieur n'existait plus. Il fallait ajouter que Leah avait besoin de ces moments d'intimité pour être rassurée. Le professeur, dans la trentaine séduisante, dégageait une telle aura et exerçait une si forte fascination sur ses élèves du sexe opposé… Jusqu'où irait leur histoire ? Mais, vu le tempérament volcanique de Leah, je pouvais parier qu'elle ne supporterait pas longtemps cette situation avant de tout envoyer valser… Avec Kyle, on se tenait prêts à la consoler quand l'affaire tournerait mal, comme deux grands frères avec leur petite sœur.

Liam n'avait pas bougé. Il ne cessait de suivre Kyle du regard, avec ses yeux bruns de chien battu. Ses traits exprimaient tellement de regrets… Il mourait d'envie de s'expliquer avec son ex. Mais je respectais la décision de Kyle de ne pas vouloir lui parler. Après avoir salué Glenna et Brynn une dernière fois, je raccompagnai mon ami jusqu'à ma voiture. Je lui ouvris galamment la portière pour forcer le trait, créant ainsi plus de confusion chez Liam, qui nous observait, planté devant la vitrine du pub. J'aidai Kyle à démontrer à son ex qu'il avait tourné la page de leur histoire en s'affichant avec moi.

Le trajet jusqu'à son appartement fut plutôt silencieux. Kyle était perdu dans ses pensées, secoué par le retour de son ancien petit ami. Pour une fois, je n'essayais pas de lui changer les idées en déconnant. Parfois, on avait juste besoin d'être un peu seul pour panser ses blessures. Reprendre des forces pour affronter les embûches que la vie mettait sur notre route. Dès qu'il serait prêt à parler, il s'ouvrirait à moi. Notre devise, c'était qu'on ne se cachait rien ! À un moment ou à un autre, on crachait ce qu'on avait sur le cœur.

Je me garai en bas de l'immeuble. Ou plutôt devant l'appartement du frère de Leah, Douglas, qui en était le véritable propriétaire. Depuis que je squattais chez mes potes, j'avais dû le voir deux ou trois fois. Quand il ne s'absentait pas pour les besoins de son travail − steward pour la compagnie British Airways −, il sortait durant ses temps de repos. Je le soupçonnais de faire exprès de nous laisser entre nous. Après la mort de leur père, il avait dû s'occuper de sa sœur encore mineure. Il rattrapait en quelque sorte sa jeunesse amputée.

— Merci pour tout, Harrow ! me dit Kyle. Bonne nuit.

— Salut.

Kyle m'adressa un pauvre sourire et un dernier signe de la main avant de pousser la porte de l'immeuble. Je repartis. Sale soirée, en fin de compte ! Et je savais que la poisse continuerait de nous poursuivre. Leah et Kyle avaient été touchés, il n'y avait pas de raison pour que je sois épargné! La joie que j'avais éprouvée plus tôt s'envola dès que j'arrêtai la voiture devant ma maison.

Je jetai un coup d'œil à la façade et remarquai qu'aucune lumière ne brillait à travers les volets. À presque minuit, dans ce quartier tranquille, tout le monde roupillait. Y compris mes parents. J'avais regardé mon portable à plusieurs reprises, espérant un appel de leur part, mais pas une seule fois ils ne m'avaient contacté pour me demander où je me trouvais. Je ne les avais pourtant pas avertis que je sortais…

J'ouvris doucement la porte d'entrée et me retrouvai dans un vestibule plongé dans le noir. Je refermai derrière moi et appuyai sur l'interrupteur. Un halo de lumière tamisée mit en évidence un désordre tout à fait… ordonné. Des cartons, suite de notre récent emménagement, s'alignaient au cordeau le long d'un mur. Contrairement à mes parents, qui repoussaient le moment d'en vider les contenus, je m'étais dépêché de déballer les miens avec une certaine fébrilité, celle d'un nouveau départ. Une nouvelle vie dans une nouvelle ville.

Je m'avançai dans le salon sommairement meublé, et m'affalai sur le large canapé en soupirant. Deux fauteuils m'entouraient, ainsi qu'une table basse, un meuble de télévision qui ne soutenait aucun poste et une longue commode. Cela faisait quatre mois qu'on était partis de Glasgow, mais la plupart des affaires encombraient encore le garage, en attendant qu'on leur désigne une place. Mes parents n'avaient pas encore eu la force de rebondir.

Après la mort tragique de mon frère, Colin, au printemps dernier, ils avaient pris la décision de déménager à Édimbourg en juillet. Ils ne supportaient plus de rester dans leur maison à Glasgow ni dans les environs, car cette ville était trop chargée de souvenirs de leur fils préféré. Ils avaient pensé qu'en s'éloignant des lieux du drame, qu'en se coupant de leurs anciennes habitudes, ils se sentiraient mieux, mais je voyais bien qu'il n'y avait aucune amélioration.

Ils étaient plus que jamais renfermés sur eux-mêmes. Ils exécutaient leurs gestes de façon automatique. Après leur café du matin, ils partaient généralement travailler chacun de leur côté. Le soir, à leur retour à la maison, ils restaient un long moment prostrés sur le canapé, ressassant leurs souvenirs. Jusqu'à ce que les larmes coulent sur le visage de ma mère et qu'elle se lève pour se réfugier dans sa chambre. Puis mon père la rejoignait pour la consoler. Ils avaient perdu leur fils adoré, mais ils m'avaient encore, moi. Ce n'était qu'une question de temps avant qu'ils se tournent vers moi. J'étais digne d'être aimé autant que mon frère aîné !

J'écoutai le silence assourdissant qui régnait dans la maison. Ce n'était pas un calme serein qui imprégnait l'atmosphère. Non, c'était plutôt un silence lourd de chagrin. Une ambiance morbide. Comme si mes parents s'étaient de leur plein gré enterrés vivants. Je jetai un regard circulaire à la pièce. Les murs étaient nus. Aucun cadre photo ne décorait plus le buffet. Tous les souvenirs de Colin étaient bannis, remisés au grenier, mais la présence de mon frère était partout. Impossible d'ignorer son aura néfaste qui saturait l'ambiance de la maison.

Je savais qu'il ne fallait pas dire du mal des morts, d'autant qu'il était mon frangin, mais j'avais toujours détesté Colin de son vivant! Lui et moi, on ne s'était jamais entendus. Plus vieux que moi de trois ans, il n'avait jamais raté une occasion de m'emmerder. Un hypocrite doublé d'un sadique, il faisait semblant de m'apprécier devant nos parents. Mais, dès que ces derniers avaient le dos tourné, mon frère m'infligeait les pires crasses. Il n'hésitait pas à me faire enrager pour le plaisir de me faire punir. Souvent, il me frappait uniquement pour démontrer sa toute-puissance sur moi, sur nos parents. Et quand j'allais me plaindre à eux, ils me disaient d'arrêter de mentir. Colin était parfait, alors que j'étais le mouton noir de la famille. Celui qui inventait n'importe quel bobard pour attirer l'attention.

Depuis tout petit, j'étais traité comme quantité négligeable; il n'y en avait que pour mon frère aîné. Je n'étais que le second! OK, Colin était plus doué que moi dans tous les domaines. Mais, même si je ne l'égalais pas à l'école, je n'avais jamais été très loin derrière lui! Contrairement à lui, qui était toujours le premier de la classe, je figurais quand même parmi les dix meilleurs. C'était aussi un sportif accompli. À Glasgow, il avait été le capitaine de l'équipe universitaire de hockey. J'étais moi aussi passionné par ce sport depuis tout gamin, mais mes parents n'y avaient vu qu'une volonté de copier mon frère. Comme si mon ambition avait été de ressembler à ce tordu! Ils ne pouvaient pas être plus à côté de la plaque!

Mais, à présent, c'était à moi de jouer! Colin ne rentrerait plus sur la pointe des pieds dans ma chambre pour me rabaisser et se foutre de mes efforts vains pour attirer l'attention de nos parents. Parfois, dans le silence de la nuit, j'entendais encore sa voix me souffler avec jubilation que je n'étais qu'un moins que rien parce qu'on me laissait sur le bas-côté. Mes parents n'avaient de cesse de l'encourager tandis qu'il restait muet devant mes réussites. Cependant, tout ça appartenait au passé! J'allais m'emparer de sa place de leader. Je serrai les poings, revanchard. Mieux, je me promettais d'être meilleur que Colin! Je ne ferais pas la même erreur que lui. Une erreur qui l'avait conduit à se tuer dans un accident de voiture…

Je me relevai du canapé et me dirigeai vers les escaliers pour monter dans ma chambre, plus confiant que jamais dans la réussite de mon plan. J'allais tourner autour de la petite copine d'Edan pour l'ébranler et le faire chuter de son piédestal. Il avait l'air de beaucoup tenir à elle, ce qui arrangeait parfaitement mes affaires! Il n'en serait que plus atteint. Avec un moral en berne, son jeu s'en ressentirait, et je n'aurais plus qu'à convaincre l'entraîneur que j'étais le mieux placé pour le remplacer.

Je revoyais la superbe rouquine que j'avais provoquée dans la cuisine de son petit copain… Elle était tellement bandante que je n'aurais pas besoin de me forcer pour la «séduire». Pourtant, un travail titanesque m'attendait pour la persuader que je n'étais pas le connard que je prétendais être en public… J'allais devoir réfléchir à une manière de la faire changer d'avis sur moi. Pourquoi je ne lui sortirais pas que j'avais joué au gros débile dans la cuisine uniquement pour attirer son attention ? Elle ne pourrait que me croire, car c'était la stricte vérité ! Ainsi, j'aurais l'accent de la sincérité, puisqu'avant notre prise de bec, elle m'avait déjà tapé dans l'œil… J'esquissai un sourire en coin. Un admirateur secret… Elle allait craquer, c'était sûr ! Toutes les filles rêvaient d'entendre ce genre de niaiseries romantiques.

Le lendemain, je descendis les escaliers en bâillant. Je m'étais réveillé plus tard que d'habitude, d'une part parce que j'étais rentré tard la veille, et d'autre part parce que j'avais peaufiné les détails de mon plan diabolique pour faire tomber Edan Kennedy de son nuage. J'allais devoir mettre le paquet pour lui piquer mentalement sa nana. Et pour ça, je devrais la filer discrètement pour savoir où elle créchait, et l'endroit où elle bossait si elle avait un job étudiant. Je pourrais même feindre de la rencontrer… par hasard. En bref, je comptais me transformer en vrai psychopathe !

Le rez-de-chaussée était calme. J'entrai dans la cuisine vide et me laissai tomber sur une chaise. J'observai les alentours d'un regard absent. Rien ne traînait sur les meubles ni dans l'évier. Tout était propre. Un peu trop, même ! Je me remémorai les petits déjeuners autrement plus animés quand, après la semaine où chacun avait vaqué à ses occupations, on se réunissait autour de la table pour apprécier le fait d'être en famille. C'étaient les seuls moments où mon frère me fichait une paix relative… À part me lancer quelques petites piques, il ne pouvait pas faire grand-chose contre moi en présence de nos parents.

Depuis l'accident, les repas pris dans la cuisine se déroulaient dans une ambiance pesante. Tant qu'on était encore à Glasgow, je n'avais pas osé briser le silence. Mais, depuis qu'on avait débarqué à Édimbourg, je tentais de les intéresser à mon emploi du temps, à mes activités, pour ne pas nous enfermer dans un mutisme moribond. Pour le moment, ils n'étaient pas réceptifs et désertaient souvent très vite la table, me laissant immanquablement seul. Et je n'en pouvais plus de subir cette indifférence, qui me bouffait littéralement de l'intérieur. Certes, ils n'oublieraient jamais Colin, leur enfant chéri, mais ils devaient continuer de vivre pour le second fils qui leur restait. J'avais moi aussi besoin de leur amour et de leur admiration !

Cela allait bientôt faire six mois que Colin était décédé. Étais-je un monstre de m'être remis si vite de sa mort alors que mes parents s'étaient arrêtés de vivre ? Je ne l'aimais pas, et il ne ressentait rien pour moi. Bien que nous étions frères de sang, nous nous limitions à cohabiter sous le même toit. Aucune complicité ne nous liait. Seule la compétition régnait entre nous. En gros égoïste, il ne voulait pas partager l'affection de nos parents.

Très vite, Colin avait compris qu'il était le chouchou et avait profité de sa préférence pour me mener la vie dure. Et il y était parvenu ! Qu'importe les motifs pour lesquels je me plaignais auprès de mes parents, ils lui donnaient toujours raison. Un profond sentiment d'injustice s'était ancré en moi. J'en voulais à la terre entière. Et j'en étais même venu à détester mes parents d'être autant aveuglés par sa fausseté! Comment, avec toute cette rancœur accumulée, ne pas être soulagé d'être débarrassé d'un tel bourreau?

C'était triste à dire, mais, depuis qu'il était mort, je ne sursautais plus quand il se trouvait près de moi, dans l'attente d'une forte claque derrière la tête ou d'un coup de poing inopiné qui me meurtrissait l'épaule parce qu'il lui prenait «juste» l'envie de me frapper... Il faisait régner un climat de terreur à la maison. Parfois, il poussait même ses copains à s'en prendre à moi. J'en venais à délaisser la maison quand papa et maman devaient s'absenter. Mon foyer, l'endroit où j'étais censé me sentir le plus en sécurité était devenu le lieu que j'exécrais le plus!

Excédé par ses manières brutales, j'avais osé montrer à mes parents un hématome qui avait viré au bleu, mais Colin leur avait affirmé avoir été témoin de ma chute. En voulant aller trop vite, j'aurais soi-disant loupé une marche dans les escaliers. Aussitôt, mes parents m'avaient engueulé pour ma maladresse. J'avais reçu une triple punition! Non seulement ils ne m'avaient pas cru, mais je m'étais également récolté des reproches de leur part, sans oublier les violentes représailles de mon frère le soir même parce que j'avais cafté. Depuis ce jour-là, j'avais compris l'amère leçon, et souffert de ses mauvais traitements en silence...

Je m'ébrouai mentalement pour sortir de mes sombres souvenirs. Désormais, la roue avait tourné! Colin était mort. J'étais vivant. J'avais encore une chance de me réconcilier avec mes parents. Plus personne ne viendrait me calomnier. Me sentant ragaillardi, je retrouvai le sourire. Mon ventre émit des gargouillis et je me mis à préparer un petit déjeuner. Tant pis si j'allais remanger dans moins de deux heures !

Je grignotai en réfléchissant à mes devoirs. Le dimanche était généralement studieux. Passionné d'informatique, je rêvais de travailler dans cette branche plus tard. Et l'université d'Édimbourg offrait une réelle opportunité dans ce domaine, l'établissement étant réputé dans le monde entier. Colin, quant à lui, avait choisi de s'orienter vers la médecine. Il se destinait plus précisément à devenir chirurgien, ce qui bien sûr avait fait naître des étoiles dans les yeux de mes parents, puisque c'était leur vœu le plus cher ! Merde, je devais cesser de me comparer à lui. Chaque être humain était unique !

CHAPITRE 6
Kirsteen

$\mathcal{A}$ dix-sept heures quinze, la porte vitrée se referma sur les deux dernières clientes. La patronne donna un tour de clé et baissa les rideaux sur la devanture, signifiant que notre service était terminé. Je pris le temps de souffler, car le samedi après-midi était toujours le moment du week-end le plus chargé. Stratégiquement situé dans une artère commerciale très fréquentée de New Town, le salon de thé était un lieu incontournable pour se reposer après une séance de shopping effrénée.

Avec mes collègues, Sophie et Hannah, je me rendis dans le local contenant des produits de ménage. Nous revînmes dans la salle principale avec tout le nécessaire.

C'était mon tour de m'occuper de dégraisser les vitrines des pâtisseries de toutes les traces de doigts que les clients avaient laissées pour désigner le gâteau qu'ils désiraient. Tandis que je m'y attelais, mes collègues du *Tea MacaRoom*, débarrassaient les miettes sur les tables dans les deux salles, nettoyaient les banquettes et les fauteuils, et lessivaient le sol.

Je poursuivis ma tâche devant la seconde vitrine réfrigérée abritant des macarons, la spécialité du salon de thé. D'habitude, la vision de ces petites douceurs aux couleurs pastel me filait le sourire, mais, en cette fin d'après-midi, j'avais la tête ailleurs. Nous finîmes en même temps le ménage. Nous nous dirigeâmes ensuite vers les vestiaires pour jeter nos tabliers dans le bac de linge sale et récupérer nos affaires.

Je délaissai mes collègues, qui discutaient avec animation du film qu'elles comptaient aller voir après un dîner au pub. J'étais exclue de leurs tractations excitantes, car elles étaient déjà meilleures amies en dehors du boulot. Je n'avais jamais vraiment cherché à mieux les connaître, comme elles se fichaient des détails de ma vie. Nous travaillions ensemble, c'était tout. Je passai dans la cuisine saluer Lindsay, qui s'occupait de la plonge, puis devant le bureau de la patronne, Isla. Celle-ci releva la tête de ses papiers pour m'adresser un sourire.

Je sortis par la porte de service située à l'arrière du salon. Je débouchai ensuite sur Frederick Street et rejoignis la station de bus pour me rendre dans le quartier d'Ardmillan. Durant le court trajet, je me mis à songer à *lui*… M. Connard en personne ! Le seul et l'unique : Harrow McCallum ! Pourquoi je laissais ce crétin fini me pourrir l'esprit? Après l'incident dans la cuisine, je n'aurais pas dû lui consacrer une nanoseconde de mes pensées. Pourtant, je mentirais si j'affirmais ne l'avoir jamais remarqué… Même de loin, il ne passait pas inaperçu. Mais j'avais vite compris qu'il n'était pas fréquentable. Et notre altercation m'avait confirmé qu'il était l'archétype du beau sportif avec une cervelle de moineau. Au fond de moi, j'avais été déçue par ce constat…

Mais je me repris. Pourquoi me sentais-je si nerveuse à l'idée de le revoir? Pendant toute la semaine, j'avais senti son regard s'attarder sur moi dans les allées du campus. Je fronçai les sourcils. Je ne me souvenais pas de l'avoir croisé aussi souvent auparavant… Qu'est-ce qui avait changé pour que son visage squatte mon cerveau? Mon opinion n'avait pas varié d'un iota. C'était toujours un crétin. J'avais l'impression qu'il cherchait à m'intimider…

Je chassai ma sensation de malaise diffus. De quoi avais-je peur? Il n'oserait jamais s'en prendre à moi. L'époque du collège était révolue. Je savais me défendre et j'avais un petit copain, qui viendrait à mon secours si McCallum m'attaquait de quelque manière que ce soit. Je soufflai de soulagement et descendis à mon arrêt. Au lieu d'inviter ses coéquipiers dans sa maison après l'entraînement, Edan avait eu l'idée d'aller décompresser sur les pistes de bowling. Le premier match de la saison était prévu pour la semaine prochaine.

J'avais averti Edan que je ne jouerais pas. N'ayant jamais mis les pieds dans un tel endroit, j'aurais trop peur de me ridiculiser en frappant à côté des quilles ou, pire, en tombant sur la piste cirée. Mon amour-propre ne s'en remettrait pas! J'avais affaire à des sportifs chevronnés, pour qui pulvériser ces cibles serait un jeu d'enfant. Peut-être que certains membres de l'équipe viendraient accompagnés de leurs petites amies, mais je doutais qu'elles soient aussi ignorantes que moi! J'allais me contenter d'encourager Edan. Et autant ne pas donner plus de munitions à l'autre abruti! Pour sûr, McCallum serait là avec ses deux bouffons pour ricaner à ses blagues…

Je traversai le parking du bowling et me répétai que j'allais passer un bon moment. Il suffisait que je ne fasse pas attention à *lui* et à ses manières douteuses! Un coup d'œil vers les nombreux véhicules me permit de voir que le coupé sport d'Edan était là. Sa superbe voiture bleu foncé n'était pas très discrète! Pour l'avoir conduite, c'était un petit bijou de vitesse. J'en profitais parce que, bientôt, je n'aurais plus accès à ces petits plaisirs. Edan projetait de partir terminer ses études aux États-Unis. Son avenir n'était pas en Écosse. Il était plus ambitieux qu'il ne le paraissait. Et, chose plus importante, bien qu'il adorait ses parents, il rêvait d'indépendance.

Lorsque je franchis les portes du bowling, je fus assaillie par les bruits des conversations, de la musique branchée, des cris et des boules qui envoyaient valser les quilles. Je me rendis du côté du bar, où le groupe de hockeyeurs discutait tout en sirotant leur Irn-Bru. Des tables avaient été rassemblées pour que toute l'équipe puisse s'asseoir ensemble. Je n'aperçus pas McCallum parmi eux. Bien sûr, il devait être à une autre table avec ses deux acolytes! J'ordonnai à mon esprit de rester focalisé sur Edan, qui, galant, tira une chaise à mon intention, à côté de lui. Si l'autre crétin croyait que je le cherchais après son petit manège de la semaine, il penserait qu'il avait gagné. Et je me couperais un bras plutôt que de lui concéder une victoire, même minime !

Edan leva la main pour attirer l'attention de la serveuse. Je commandai la même boisson que les autres joueurs. Mon petit ami s'approcha de mon oreille pour me chuchoter :

— Tu es sûre que tu ne veux même pas essayer ?

— Sûre et certaine ! certifiai-je avec un petit rire.

— Tu vas t'ennuyer à nous regarder jouer.

— Ne t'inquiète pas pour moi, je me consolerai avec l'Irn-Bru.

Edan haussa les épaules.

— Comme tu veux.

Il m'embrassa sur la tempe, avant de donner le signal de départ. Tout le monde se leva et alla au bar. Je les entendis renseigner leur pointure. Les joueurs se déchaussèrent et enfilèrent les chaussures réglementaires. Tout à coup, je sentis quelqu'un me frôler l'arrière de l'épaule. Des frissons remontèrent aussitôt le long de ma colonne vertébrale. Je relevai la tête et reconnus le dos de McCallum. Il était passé tout près de moi et avait fait exprès de m'effleurer. Et pourquoi mon cœur s'emballait-il ? Il s'était retourné et m'examinai avec un sourire insolent, provocateur. Putain, il était encore en train de se foutre de ma gueule ! Je le fusillai du regard. Puis il abandonna notre duel pour aller récupérer ses chaussures.

Je reportai mon attention plus loin. Edan discutait avec ces coéquipiers ; étant donné que tout le monde se fichait des faits et gestes de McCallum, personne n'avait vu son petit jeu malsain. Des frissons désagréables naquirent sur mes avant-bras, malgré la chaleur de la salle et l'ambiance survoltée. Une fois de plus, je me sentis plus seule que jamais… Si j'en parlais à Edan, il défendrait son coéquipier turbulent, en prétextant qu'il n'était pas méchant. Bon sang, il n'y avait qu'à voir ses sourires narquois pour se rendre compte que McCallum avait un grain ! Qui s'en prenait à une fille parce qu'elle avait des cheveux roux ?

Je soufflai pour calmer mes nerfs à fleur de peau. Je m'étais promis de ne plus jamais laisser un connard m'emmerder, et j'étais justement en train de faire le contraire. J'avais laissé ma réaction première − une peur stupide − me submerger. Je me fichai quelques claques mentales. Rassurée, je me raidis et attrapai ma boisson pour en avaler une longue gorgée. Puis je me levai pour accompagner mon petit ami sur la piste.

Des équipes s'étaient formées, et je ne fus pas étonnée de voir que les trois parasites restaient entre eux, un peu plus loin. Je me laissai tomber sur un banc et tournai résolument le dos à McCallum. J'applaudis avec les autres tandis qu'Edan s'emparait de la première boule pour s'élancer sur la piste lustrée. Le boulet de canon roula au milieu, mais, au dernier moment, dévia de sa trajectoire pour frapper les quilles sur le côté gauche. Edan émit une exclamation de dépit alors que les autres le huaient gentiment.

— On ne peut pas être bon partout, capitaine !

 80

— C'est Kirsteen qui m'a déconcentré…

— Comment ça? m'écriai-je, offusquée. Ça va être ma faute, maintenant! Je ne te savais pas si mauvais joueur!

Il m'adressa un clin d'œil, avant d'insérer les doigts dans les trous d'une deuxième boule. Il était en train d'étudier la bonne trajectoire, quand un cri de victoire retentit à quelques pistes de là. Des têtes se tournèrent vers la source du boucan, et je me rembrunis. On pouvait dire que McCallum et ses potes n'avaient pas le triomphe modeste! Leur tableau indiquait un strike, et le vainqueur sautait partout, comme un kangourou sous ecstasy. Puis il s'engueula avec les autres. Je levai les yeux au ciel. Mon Dieu, je priais pour qu'ils se fassent expulser du bowling! Puis, chacun revint à son jeu, mais un malaise s'était installé. À voir les moues de désapprobation, le cœur n'était plus à la fête.

Lorsqu'Edan eut terminé de jouer et vint s'asseoir à côté de moi, je ne pus m'empêcher de lui faire les gros yeux, pour qu'il cesse de trouver des excuses aberrantes à ces fauteurs de troubles. Il afficha une mine contrariée en se mordant la lèvre. Cette fois, il n'allait pas y couper! Cela ne pouvait plus durer. Il devrait vraiment imposer un ultimatum à McCallum. Résigné, Edan finit par hocher la tête.

— Je lui parlerai tout à l'heure.

Je lui adressai un sourire encourageant. J'espérais que la discussion n'allait pas dégénérer… McCallum avait l'air incontrôlable. Mais, comme l'avaient souligné les autres, si ce connard sans manières s'en prenait au capitaine de l'équipe, il serait immédiatement exclu par l'entraîneur Campbell. Je revins au moment présent, où les joueurs se succédaient sur la piste pour démontrer leur dextérité à dégommer les quilles.

Au bout d'une demi-heure et au moins un litre d'Irn-Bru, je ressentis le besoin de me rendre au petit coin. J'étais si préoccupée par l'attitude dérangeante de McCallum que j'avais oublié d'aller aux toilettes à la fin de mon service. J'informai Edan de ma destination.

Je suivis les panneaux, et poussai bientôt la porte des sanitaires. Je m'enfermai dans un cabinet et en ressortis pour aller me laver les mains. Je fixai un instant mon reflet dans la glace, en m'attardant sur la couleur flamboyante de mes cheveux, une cible privilégiée de moqueries… Puis je m'ébrouai. C'était un héritage qui me venait de ma grand-mère ; je devais en être fière et ne pas laisser un débile me rabaisser.

Lorsque j'émergeai des toilettes, je pilai net en découvrant McCallum, les bras croisés, nonchalamment appuyé contre le mur du côté des femmes. Je détachai mes yeux trop tard de ses iris gris-bleu. Ceux-ci pétillèrent quand il se rendit compte qu'il avait réussi à me déstabiliser. Aussitôt, une alarme retentit en moi. Ce n'était pas un effet de mon imagination… À l'université, à maintes reprises, il m'avait surveillée du coin de l'œil, tel un aigle tournant autour de sa proie. S'il comptait fondre sur moi pour m'administrer des coups de bec, il allait voir de quel bois je me chauffais !

Je me raidis, avant de carrer mes épaules. Je m'étais laissé décontenancer par sa présence, mais il fallait que je me reprenne. Surtout, ne plus lui accorder une seconde d'attention ! Et, s'il insistait, je n'allais pas le laisser me martyriser sans me battre; je n'étais plus une fille sans défense. Je savais sans l'ombre d'un doute qu'il était là pour m'emmerder. L'épisode de la cuisine ne lui suffisait pas. Pourquoi continuait-il de me harceler? Parce que la couleur de mes cheveux ne lui revenait pas? De toute façon, est-ce qu'on pouvait raisonner ce genre de personne?

Je marchai et regardai droit devant moi, en l'ignorant ostensiblement. Malgré moi, plus je m'approchais de lui, plus mon cœur battait fort. Un doute m'assaillit. Son sourire en coin était toujours accroché à ses lèvres, et il n'avait pas bougé. Est-ce que je me serais trompée sur son compte? Mais, au dernier moment, il se détacha du mur. Je m'arrêtai brusquement lorsqu'il me barra le passage. Je réprimai un mouvement de recul. Je levai mon menton dans un geste de défi et le fusillai des yeux.

— Salut, Carotte!

— Salut, Connard!

Prends ça dans ta face!

J'esquissai un sourire de dérision en soutenant son regard pénétrant, intimidant. J'étais fière d'avoir pu lui montrer que j'avais du répondant. Mais, contre toute attente, ma répartie ne sembla pas l'atteindre, puisqu'il éclata de rire. Je pinçai les lèvres.

Si j'avais eu un quelconque doute sur l'effet que les insultes avaient sur lui, je savais à présent qu'aucune ne pouvait affecter un débile profond. À quoi d'autre m'attendais-je de sa part? Il n'avait pas peur de choquer, alors, s'en prendre à une fille qu'il dépassait en taille et en poids ne devait lui poser aucun problème de conscience.

Si je l'avais connu plus jeune, il aurait fait partie de mes tortionnaires.

— Dégage, McCallum, tu es sur mon chemin.

— Je sais.

Je croisai à mon tour les bras sous ma poitrine.

— Putain, dis-moi ce que tu me veux ! m'écriai-je, exaspérée.

Il se taisait toujours. Son regard clair parcourut mon visage renfrogné et mes cheveux qui lui déplaisaient tant. Son sourire s'élargit, et j'eus l'impression qu'il se retenait de rire. Putain, si ma personne lui posait un problème, il n'avait qu'à pas me scruter ! Il rencontra enfin mes yeux furibonds. Il était sur le point de parler, quand une main s'abattit sur son épaule.

Je crus à de l'aide, mais mon soulagement fut de courte durée. En effet, je déchantai en reconnaissant les nouveaux venus, qui s'étaient placés de part et d'autre de McCallum. Décidément, ce n'était pas ma soirée ! D'abord, ce débile imbu de sa personne m'empêchait de rejoindre Edan et, à présent, j'avais devant moi deux de mes anciens bourreaux du collège. Je détestais vraiment le bowling ! L'adrénaline fusa dans mes veines, faisant s'affoler les battements de mon cœur. Une peur insidieuse me gagna et je réprimai un tremblement en serrant les poings. Bruce et Frank dardaient sur moi un regard de satisfaction mauvaise.

Merde ! Ils m'avaient piégée ! Quelle humiliation si je devais hurler à l'aide ! Mais, j'étais seule contre eux, la bataille s'annonçait perdue d'avance pour moi.

Bruce tapota sur l'épaule de McCallum.

 84

— Hey, mon pote! On est venus te prêter main-forte pour la mater.

J'aboyai :

— Vous vous mettez à trois contre une fille! Toujours aussi courageux, les gars!

— Ta gueule! intima Bruce d'une voix basse et menaçante. Avec Franck, on a cru halluciner quand on t'a vue ici. Putain, c'était notre veine! On t'a suivie, et on s'est planqués pas loin pour te faire une petite surprise. Mais, apparemment, on n'est pas les seuls à avoir un compte à régler avec toi… Crois-moi, on va te faire la fête, saleté de rouquine. Tu vas payer pour nous avoir dénoncés aux flics!

— Vous êtes qui? intervint McCallum, en haussant un sourcil.

— On est tes potes, mec, on te l'a dit. On t'a entendu, et on sait que, toi aussi, tu aimerais bien la choper. Plus on est de fous, plus on va s'amuser, non?

Avec horreur, je vis les lèvres de McCallum s'étirer en un sourire aussi dément que celui des deux autres. Je ne perdis pas de temps et battis en retraite dans le seul lieu possible, en me retenant de couiner de peur. Le cœur battant à tout rompre, les jambes titubantes, je repoussai la porte des toilettes et réussis à m'enfermer à clé dans une des cabines.

— Cassez-vous, bande de tarés, sinon j'ameute tout le bowling! Et je porterai de nouveau plainte contre vous! La récidive va vous coûter cher…

— Quoi? Contre nous? s'étonna Bruce en ricanant, avant de durcir le ton. Tu peux toujours essayer de nous accuser, on va se couvrir mutuellement… Maintenant, soit tu sors, soit on vient débusquer la petite renarde de son terrier !

Des coups de poing répétés ébranlèrent la porte, et je ne pus m'empêcher de lâcher un faible cri effrayé. Le cauchemar recommençait ! Des larmes involontaires inondèrent mes yeux. Je ne voulais pas pleurer, mais la panique était en train de me submerger. D'une main tremblante, j'extirpai mon téléphone portable de ma veste et appelai Edan à l'aide d'une voix chevrotante. Je n'arriverais pas à me sortir seule de ce traquenard.

Je soufflai de soulagement en raccrochant sur son « J'arrive tout de suite ! ». Mon petit ami n'allait plus tarder, à présent. Il fallait que je tienne bon contre la tempête qui se déchaînait de l'autre côté. C'est alors que je clignai des yeux, surprise. Obnubilée par ma peur, je n'avais pas remarqué que la porte ne tremblait plus sur ses gonds. Je tendis l'oreille et perçus les bruits d'une bagarre. Des plaintes étouffées et des gémissements me parvinrent à travers mes tympans qui bourdonnaient. Je fronçai les sourcils, intriguée. Ils se battaient entre eux ? Je sursautai quand on frappa doucement contre la porte.

— C'est bon, tu peux sortir, maintenant. Ils ne te feront pas de mal.

C'était la voix dépourvue d'arrogance de McCallum qui venait de s'élever de l'autre côté de la paroi. Pouvais-je lui faire confiance ? Et si c'était de nouveau un coup tordu pour m'attirer hors de ma cachette ? Je serais vulnérable face à eux. Complètement à leur merci.

— Non ! rétorquai-je. Qui me dit que tu ne mens pas ?

— Je t'en donne ma parole.

J'essuyai mes larmes et me retournai pour entrouvrir le battant avec prudence. J'écarquillai les yeux en constatant le tableau incroyable formé par mes anciens tortionnaires qui gisaient sur le carrelage des toilettes, tenant leur nez en sang et leur ventre douloureux. Tous deux geignaient à l'unisson, tout en faisant des efforts pour se relever.

Je n'eus pas le temps de reprendre mes esprits que la porte s'ouvrit brusquement sur Edan. Son regard tomba sur les deux victimes salement touchées au sol, et remonta vers moi.

— Kirsteen, ça va ? Tu n'as rien ? Qu'est-ce qui s'est passé ?

Si je le savais moi-même ! Au milieu de mes pensées agitées, une seule se fraya un chemin en moi : McCallum m'avait protégée contre eux…

CHAPITRE 7
Harrow

*J*e venais indéniablement de marquer des points auprès d'elle ! Moi qui m'étais creusé la tête à chercher un moyen efficace pour la faire changer d'avis à mon sujet, je ne pouvais que me réjouir d'avoir eu l'opportunité de bastonner ces deux gars. À ce que j'avais compris, ce n'était pas la première fois qu'ils s'en prenaient à elle, puisque Kirsteen était allée jusqu'à porter plainte contre eux. Mon esprit chevaleresque réclamait un carnage ! J'aurais pu continuer à les frapper, mais ils s'étaient vite écroulés à terre comme des pantins désarticulés. Bizarrement, ils la ramenaient moins quand il s'agissait de se mesurer à un adversaire à leur taille.

Je jubilai intérieurement, parce que, tandis qu'elle se trouvait dans les bras de son amoureux, elle ne m'avait pas lâché du regard. Un magnifique regard vert empli de perplexité, et de reconnaissance aussi pour l'avoir tirée de ce mauvais pas. Elle ne me verrait plus uniquement comme le gros débile dans la cuisine !

Bien joué !

Encore sous le choc, Kirsteen n'avait pas répondu aux questions pressantes d'Edan. J'allais en profiter pour modifier le récit à mon avantage. Elle ne se permettrait pas de contredire son sauveur.

— Je me rendais aux toilettes des mecs quand j'ai entendu du bruit du côté de celles des filles. Quand je suis entré, j'ai découvert ces deux crétins, ricanant comme des hyènes, en train de tambouriner contre la porte du cabinet. Puis j'ai reconnu la voix de Kirsteen, et je leur ai donné une bonne leçon sur la manière de traiter une fille, achevai-je sur un ton indigné.

Interdite, Kirsteen me fixa, bouche bée. Et je plongeai mon regard implacable dans le sien, la mettant au défi de réfuter ma version des faits. Elle finit par baisser ses cils et se racla la gorge pour raffermir sa voix.

— Oui… Sans Harrow, ils auraient sûrement fini par défoncer la porte…

Tiens, j'étais passé de McCallum à Harrow…

— Eh bien, merci beaucoup pour ton intervention.

— De rien. C'était normal. Tout le monde en aurait fait autant.

Edan déposa un baiser dans les cheveux rouges de sa copine.

— Si tu veux rentrer, je te raccompagne chez toi, lui murmura-t-il.

 90

— Non, je ne veux pas gâcher ta soirée. Tu as l'air de si bien t'amuser !

— Ne t'inquiète pas, on trouvera d'autres sorties tout aussi amusantes. Ton bien-être compte bien plus que des parties de bowling.

— Ne t'en fais pas pour moi, je vais bien. Je veux rester pour vous regarder jouer. Peut-être que la prochaine fois, je m'élancerai sur la piste pour dégommer ces quilles !

— J'en suis sûr !

Edan se tourna vers moi.

— Merci encore, Harrow.

Je hochai la tête et les regardai sortir, serrés dans les bras l'un de l'autre.

Merde, c'était dans mes bras que la jolie Kirsteen aurait dû se réfugier ! Je l'aurais peut-être embrassée pour la consoler… Goûter à ses lèvres renflées… L'image de nos langues intimement entremêlées fit courir mon sang plus vite dans mes veines. J'inspirai profondément pour me reprendre. Ce n'était plus qu'une question de temps avant que mon fantasme devienne réalité. J'avais réussi à me créer une petite place dans un coin de sa tête. Elle penserait de plus en plus à moi, son sauveur. Il fallait que je passe encore plus de temps avec elle pour me graver au fer rouge dans son esprit. Et mon petit doigt me soufflait que mon souhait allait être exaucé sous peu !

Je retournai dans la salle principale, où je fus accueilli comme le messie par Kyle et Leah, à grand renfort de sifflements. On se faisait encore remarquer, mais on s'en foutait. On avait une réputation à tenir vis-à-vis des autres membres de l'équipe. Edan fermait sa gueule quand on chahutait ; maintenant que j'avais sauvé sa copine d'un lynchage, il allait devenir deux fois plus indulgent avec mes conneries.

— Eh ben, on a failli attendre !

— C'est bon, je suis là, maintenant. On peut y retourner.

Je jetai un œil au tableau des scores. Mes deux adversaires étaient à la ramasse. J'allais un peu plus creuser l'écart, puisque c'était à mon tour de jouer. Je me plantai devant la piste, les doigts insérés dans les trous de la boule, et me concentrai sur mon objectif. Je la lâchai ensuite et elle roula pour aller pulvériser les quilles. Encore un strike ! Je serrai les poings en signe de victoire. Mon prochain éclat pour faire taire le coach Campbell se finirait au fond du filet !

En revenant à ma place sur le banc, je sirotai mon Irn-Bru et jetai un coup d'œil à la dérobée du côté de la piste d'Edan. Comme je m'y attendais, Kirsteen détourna brusquement la tête, prise en flagrant délit de matage. Je réprimai un sourire. J'avais semé la graine, il n'y avait plus qu'à l'entretenir pour la faire germer et pousser Kirsteen dans mes bras. Le couple traverserait bientôt sa première crise !

Kyle bougonna en s'emparant d'une boule. Il était le dernier au classement. Mon ami avait beaucoup de qualités, mais, lorsqu'on jouait à quoi que ce soit, il se transformait en une créature dépourvue de raison. Il était mauvais perdant, et sa bouche se tordait généralement en une moue boudeuse quand il sentait que la victoire lui échappait. Au moins, il n'était pas rancunier. Chez lui, la pression retombait tout de suite après.

Je reçus un coup d'épaule de Leah. Elle donna un léger mouvement de tête en direction de Kirsteen. Mon sourire s'élargit. Elle suivait de près l'affaire, et n'avait pas dû manquer de remarquer les coups d'œil furtifs que Kirsteen m'envoyait et qu'elle pensait être discrets, alors qu'ils se voyaient comme le nez au milieu de la figure.

— Putain, mon salaud, tu as réussi !

Je cognai ma bouteille contre la sienne.

— Tu en doutais ? jetai-je avec arrogance.

— Qu'est-ce qui a suscité ce revirement soudain ? Ne me dis pas que tu lui as déclamé des vers dans les toilettes ? Harrow et la poésie, acte II !

— Ouais, Shakespeare peut aller se rhabiller ! Et encore, elle aurait atterri dans mes bras si son petit copain n'avait pas débarqué…

— Ouh, quel petit ami horrible ! ironisa-t-elle, en levant ses yeux charbonneux au ciel. L'empêcher de succomber au grand méchant Harrow !

— Si tu continues de m'interrompre, je garde mon histoire pour moi.

— OK, je me tais.

— Enfin une parole sensée venant de ta part.

— Ta gueule, et accouche !

— Je t'avoue que la partie était mal engagée… Je l'ai encore appelée « carotte » et elle m'a asséné un « connard » en réponse. Puis deux gars s'amènent et veulent me prêter main-forte pour lui ficher la trouille. Apparemment, c'étaient de vieilles connaissances à elle, et elle a grave flippé quand ils l'ont poursuivie dans les toilettes. Et c'est là que j'ai sauvé la demoiselle en détresse en leur donnant une bonne raclée. Mes doigts s'en souviennent encore.

Leah siffla.

— On peut dire qu'ils tombaient à pic.

— Je suis devenu un héros à ses yeux, et bientôt, elle va me manger dans la main.

— Tu as promis que tu ne lui briserais pas le cœur…

— T'inquiète! Son cœur est en sécurité. Je passe juste en coup de vent, le temps de semer le doute, avant qu'elle ne retourne sagement à son amoureux pété de thunes.

Kyle ébranla tout le banc en s'asseyant à côté de nous.

— Je. Déteste. Le. Bowling!

— Tu détestes tous les jeux auxquels tu perds.

— N'importe quoi! se rebiffa-t-il.

Leah se leva pour aller jouer, et Kyle se tourna vers moi.

— Qu'est-ce que j'ai raté?

— Leah te le dira plus tard… Mais sache que mon plan avance…

Mon voisin se perdit dans la contemplation de son verre orange.

— J'espère que tu sais ce que tu fais avec elle… Tu sais, les parents ne sont pas indispensables pour réussir pleinement sa vie, j'en suis la preuve. L'important, c'est ce que tu es au fond de toi… Quand je repense aux insultes que les miens m'ont lancées à la figure, je me dis que parfois, eh bien, il est préférable de se passer de telles relations… Regarde autour de toi, Harrow, et tu verras que d'autres personnes t'aiment réellement sans que tu ne leur réclames rien en échange…

— Pour toi, il est trop tard, et j'en suis vraiment navré. Mais, pour moi, ils ne m'ont pas complètement rejeté, et tant qu'il me reste un infime espoir d'attirer leur attention, je dois tout tenter pour y arriver.

— Je te souhaite sincèrement de réussir !

— Merci, mon vieux.

Sur ces entrefaites, Leah jeta :

— Vous en faites une tête ! Je vous rappelle qu'on est là pour s'amuser.

— Ouais, tu as raison. Je suppose que tu as fini ?

— Et j'ai été minable ! Cette fichue boule a roulé dans la rigole. Je crois que je déteste aussi le bowling.

— C'est parce que vous ne savez pas jouer, bande de brêles ! Je vais vous montrer qui est le maître du jeu. Prenez-en de la graine !

— Vantard !

Je me levai d'un bond sous les sifflements stridents de Leah. Je jetai un regard circulaire. Toutes les têtes ou presque étaient tournées vers nous. Je m'attardai une seconde supplémentaire sur le visage crispé de Kirsteen, avant de me détourner et de me placer devant la piste. Sûr de moi, je lançai la boule qui, au dernier moment, dévia pour n'aller taper que deux quilles dans le fond.

— Bordel !

— Le maître a perdu la main, on dirait !

— J'ai encore une chance.

Pourquoi étais-je aussi tendu ? Parce qu'elle me reluquait ? Conneries ! J'inspirai un bon coup et sélectionnai une autre boule. Je devais rester fixé sur mon objectif. J'étais sur le point de séduire la rouquine, qui allait se disputer avec son petit ami. Ils se prendraient de plus en plus la tête, mettant en péril sa place d'attaquant sur la patinoire. Je devais réussir, coûte que coûte, à m'immiscer entre eux et ainsi faire fondre la glace autour du cœur de mes parents.

J'insufflai toute ma détermination dans cette dernière chance. Tout à coup, le jeu se confondit avec ma situation. C'était devenu vital de gagner ! La boule de bowling patina au milieu du couloir et vint frapper avec violence toutes les quilles, qui volèrent en tous sens dans le réservoir. Un petit cri de victoire franchit mes lèvres, couvert par les applaudissements de mes potes.

— On s'incline face au maître Harrow.

— Oui, saluez mon talent !

Ils pouffèrent de rire.

Le score était sans appel à la fin de la partie. J'avais laminé mes deux adversaires. Comme on était seulement trois à jouer, on vira de la piste plus tôt que les autres équipes. Je m'approchai d'Edan. Il se leva de la banquette en abandonnant sa copine, qui regardait fixement le jeu du moment.

— On se taille, Kennedy. Merci encore pour cette sortie !

— De rien, McCallum. Merci à toi d'être venu au secours de Kirsteen.

À la mention de son nom, l'intéressée tourna enfin la tête vers moi, comme si elle semblait émerger de ses pensées. Elle m'adressa un sourire crispé. Je haussai les épaules pour lui signifier que c'était naturel, puis continuai mon chemin. On se rendit au comptoir pour récupérer nos chaussures. Mais je n'étais pas aussi tranquille que je le laissais paraître. Je ne cessai de me retourner pour fixer la chevelure rousse. Quelque chose clochait… Pour une personne reconnaissante, elle manquait cruellement de chaleur, faisant à peine attention à ma présence. Mon geste de bravoure était-il déjà de l'histoire ancienne? Dans sa tête, mon côté connard devait toujours l'emporter sur celui du prince qui venait de sauver la damoiselle en détresse.

— Arrête de froncer des sourcils ou tu auras une vilaine ride!

Je me détendis en esquissant un sourire en coin.

— Pourtant, tu aimes bien ça, les rides…

— Sale con! me balança Leah, les yeux plissés par la colère. Tu as de la chance qu'on soit dans un lieu public, sinon je t'aurais déjà aplati au sol!

— Oh, ça va, intervint Kyle, retenant son hilarité. Harrow plaisantait. Pas de quoi monter sur tes grands cheveux. Je croyais qu'on pouvait tout se dire, le bon comme le mauvais.

La voix de la sagesse avait de nouveau parlé.

Leah parut penaude.

— Oui, tu as raison. Désolée, je suis un peu à cran.

— C'est *lui* qui te met dans cet état? m'enquis-je, en connaissant déjà la réponse.

Leah hocha la tête, tout en rivant son regard au sol.

— Je veux une relation normale où on pourrait se promener main dans la main au vu et su de tous, discuter autour d'un verre en emmerdant les autres. Comme tous les amoureux, quoi! Mais, ce week-end, il a la garde de sa fille…

La patience n'était pas le fort de Leah, mais elle devrait ronger son frein, car la situation risquait de devenir périlleuse pour eux. Ils devaient faire preuve de prudence, et le professeur l'était pour deux. Kyle me lança un coup d'œil préoccupé. Comme moi, il devait constater que la soirée au pub avait laissé à Leah un goût de trop peu. Elle n'aurait pas dû faire une entorse à la règle et l'inviter. Leah nous avait confié qu'ils ne s'étaient jamais vus en tête-à-tête en public, de peur d'éveiller les soupçons.

— On s'arrache, les gars ? proposai-je. On va se raconter nos malheurs devant une pinte de bière. Je crois qu'on a besoin d'un truc plus fort pour digérer nos déceptions.

— Je croyais que tu *l*'avais emballée en venant à son secours ?

Je lançai un rapide coup d'œil dans le dos de ma cible.

— Je ne sais pas… Elle me regarde à peine, alors qu'elle devrait se confondre en remerciements. Je l'ai quand même sauvée ! Sans moi, elle aurait passé un mauvais quart d'heure dans ces chiottes. Fais chier !

— Je la trouve plutôt intelligente ! glissa Leah, qui venait de retrouver le sourire. Si c'était une parfaite idiote, elle se serait effectivement jetée dans tes bras…

— Dans quel camp tu es ?

— Dans le tien, bien sûr, nigaud !

Leah et moi nous tournâmes dans un bel ensemble vers Kyle. Notre ami sursauta comme s'il venait de recevoir physiquement un projectile.

— Quoi ? Pourquoi vous me regardez comme ça ? J'ai rien dit, moi !

— Justement. Mets-toi à table.

— À propos de quoi ?

— C'est ça, fais l'innocent !

Kyle se rembrunit immédiatement.

— Je ne savais pas que c'était une consultation de groupe !

— Crache le morceau. Qu'est-ce que ça t'a fait de revoir Liam ?

— Rien… Absolument, rien.

Son regard fuyant disait le contraire.

— D'ailleurs, je vous le prouverai. Il m'a donné rendez-vous la semaine prochaine…

— Quoi ? s'écria Leah. Je suis ta colocataire et meilleure amie, et tu ne m'as rien dit ?

— Il m'a envoyé un message seulement cet après-midi. Je n'ai pas eu le temps de t'en parler, conclut-il en haussant les épaules.

— Donc, tu comptes y aller.

— Oui, et j'aimerais bien que tu m'y accompagnes, Harrow. Après tout, tu es censé être mon petit ami !

— On ne vous a jamais dit que vous étiez mignons, tous les deux ?

J'ébouriffai les cheveux de Kyle pour m'amuser.

— Tu entends ça, Kyle chéri, on va bien ensemble.

— T'es con !

— Tu vois que tu es d'accord avec moi, intervint Leah avec un sourire carnassier.

Je la fusillai des yeux.

La voix joyeuse d'Edan m'empêcha de répliquer :

— Vous êtes encore là !

L'équipe au complet revenait rendre leurs chaussures.

— On n'a pas vu le temps passer.

Je me reculai et mes potes m'imitèrent. J'adressai un signe de la main à mes coéquipiers. Kirsteen m'évitait toujours délibérément. Au lieu de me regarder partir comme les autres, elle avait glissé ses doigts dans les poches arrière de son jean et me présentait plutôt son profil, absorbée dans la contemplation du tableau noir des consommations, au-dessus du comptoir.

Ouais, quelque chose clochait, et j'allais devoir rectifier le tir. Je me détournai et, entouré de mes deux potes, je me dirigeai vers la sortie. Après avoir franchi les doubles portes vitrées du bowling, Leah me lança avec un sourire en coin :

— Je l'aime bien, cette fille !

Je me retins de lui brandir un doigt d'honneur.

CHAPITRE 8

Kirsteen

*I*l était exactement midi trois quarts à la pendule lorsque je finis de lessiver le sol carrelé du salon de thé. Arrivée près de la porte qui séparait la salle principale de l'arrière-boutique, je jetai un coup d'œil autour de moi et me rendis compte que j'étais la dernière sur les lieux. Égarée dans les méandres de mes pensées, je n'avais pas entendu mes deux collègues partir après qu'elles avaient eu terminé leur part de nettoyage. Je pinçai les lèvres de contrariété.

D'habitude, je ne lambinais jamais, parce que j'étais pressée de revenir à la maison ; *granny* tenait à m'attendre pour qu'on déjeune ensemble, le dimanche. À ce rythme d'escargot, je serais rentrée pour treize heures trente ! J'allais lui envoyer un message pour l'avertir de mes trente minutes de retard, sinon elle allait s'inquiéter. Je me dépêchai donc de vider le seau d'eau sale dans les sanitaires et d'essorer la serpillière pour l'étendre. Je rangeai enfin le matériel de ménage dans le placard.

Après un dernier salut à la patronne dans son bureau, j'attrapai mes affaires dans mon casier et filai par la porte de service. Néanmoins, une fois dehors, je m'arrêtai quelques secondes le temps de recouvrer mon calme et de chasser de mes pensées ce connard de McCallum, qui traînait toujours dans un coin de ma tête. Depuis qu'il m'avait sauvée des griffes de ces deux excités dans les toilettes du bowling, il s'était encore plus imposé dans mon esprit, m'empêchant de dormir une bonne partie de la nuit et ralentissant mon ménage dans le salon de thé. Un garçon que je détestais naguère pour ses manières déplorables s'était montré chevaleresque envers moi, et je ne cessais plus de penser à lui. Bon, je pensais déjà un peu à lui avant, mais mon cas empirait d'heure en heure.

Pathétique !

Comment avait-il pu basculer de débile profond à digne de m'attarder sur sa personne ? J'étais encore dans la phase post-traumatique, sous le coup d'un soulagement et d'une reconnaissance intenses envers lui. C'était un hasard que ce soit lui. N'importe qui m'aurait vue en danger, en aurait fait autant ! Pourquoi n'était-ce pas Edan qui s'était trouvé au bon endroit au bon moment ? Cela m'aurait évité de reconsidérer le cas McCallum. J'avais tellement honte de son comportement général! Je me remémorai sa sortie chez Edan quand il avait postillonné… Je retins un frisson de dégoût. Impossible de m'afficher avec un con pareil! *Granny* se demanderait si je n'étais pas tombée sur la tête… Peut-être l'atavisme? Malgré les mises en garde de *granny*, ma mère ne l'avait pas écoutée et avait fui Whitecraig avec un bon à rien, qui l'avait abandonnée par la suite. Ma grand-mère en avait souffert. Étais-je en train de marcher dans les traces de mon indigne de mère?

Je m'imaginais présenter McCallum à ma grand-mère. Il était tellement irrespectueux qu'il la mettrait immanquablement mal à l'aise. J'idolâtrais *granny*; mon Dieu, tout sauf lire de la déception dans ses yeux! Effarée par le cours de mes pensées, je revins brutalement sur terre. Mais pourquoi songeais-je au moment où je les présenterais l'un à l'autre?

Mon ventre émit un grondement; j'avais la dalle! Ce matin, le petit déjeuner avait été vite expédié. Tout ça parce que j'étais perturbée par McCallum. Le fait que ce soit un connard fini n'avait apparemment pas d'importance. Mon humeur jouait au yo-yo, et je n'aimais pas ça! Même quand il n'était pas là, il me rendait folle. De rage. D'indécision. D'anticipation. Allait-il continuer son manège à l'université? Merde, une part de moi l'espérait, et une autre souhaitait qu'il me lâche la grappe!

Tu deviens schizophrène, ma pauvre…

Je m'activai pour rejoindre ma voiture. En débouchant dans la rue, je sortis mon portable de mon sac pour envoyer un message à ma grand-mère, quand un mouvement sur ma gauche attira mon attention. Je tournai légèrement la tête pour voir qui s'était détaché de la façade du salon. Je me figeai net à la vue de McCallum. Je parcourus des yeux sa silhouette athlétique. Depuis quand un survêtement de sport était-il aussi sexy ? Il était habillé d'un jogging et sa veste était ouverte sur un T-shirt qui lui moulait le torse. Mon cœur effectua des bonds furieux dans ma poitrine. Surtout, ne pas rougir pour ne pas se ridiculiser, parce que la moindre tache de couleur se remarquerait immédiatement sur mon visage.

Je fis appel à mon bon sens et fronçai les sourcils. Bon sang, qu'est-ce qu'il fichait là ? Est-ce qu'il m'attendait ? Et d'abord, comment savait-il où je bossais et à quelle heure je finissais le dimanche ? Bon, s'il avait débusqué mon lieu de travail, ce n'était pas sorcier de connaître les horaires, puisqu'ils étaient affichés sur la devanture… Une pensée dérangeante s'insinua alors en moi. J'eus des sueurs froides. Il me harcelait ! Il ne m'avait secourue que pour mieux venir me tourmenter… Si c'était ça, son plan se révélait d'une extrême perversité ! Étant donné que je ressentais un sentiment de gratitude à son encontre, mon jugement en serait biaisé. Je serais plus indulgente et, si je n'y faisais pas attention, je deviendrais une victime consentante !

Horrifiée, je tournai les talons et me précipitai vers le parking. Atteindre ma voiture était mon seul objectif ! Mais une main me saisit le coude. Aussitôt, le cœur cognant contre mes côtes, je me débattis pour me libérer de sa prise. Il en profita pour se placer devant moi pour me bloquer le passage. Des passants se tordaient le cou pour nous observer. Il suffisait d'un mot de ma part, et quelqu'un interviendrait. Ma respiration s'emballa quand je levai les yeux sur les traits crispés de son visage. Il était beau… Je n'avais jamais eu une réaction aussi spontanée face à Edan. Quoi ?! Stop ! Je nageais en plein délire. Depuis quand ressentait-on de l'attirance pour son bourreau ? Dans le passé, il aurait appartenu au camp des harceleurs : tout dans les muscles et rien dans la tête ! D'ailleurs, où avais-je justement *ma* tête ?

Je fis un pas sur le côté. Il en fit autant, en haussant un sourcil.

— C'est comme ça que tu me remercies ? En t'enfuyant ?

Je lui lançai un coup d'œil rancunier.

— Je t'ai déjà remercié, il me semble. Maintenant, fous-moi la paix. Je dois rentrer ; on m'attend à la maison.

Inutile de le renseigner davantage. Il n'avait pas besoin de savoir que mon foyer se composait uniquement de ma grand-mère et moi. Généralement, après cet aveu, les questions sur mes parents arrivaient sur le tapis. Edan connaissait tous les détails de ma vie et compatissait. Mais je soupçonnais McCallum d'être moins compréhensif que mon petit ami. Si je lui disais la vérité, nul doute qu'ils me tourneraient en dérision, lui, la gothique et l'effacé.

— Tu as perdu tes deux potes ?

Bon sang, pourquoi lui avais-je posé cette question stupide ? J'avais envie de me cogner la tête contre les murs pour m'éclaircir les idées. Alors que je venais de déclarer, sans ambages, que j'étais pressée de regagner mes pénates, je restai là, plantée sur le trottoir, à l'interroger. Mais la curiosité avait été la plus forte. Il haussa les épaules.

— On ne se voit pas le dimanche. Faut qu'on bosse les cours...

— Dans ce cas, qu'est-ce que tu fiches ici au lieu de bûcher ?

Il me lança un regard malicieux assorti d'un sourire en coin.

— J'avais mieux à faire.

— Pareil pour moi. J'ai mieux à faire que de papoter avec toi !

Mon ventre réémit un gargouillement peu élégant. Je fis de mon mieux pour ne pas rougir. McCallum s'esclaffa et je serrai des dents. Pourquoi ça ne m'étonnait pas de lui ? Il n'avait aucun tact. En plus, c'était sa faute si j'avais *vraiment* la dalle !

— Arrête de te foutre de moi !

— Je sais ce qu'il te faut... Allez viens, tu vas m'inviter à déjeuner, je connais un petit snack qui va te plaire... Ce sont justement Leah et Kyle qui me l'ont fait découvrir à la rentrée.

Quoi ? McCallum tournait déjà les talons, persuadé que j'allais le suivre comme un bon toutou, mais je restais, au contraire, immobile, estomaquée par son culot. Je battis des cils, scandalisée, croyant avoir mal compris.

— Attends un peu... Pourquoi ce serait à *moi* de payer ton repas ? Je ne t'ai rien demandé. Tu prends l'initiative, tu assumes. Moi, je rentre chez moi. Sur ce, bon appétit !

— Je t'ai sauvé la mise et tu me refuses un simple *fish and chips* ?

Son sourcil se souleva de nouveau, narquois. Un début de culpabilité naquit dans ma poitrine. Il m'avait épargné la honte de me retrouver dans une situation humiliante en bastonnant ces crétins. Et je n'avais rien fait par la suite pour lui prouver ma gratitude. J'avais été si bouleversée, entre autres, que ce soit lui qui soit venu à mon secours, que je m'étais montrée revêche. Je l'avais sciemment boudé comme une sale gamine capricieuse. Mais j'aurais dû me douter qu'il chercherait à obtenir une récompense. Rien n'était gratuit avec lui.

— OK. Je t'invite à déjeuner, et après, tu me fous la paix.

— Je vais finir par croire que tu as peur de moi…

— Moi, peur d'un connard comme toi ? Jamais de la vie !

— La carotte a un sale caractère.

— Ne m'appelle pas comme ça, sinon je te fous mon poing dans la figure !

— C'est toi qui as commencé !

Dieu que mes mains me démangeaient de l'étrangler pour le faire taire ! Comment avais-je pu lui trouver une seule qualité ? Tout en lui respirait l'arrogance et la suffisance. Toutefois, je supposais que pour me débarrasser de lui, je n'allais pas échapper à la corvée. Et si c'était un déjeuner, eh bien, soit ! Je n'étais pas obligée de lui adresser la parole durant le repas. En outre, qu'aurions-nous à nous dire ? Je ne le connaissais pas et lui ferais comprendre que je ne cherchais pas à mieux le découvrir.

Je plissai les yeux, menaçante.

— McCallum, je t'invite à deux conditions.

— Vas-y, je t'écoute.

— Premièrement, je veux que tu te tiennes bien à table…

Il cligna des paupières, n'en croyant pas ses oreilles. Puis il se bidonna franchement. Tant pis s'il se foutait de ma gueule ! Je préférais l'avertir plutôt que me taper la honte devant les autres à cause de ses manières inqualifiables.

— Je ne plaisante pas ! repris-je, sévère, en fronçant les sourcils. Tu fiches le bazar partout où tu passes. Tu n'es pas vraiment le garçon le plus discret que je connaisse. Et encore, je suis gentille ! Je t'ai déjà vu à moitié couché sur le tabouret dans la cuisine d'Edan. Deuxièmement, je te préviens que si tu te mets à parler la bouche pleine, à postillonner ou à gueuler dans le restaurant, je me taille en te laissant payer l'addition. C'est clair ?

Il s'était repris, mais un large sourire barrait toujours son visage.

— Je vais faire un gros effort pour toi ! promit-il.

Je lui lançai un regard sceptique. En effet, ses lèvres étaient pincées, non pas de contrariété, mais parce qu'il se retenait visiblement de repartir dans un fou rire. Pourquoi ne prenait-il rien au sérieux ? Allait-il respecter la parole donnée ? De toute façon, il savait que je n'hésiterais pas à le planter s'il manquait de manières. Mon Dieu qu'il m'exaspérait ! Je soufflai ouvertement en levant les yeux au ciel pour le lui montrer. Pourquoi continuai-je de parlementer avec un débile profond ?

— On y va, je te suis.

J'évitai d'ajouter à haute voix : «Plus vite on en aura terminé, plus vite je serai débarrassée de sa présence !», mais je n'en pensais pas moins. En chemin, j'envoyai un message à ma grand-mère en me mordant la lèvre inférieure de culpabilité. J'aurais dû la prévenir bien avant! Décidément, McCallum m'avait retourné le cerveau, et les négociations qui avaient suivi m'avaient complètement fait oublier le déjeuner à la maison. Je lui présentai mes plus plates excuses et l'informai que je mangerais en ville. Pourvu qu'elle ne me demande pas avec qui! Je serais forcée de lui mentir. Sa réponse ne tarda pas à s'afficher sur mon écran, et je poussai un soupir de soulagement. Elle ne m'en voulait pas et me souhaitait même un bon appétit. Rassurée, je rangeai mon portable dans mon sac.

— Tu écrivais à Edan?

— En quoi ça te regarde? répliquai-je, énervée.

Il haussa les épaules.

— J'étais curieux.

— Encore un vilain défaut! Tu les accumules, McCallum.

— Tu ne pourras pas me reprocher d'avoir castagné ces débiles! râla-t-il. D'ailleurs, j'ai bien fait, puisque j'ai compris qu'ils avaient mérité cette correction. C'étaient qui?

— C'est une longue histoire qui…

— Je sais : ne me regarde pas! compléta-t-il.

Je battis exagérément des cils.

— Oh, comment tu as deviné?

— Tu es trop chiante, comme fille!

— Alors, qu'est-ce que tu fous avec moi?

Une lignée de dents blanches s'afficha sous mes yeux.

— Je vais avoir un repas gratis. Ça motive, non ?

— Chassez le naturel du pique-assiette, et il revient au galop !

J'étais vraiment pathétique ! Me laisser obnubiler par son physique… Depuis quand étais-je si superficielle ? Je ne pouvais pas ressembler à ces filles qui se pâmaient devant des gars baraqués, dont la taille des bras dépassait celle de leur cervelle. McCallum possédait seulement une belle gueule pour lui ; on repasserait pour les qualités ! Car, jusqu'à présent, seuls ses défauts ressortaient ! Mais à quoi songeais-je ?! Imaginer qu'il puisse s'intéresser à moi était grotesque, surtout après son insulte sur ma couleur de cheveux. Je lui jetai un coup d'œil à la dérobée. Quoique ça n'avait plus l'air de le gêner, puisqu'il marchait à mes côtés. C'était à n'y rien comprendre !

McCallum s'arrêta devant un petit restaurant.

— On est arrivés ! annonça-t-il fièrement.

Je levai la tête pour lire le nom de l'enseigne. Entretemps, il avait poussé la porte vitrée, faisant tinter le carillon. Un léger brouhaha s'échappa de l'intérieur. Je m'avançai et passai devant lui, non sans le charrier dans un murmure :

— J'ignorais que tu savais être galant…

— J'ai d'autres talents cachés…

Je me retins de le fixer ouvertement. Je n'avais pas rêvé… Sa voix s'était faite plus veloutée en prononçant ces paroles, dont le sens prêtait à confusion. Et je sentis les pulsations de mon cœur s'accélérer. Pour me calmer, je repensai à ses manières désastreuses. Quel garçon se pointerait chez un pote qu'il détestait pour se goinfrer comme un porc ? Il n'y avait que lui, McCallum, qui n'avait aucun savoir-vivre. Selon ses coéquipiers, il enviait Edan au point de vouloir lui voler sa place. Et moi ? Je sortais avec Edan. Était-ce pour cette raison qu'il me côtoyait malgré sa répulsion envers les rousses ? Était-il si méprisable ? Un sentiment diffus de malaise se distilla en moi.

— Excusez-nous, on revient, lançai-je à la serveuse qui s'était avancée vers nous avec un sourire aimable.

Je tirai brusquement McCallum à l'extérieur afin d'en avoir le cœur net. Mes yeux ancrés dans les siens, je le fixai, mes pensées tourbillonnant dans ma tête.

— McCallum, est-ce que tu es train de jouer avec moi ?

Il fronça les sourcils, perplexe.

— Je ne comprends pas…

— Moi non plus. Je ne m'explique pas ce que tu fais avec moi…

— Faut arrêter d'être parano ! Le seul endroit où je joue, c'est sur la glace…

— À d'autres, tu veux !

CHAPITRE 9
Harrow

*G*rillé.

Merde, la chieuse avait vu clair dans mon jeu! Je maudis et applaudis en même temps sa perspicacité. Ma volte-face avait dû paraître trop brutale pour ne pas éveiller ses soupçons. J'avais supposé qu'après son sauvetage, elle me mangerait dans la main. Mais il semblait que l'insulte dans la cuisine l'avait marquée plus que je le croyais. Qu'est-ce qui m'avait pris de la traiter de carotte? J'avais été tellement furax après que Campbell m'avait pris le chou, que j'avais parlé sans réfléchir, sans penser une seule seconde aux conséquences!

Maintenant, je devais réparer les pots cassés ; il fallait que je balance une connerie crédible pour la retenir. Pour ne pas perdre l'emprise que j'avais sur elle. Mais elle m'avait pris de court. Putain ! Si mes potes me voyaient en train de suer à grosses gouttes pour tenter de rattraper le coup, ils se foutraient de ma gueule.

Battu à mon propre jeu, je décidai de déclarer forfait. Kirsteen, 1 ; moi, 0. Mais la partie était loin d'être terminée. J'avais entendu dire que la vérité payait ; j'espérais m'en tirer en étant – presque – honnête avec elle. Mais pas tout de suite.

— OK, bravo, tu m'as percé à jour, admis-je. Il y a bien une raison derrière tout ça… mais je ne te dirai rien avant que tu ne m'aies invité. J'y tiens, à mon déjeuner gratis !

Vexée, elle tordit sa jolie bouche rose. Son regard émeraude erra sur mon visage, indécis. Elle m'examinait, pesant le pour et le contre. Puis elle capitula en soupirant. Elle voulait bien me donner une chance de me justifier ! Je lui ouvris de nouveau la porte et la suivis dans le restaurant. Devant le comptoir, on passa commande à la même serveuse pour deux *fish and chips*. On partit s'asseoir à une petite table dans un coin. Je lui cédai la banquette en similicuir tandis que je prenais place sur la chaise. Un silence s'installa entre nous. Sa méfiance était en train de l'éloigner de moi, et ça, ce n'était pas envisageable ! Je devais faire remonter mon capital sympathie, qui était actuellement au plus bas.

— Ça s'est bien passé, à ton boulot ?

— Ouais, la routine.

— Depuis combien de temps tu bosses là-bas ?

— Depuis l'été dernier… D'ailleurs, comment tu connais l'endroit où je travaille ? Tu me suis ?

Je levai les mains en signe de paix, pour la calmer.

— Oh, détends-toi. Ça aussi, ça fait partie des explications que je te fournirai plus tard ! répliquai-je en lui lançant un clin d'œil. Je m'intéresse à toi, c'est tout. J'étais curieux de savoir si ça te plaisait de bosser dans un salon de thé…

Elle haussa les épaules.

— J'adore le thé, donc c'est plutôt cool. Et leurs macarons, leur spécialité, sont une tuerie…

Elle s'interrompit en se mordant la lèvre, comme si elle en avait trop dit.

— C'est marrant, ça ! m'exclamai-je avec enthousiasme. Tu as les mêmes goûts que ma mère. Elle aussi raffole du thé et de ces pâtisseries. Je passerai un de ces quatre pour t'en prendre un assortiment.

C'était faux. Ma mère ne jurait que par le café, et je ne l'avais jamais vue acheter un seul macaron de sa vie. De toute façon, cela faisait six mois que ma mère était devenue indifférente à tout ce qui ne se rapportait pas à son chagrin. Mais Kirsteen n'avait pas besoin de savoir que ma famille avait volé en éclats, et que je tentais désespérément d'en rassembler les morceaux.

Je m'attendais à ce qu'elle m'adresse un sourire de connivence, mais son visage était toujours hermétique. La tension était plus que jamais palpable entre nous. Tant que je ne lui aurais pas donné cette fameuse explication, elle ne se dériderait pas. Pourtant, ses lèvres frémirent quand le serveur déposa deux plateaux devant nous.

Après des remerciements, on attaqua en silence notre déjeuner.

J'attendis d'avoir avalé ma première bouchée pour lui demander :

— Et sinon, quels sont tes loisirs en dehors de la fac et de ton job ?

— Je n'en ai pas ! Je suis déjà bien occupée comme ça.

— J'ai remarqué que tu n'avais pas joué au bowling avec Edan…

Sa bouche se tordit en une grimace. Elle s'essuya les lèvres avec la serviette, avant de répondre :

— Parce que je ne voulais pas que tout le monde se moque de moi. C'était la première fois que je mettais les pieds dans un tel endroit. En fait, je n'ai jamais touché une boule de ma vie…

Kirsteen se figea soudain en comprenant le double sens de sa phrase, puis une rougeur colora peu à peu sa peau très pâle de rousse. Elle baissa les yeux, mal à l'aise, tandis qu'un fou rire montait irrépressible en moi. Je ne pus me retenir de pouffer. Ce qui me valut aussitôt un regard assassin.

— Hey, arrête de te marrer, ce n'est pas drôle, ronchonna-t-elle, en jetant un coup d'œil aux tables voisines. Tu as vraiment l'esprit mal tourné !

— Encore une fois, ce n'est pas moi qui ai commencé !

— Toi ! menaça-t-elle. Tu avais promis de bien te comporter, et tu es justement en train d'attirer l'attention sur nous.

— Ça va, ce n'est pas comme si j'avais postillonné en parlant…

— Encore heureux !

Je pris une profonde inspiration pour refouler mon hilarité.

— En tout cas, si tu veux que je t'apprenne à jouer, tu n'as qu'à me le dire. Je suis le maître en bowling ; j'ai pulvérisé mes deux potes. Et je serai plus que ravi de te montrer comment manipuler des boules…

Kirsteen me gratifia d'un regard blasé qui m'incita de façon perverse à continuer sur ma lancée. Histoire de la pousser un peu plus dans ses retranchements !

— Je suppose que tu n'as jamais touché au billard, non plus ? Je suis aussi un expert dans ce domaine-là ! En plus des boules, tu pourrais tâter une queue.

— Putain, aucune nana ne t'a jamais dit que tu étais lourd, McCallum ?

— Et toi, Graham, aucun mec ne t'a jamais traitée de coincée ?

— Non, jamais ! répliqua-t-elle, avec du défi dans les yeux.

Une décharge électrique me vrilla les reins. Soudain, la bouche sèche, je rêvais de bouffer autre chose que des frites… Ses lèvres. Son corps. Toutefois, je me secouai mentalement. Si je continuais à me perdre dans mes fantasmes, je lui sautais dessus dans deux secondes chrono ! Et non seulement je romprais ma promesse d'être irréprochable à table, mais je pouvais lui dire adieu aussi. Je m'adossai à ma chaise.

— Non, aucune fille ne m'a jamais trouvé lourd !

En vérité, je discutais rarement avec elles. Je n'avais jamais eu de copine attitrée. Si j'avais une petite amie, elle voudrait que je me confie à elle. Et il était hors de

117

question que je lui montre mes failles! Elle aurait alors compris que mes parents préféraient Colin et que mon grand frère prenait un pied monstre à me martyriser. Pire, tel que je connaissais Colin, il l'aurait séduite juste pour m'emmerder. Il savait frapper là où ça faisait mal, alors autant ne pas lui fournir d'arme supplémentaire!

Ce rejet était un secret dont personne ne devait se douter. On aurait eu pitié de moi. Et je ne cherchais pas à apitoyer quiconque sur mon sort. Aux yeux de tous, j'étais une grande gueule et un gros dur qui profitait à fond de sa jeunesse. Je n'avais aucune faiblesse! J'avais fait une exception pour Leah et Kyle, parce que mon instinct m'avait soufflé qu'ils me comprendraient. La preuve : on déconnait souvent en évoquant nos malheurs respectifs.

Bref, c'était la raison pour laquelle j'avais assuré à Leah que je ne volerais pas Kirsteen à Edan. Aucune envie que cette rouquine un peu trop perspicace apprenne ce qui se passait sous mon toit! Même si j'appréciais sa compagnie, nos tête-à-tête cesseraient bientôt. Kirsteen allait me détester quand elle se rendrait compte que je m'étais foutu de sa gueule. Bah, elle s'en remettrait! Edan la consolerait, et tout repartirait comme avant pour eux.

Je la dévisageai et ne pus m'empêcher de ressentir un pincement au cœur. Elle était vraiment belle, et ses cheveux rouges m'attiraient comme un aimant. Je ressemblais à un papillon qui s'approchait inexorablement de la flamme. Je sortis de mes rêveries en voyant qu'elle avait pincé la bouche. Il n'y avait pas que sa tignasse que je brûlais de caresser; ses lèvres roses m'hypnotisaient également. Quel effet cela me ferait-il de les lécher?

— Qu'est-ce qu'il y a? aboya-t-elle, d'une humeur de dogue. Pourquoi tu fixes encore mes cheveux? Si c'est encore pour te foutre de leur couleur, je me lève, je te fous mon poing dans la figure et je me casse. Tu paieras l'addition!

Elle s'était méprise… Alors que je fantasmais comme un malade sur elle, elle s'imaginait que j'étais en train de me moquer d'elle.

— Écoute, je crois que toi et moi, on est partis du mauvais pied.

Elle me lança un regard torve.

— Et à qui la faute?

— OK, j'assume mes torts, je n'aurais pas dû t'interpeller de la sorte. Mais je t'ai sauvée ensuite, donc les compteurs sont remis à zéro. Avec un certain avantage pour moi…

— Je l'ai bien compris en ce sens, c'est pour ça que tu te retrouves à manger à mes crochets.

— Bon, à part le bowling et le billard, que n'as-tu jamais fait dans ta vie?

— Laisse tomber, tu veux! Je ne suis pas là pour subir un interrogatoire.

— Espèce de rabat-joie!

Kirsteen baissa les yeux sur son plateau et se concentra à terminer son poisson et ses frites. Je me calai dans le fond de ma chaise. J'allais la laisser tranquille, comme elle me l'avait demandé, mais c'était pour mieux revenir à l'attaque. Et elle aurait une sacrée surprise dès qu'on sortirait d'ici!

119

Je jetai la serviette après m'être essuyé la bouche.

— Si tu as fini, on peut y aller.

Kirsteen hocha la tête, toujours murée dans le silence. Elle quitta sa banquette et se dirigea vers le comptoir pour régler nos repas. Mais je fus plus rapide qu'elle. Je la dépassai et me plantai devant la caisse enregistreuse, en faisant écran avec mon corps. Je me retournai pour lui adresser un clin d'œil tandis qu'elle me dévisageait, bouche bée. J'étais en train de grimper de quelques barreaux dans l'échelle de son estime…

— C'est pour moi. Tu m'inviteras une autre fois.

Ainsi, elle me resterait redevable ! Ce qui occasionnerait un autre rencard avec elle. «Loin des yeux, loin du cœur», disait l'expression. En demeurant constamment sous ses yeux, je ne cesserais de la troubler. Voilà ce que je souhaitais : créer des tensions dans son couple par ma simple présence. Si Edan lui demandait comment elle avait passé son dimanche après-midi, elle n'allait peut-être pas ébruiter le fait qu'elle était avec moi. Entre eux commenceraient les cachotteries, et Edan ne pourrait s'empêcher de se poser des questions… Je m'en réjouissais d'avance !

Je lui tins de nouveau la porte quand on quitta le restaurant. Après avoir effectué quelques pas toujours dans le silence, elle s'arrêta et se tourna vers moi. Un sourire intimidé flotta sur ses lèvres.

— Eh bien, merci de m'avoir invitée…

— Tout le plaisir a été pour moi.

— Maintenant, je… dois rentrer… À bientôt !

Si elle croyait pouvoir me fausser compagnie aussi facilement, elle se trompait !

120

— Tu ne veux plus savoir pourquoi je m'intéresse à toi ?

Elle tressaillit et baissa les yeux sur ses bottines, avant de se ressaisir.

— Non, finalement, je me moque de tes raisons, décréta-t-elle d'une voix sèche. En fait, j'aimerais qu'on ne se revoie plus en tête-à-tête. Nous sommes quittes : je t'ai invité…

— Tu oublies que c'est moi qui ai raqué !

— C'est ton problème. Je ne sais pas pourquoi tu as tenu à payer… Tu as laissé passer une occasion de manger à l'œil, c'est tant pis pour toi !

— Tu ne veux pas savoir pourquoi j'ai fait une exception pour toi ?

— Je te répète que je me fous de tes raisons…

— Tu es l'exception, Kirsteen, la coupai-je, la laissant stupéfaite.

Elle cligna des yeux sous ma confession. Puis, sans crier gare, la seconde suivante, elle pivota purement et simplement sur ses talons pour se barrer… comme si elle s'était doutée de ce que j'allais lui annoncer. J'eus un sourire en coin en constatant qu'elle était perturbée. Elle aussi était attirée par moi ! Dans la cuisine chez Edan, j'avais décelé cet instant suspendu entre nous. À présent, j'en avais la confirmation. Il fallait que je la rattrape pour la pousser aux aveux.

Je me calquai à son rythme soutenu sans aucune difficulté. Mieux, étant plus grand qu'elle, je ne tardai pas à gagner du terrain et à lui emboîter le pas quand elle déboucha sur un parking, au détour d'une rue. Elle persista à m'ignorer. Je lui touchai le coude lorsqu'elle allongea le bras vers la portière de sa voiture. Elle se dégagea vivement de mon contact, puis elle brandit son sac, avec lequel elle m'assena des coups répétés. La furie! Je partis dans un grand éclat de rire, tout en levant mes mains devant moi pour me protéger de ses attaques.

— Eh, je n'allais pas te faire de mal! déclarai-je, amusé par ses efforts. Putain, qu'est-ce qui ne va pas chez toi? Je viens de t'adresser un compliment et tout ce que tu trouves à faire, c'est de prendre tes jambes à ton cou et me balancer ton sac à la tête! Tu n'aimes pas entendre la vérité, mais je te le dis quand même : j'ai passé un excellent moment avec toi, et je n'avais pas envie qu'on se quitte… «fâchés».

Elle grogna, puis renifla avec mépris.

— Tu t'attendais à quoi d'autre, McCallum? Je n'en veux pas, de ton compliment. Je ne veux rien de toi. Va emmerder quelqu'un d'autre. Fous-moi la paix, je sors déjà avec quelqu'un!

— Je sais… Tu aurais juste pu me dire de façon civilisée que tu étais très flattée, mais que rien n'était possible entre nous puisque tu es déjà prise. Sans forcément t'énerver ni vouloir m'assommer avec ton sac. À moins que…

Je fis mine de réfléchir. Comme je m'y attendais, elle s'empourpra.

— À moins que tu ne ressentes quelque chose pour moi? complétai-je.

— Dans tes rêves, connard!

— Alors, je ne vois pas pourquoi tu es si furieuse.

— Je n'ai pas d'explication à te donner. Ne m'approche plus, c'est compris?

122

Je redevins sérieux.

— Ça, c'est impossible, articulai-je en détachant chaque mot, mes yeux rivés aux siens.

N'écoutant que mon instinct, j'esquissai un pas dans sa direction, la coinçant presque contre l'aile de sa voiture. Kirsteen se plaqua contre la portière pour éviter tout contact avec moi. Puis je penchai légèrement mon buste à quelques centimètres de sa poitrine, qui se soulevait de façon désordonnée. Elle respirait trop vite. Le fait d'incurver son dos fit ressortir sa poitrine. Mes yeux tombèrent sur ses mouvements hypnotiques. Je ne sortis de mon admiration que lorsqu'une douleur explosa sur ma joue. La gifle eut le don de me remettre les idées en place, et je me reculai tout en me massant la joue.

— Désolé…

Sans un mot, elle s'empara de la poignée de sa portière, prête à déguerpir.

— Attends, je suis vraiment désolé.

Le souffle court, elle se figea. Je murmurai d'un ton honteux :

— La vérité, c'est que tu me fais de l'effet. Je sais que tu es avec Edan, mais ça ne m'empêche pas de te désirer… Maintenant, tu sais pourquoi je provoque Edan. Parce que je suis jaloux de lui. Je sais que je n'ai aucune chance contre lui à cause de ma mauvaise réputation, mais, tu vois, je suis déjà heureux d'avoir réussi à attirer ton attention, et d'avoir passé un moment avec toi…

Elle me tournait toujours le dos. Si elle n'attendait pas une confirmation de ses doutes, elle se serait déjà barrée depuis longtemps. Elle était amoureuse d'Edan, mais elle n'était pas non plus insensible au baratin d'un autre gars… J'avais réussi à semer le trouble dans son esprit.

— Faute de mieux, j'aimerais beaucoup qu'on devienne amis, toi et moi, soufflai-je, résigné. J'ai déménagé de Glasgow cet été et je n'ai pas encore vraiment eu le temps de visiter Édimbourg. Avec mes potes, on a surtout fait la tournée des bars et des restos. Ça te dirait de jouer ma guide ? Ce serait sympa…

Pas la peine de lui dire que je m'étais baladé lors du festival Fringe en août…

Ma proposition ne reçut aucune réponse. Sans desserrer les lèvres, elle s'installa sur le siège conducteur. Je la vis manœuvrer avec nervosité et, après avoir quitté son emplacement, elle s'éloigna en trombe. Satisfait de moi, je repartis du parking en sifflotant. Le tremblement de ses mains autour du volant et le fait qu'elle se mordillait avec fièvre la lèvre inférieure ne m'avaient pas échappé.

CHAPITRE 10

*L*e *con!*

Et je n'étais pas mieux que lui ! Quelle conne je faisais aussi ! Après l'avoir frappé, j'aurais dû m'engouffrer dans ma voiture et démarrer au quart de tour. Ah, et l'écraser au passage aussi ; voilà qui l'aurait fait taire pour de bon ! Pourquoi étais-je restée, les bras ballants et le cœur battant, à l'écouter me débiter de telles sornettes ? Au fond, je pressentais la catastrophe arriver… Tous les voyants étaient au rouge, m'envoyant des signaux d'alarme. Son changement d'attitude aurait dû me mettre la puce à l'oreille. De méprisant, il était devenu galant, d'abord en me tenant la porte, puis en payant l'addition avec le sourire en prime. Edan aurait-il eu raison à propos de McCallum? Sa provocation cachait-elle tout autre chose? Une attirance pour moi?

Je secouai la tête. Non, ce n'était pas possible! Il avait été si insultant dans la cuisine… Je me remémorai son visage arrogant, dédaigneux et, surtout, très sérieux. Il n'avait pas eu l'air de plaisanter quand il m'avait balancé sa vacherie. Pourtant, c'était le même qui m'avait confié vouloir être mon ami. Pouvais-je croire en sa sincérité? Et pourquoi je rougissais bêtement? Parce que je n'étais pas insensible à sa proximité!

Tant que j'étais persuadée qu'il me détestait, je n'avais eu aucune difficulté à le tenir mentalement à distance. Tant qu'il se conduisait de façon grossière, pour rien au monde, je n'aurais voulu le côtoyer. Son comportement désobligeant me revint en mémoire. McCallum me dégoûtait. Et ne parlons pas de ses fréquentations! Cette fille gothique qui transpirait la haine, et l'autre garçon sans personnalité qui imitait leur leader comme un bon toutou… Leurs ricanements face aux facéties de McCallum me poursuivraient encore longtemps!

Grâce à Edan, je commençais à me faire accepter par les autres étudiants. Il m'ouvrait bien des portes, alors que traîner avec McCallum signifierait me «marginaliser». D'ailleurs, ce dernier ne semblait pas avoir d'autres amis que ses deux acolytes. Bon, il débarquait de Glasgow; cela pouvait l'expliquer. Mais je ne devais pas m'attarder sur *lui* ni lui trouver des excuses. Il serait trop heureux de savoir qu'il avait réussi à me troubler plus que de raison!

Je soufflai à plusieurs reprises pour ralentir mon rythme cardiaque. Mon pouls continuait à battre trop vite. J'aurais dû lui répondre avec tout le sang-froid dont j'étais capable. Je me rejouai la scène dans la tête et m'imaginai lui rire au nez : « Hors de question de devenir ton ami ou d'être vue en ta compagnie dans cette ville, connard ! » Je m'étais abstenue de lui lancer ces mots à la figure uniquement parce qu'il avait eu un comportement raisonnable durant le déjeuner. S'il m'avait de nouveau insultée, il aurait fini par le récolter, mon coup de genou dans son entrejambe !

Je fus surprise lorsque j'arrivai devant chez moi. Je ne m'en étais pas vraiment rendu compte. J'avais roulé en mode pilote automatique depuis le centre d'Édimbourg. Je grimaçai, contrariée par ce constat. Ce n'était pas bon signe ! Pendant tout le trajet, je n'avais fait que songer au mystère que représentait McCallum. Je devais me l'enlever de la tête, lui et sa belle gueule ! Depuis qu'il m'avait défendue dans les toilettes, j'étais déstabilisée face à lui. S'il accaparait mes pensées, c'était seulement parce que je lui étais reconnaissante. Un point, c'est tout ! Je claquai la portière plus fort que nécessaire, en contractant les mâchoires. Pourquoi ma tête n'était-elle pas en accord avec mon cœur ? Je ne pouvais pas laisser tomber Edan…

— Kirsteen, ma chérie, est-ce que ça va ? La voiture a un problème ?

J'étais si plongée dans mes réflexions que je sursautai en entendant ma grand-mère m'interpeller. Je me serais giflée ! J'étais restée à fixer ma voiture si longtemps qu'elle avait cru que j'avais eu un souci avec elle. Non, je rêvais juste d'étrangler McCallum! Je souris à la figure préoccupée de ma grand-mère et secouai la tête pour la rassurer.

— Je vais bien et la voiture aussi, *granny*.

— J'ai entendu le bruit de ta portière, mais comme tu ne rentrais pas, je suis venue voir ce qu'il se passait...

— Excuse-moi de t'avoir inquiétée.

Mon regard descendit sur son tablier vert en plastique, taché de terre. Ses mains portaient encore des gants. Je m'en voulus aussitôt de l'avoir interrompue dans son jardinage. Ma grand-mère était devenue très attentive à mes humeurs après toutes mes histoires à l'école. Elle avait été toujours là pour me soutenir en toutes circonstances. Je m'approchai d'elle et la serrai dans mes bras, tout en déposant un baiser sur sa joue.

— Je crois que je vais t'accompagner quelques minutes au jardin, pour me détendre.

— Donc, il y a bien quelque chose qui te tracasse?

Je levai les yeux au ciel.

— Je t'assure que ça va.

— Ton déjeuner s'est mal passé?

— Rien à signaler de ce côté-là.

— Tu ne dois pas garder tes problèmes pour toi...

— Je t'en parlerai...

— Le moment venu, je sais, ajouta-t-elle presque en maugréant.

Je ris de bon cœur. Nous en avions traversé des épreuves, elle et moi. Jamais elle n'avait faibli face à l'adversité. Mais, comme la dernière fois, je ne voulais pas lui parler de ce qui me tracassait. McCallum.

C'était trop tôt. Ou bien il n'y avait rien à dire sur lui ! J'étais réellement perdue en ce qui le concernait. Je ne devrais pas penser à lui… et pourtant, il s'imposait de plus en plus, marquant mon esprit au fer rouge, remisant Edan à l'arrière-plan. Avec mon petit ami officiel, nous ne nous étions rien promis non plus…

En plus des travaux d'aiguille, ma grand-mère m'avait transmis son amour pour le jardinage. Mon grand-père et elle avaient créé et entretenu leur potager ensemble. Gamine, j'adorais gratter la terre avec eux — maintenant, avec elle — pour préparer le terrain pour le printemps suivant. Voir ce qu'on a planté grandir et en récolter les fruits était quelque chose de gratifiant.

Parfois, lorsque la production était trop abondante, les voisins en bénéficiaient aussi. En échange, certains nous donnaient des œufs. Finalement, j'aimais cette vie simple, loin de l'effervescence urbaine. Je voyais la différence tous les jours quand je me rendais à l'université ou à mon job. Édimbourg grouillait de monde, le trafic y était intense, la pollution également. Ici, je respirais un meilleur air…

Encore une fois, j'imaginai McCallum dans cet environnement calme et tranquille. Il s'ennuierait ferme avec moi, entouré de mes pelotes de laine et des plantes de mon jardin ! Il avait déménagé de Glasgow pour habiter à Édimbourg, les deux plus grosses métropoles du pays. Et il appréciait les divertissements dont regorgent les grandes villes.

D'ailleurs, il ressemblait à une pile électrique, incapable de tenir en place. Il avait tellement d'énergie en lui… Oh, merde ! Mes yeux s'arrondirent. Comment en étais-je arrivée à envisager qu'il puisse intégrer ma vie monotone ? Heureusement, la sonnerie de mon téléphone me tira de mes pensées absurdes. Le nom d'Edan s'affichait sur l'écran. Le dimanche après-midi, il ne manquait pas de prendre de mes nouvelles. Il se conduisait vraiment comme le parfait petit ami… Je jetai un regard d'excuse à ma grand-mère.

— C'est Edan. Je rentre, *granny*, l'informai-je.

Je décrochai tout en pénétrant dans la maison.

— Salut, toi.

— Comment ça s'est passé au boulot ?

— Bien. Comme toujours.

J'esquissai un sourire en coin en contemplant le ciel gris. Les nuages n'étaient pas menaçants et, dans quelques minutes, les rayons du soleil feraient une brève apparition. Le temps était instable, imprévisible. Comme McCallum. Je revins sur terre en me fichant quelques claques mentales. Pourquoi tout me ramenait à lui ? Ah, oui, je lui étais reconnaissante. C'était uniquement ce paramètre qui influençait mon fichu inconscient.

— Tu t'es remise de… hum, l'incident au bowling ?

— Oui, ne t'inquiète pas.

— McCallum a été vraiment super…

— En effet. Je lui dois une fière chandelle.

Je lui cachai les véritables motivations de mon sauveur. Avait-il dit la vérité ? Se pouvait-il que, sous couvert de m'emmerder, il ait tenté de se rapprocher de moi ? La discussion se languit entre Edan et moi. Je me remémorai mes prises de bec avec McCallum, bien plus vivifiantes…

Mais les blancs dans la conversation avec Edan n'étaient pas pour autant gênants pour moi. La plupart du temps, nous n'avions rien à nous dire au téléphone, mais Edan s'obstinait à tenir son rôle de parfait petit ami et m'appelait religieusement chaque fin de week-end. Je savais ce qui le poussait à suivre ce planning : c'était un homme d'honneur, et il se sentait coupable de m'avoir entraînée dans cette mascarade. J'avais eu beau lui certifier que je le voulais aussi, il continuait de s'en vouloir.

Bon sang, c'était injuste ! Pourquoi mon cœur ne battait-il pas pour lui ? Puis j'abandonnai ce vœu pieux. J'aurais été malheureuse si j'étais tombée amoureuse d'Edan. Lui et moi n'appartenions pas au même monde. Ses parents ne toléraient ma présence sous leur toit que parce qu'ils étaient persuadés que notre relation était une passade. Que leur fils retrouverait la raison en comprenant notre différence sociale.

Je ne lui fis pas part de mon déjeuner improvisé. C'était un incident isolé. Ça ne se reproduirait plus ! Je ne pouvais pas vouloir devenir amie avec un garçon aussi arrogant que McCallum.

Rassuré sur mon état mental, Edan finit par raccrocher, et je montai à l'étage pour me rendre dans ma chambre. Je plongeai aussitôt le nez dans mes cours. Terminées les rêveries, si je voulais passer en deuxième année !

131

McCallum avait recommencé son manège. Je ne cessais de l'apercevoir qui traversait mon secteur géographique d'études, sur Buccleuch Place, et, à ma grande honte, j'étais de plus en plus consciente de sa présence. Je m'efforçais de l'ignorer, mais impossible de m'empêcher de tressaillir dès qu'il apparaissait dans mon champ de vision. Mon cœur échappait à tout contrôle. Depuis sa confession, il y avait comme un écho en moi qui aurait beaucoup aimé lui répondre. Il avait réussi à s'ancrer fermement dans mon esprit. Mais, à la froide lumière du jour, force était de constater que nous n'avions rien en commun ! Si jamais nous nous mettions ensemble, nous courions droit dans le mur. Raison pour laquelle je ne craquerais pas !

— Tu veux m'en parler ?

— Pardon ? m'étonnai-je, en clignant des yeux.

Edan m'attira plus près de lui. Nos doigts entremêlés, nous donnions l'illusion d'un couple amoureux lorsqu'il murmura à mon oreille :

— Je vois bien que quelque chose te préoccupe…

— Non, tu te trompes. Je t'assure que tout va bien.

— Viens, je t'invite à boire un verre. On sera plus au calme pour discuter.

— Mais je te répète que tout va bien !

Il claqua la langue de réprobation. Les sourcils froncés, il me ramena face à lui. Ses yeux d'un bleu profond fouillèrent intensément mon regard à la recherche de la vérité. Je voilai mes pensées en baissant la tête. Continuer à lui mentir sur ce qui me tracassait était une insulte à son intelligence. Edan tenait à mon bien-être. Et il comprendrait ce que je ressentais.

— Kirsteen, on s'était promis d'être honnêtes l'un envers l'autre, tu te rappelles ? S'il y a quoi que ce soit, il faut que tu m'en fasses part.

— Toi et ta fichue intuition !

— Dans ce cas précis, mon sixième sens n'a rien à voir. Il faudrait être aveugle pour ne pas avoir remarqué ton humeur morose. Tu te plonges trop souvent dans tes pensées, et tu m'écoutes d'une oreille distraite. C'est ça : tu as la tête ailleurs.

— Tu as raison, j'admets que je n'ai pas été très attentive.

Il éclata de rire face à ma grimace contrite.

— Allez, on va se le prendre, ce verre !

Mon petit ami passa son bras autour de ma taille et je m'appuyai sur lui. Il me guida vers un des nombreux pubs qui bordaient l'université. Durant le trajet, je crus sentir un regard s'appesantir sur moi. Inconsciemment, à force de *le* croiser, j'en venais à l'imaginer en train d'épier mes faits et gestes… Mais c'était sûrement un effet de mon imagination, et je résistai à la tentation de sonder la foule bruyante, de peur de paraître ridicule !

Le pub grouillait d'étudiants qui décompressaient après une journée de cours. La bonne humeur imprégnait les lieux. Des rires fusaient de toutes parts, des conversations alimentaient le brouhaha ambiant. Des glaçons s'entrechoquaient dans les verres remplis à ras bord. Edan salua d'un signe de la main la plupart d'entre eux. Quant à moi, je me contentai d'adresser un timide sourire à la ronde pour ne pas paraître impolie, mais, la vérité, c'est que je ne connaissais presque personne. Moi qui avais voulu sortir de ma bulle, j'étais servie ! La tentation était très forte de m'éloigner de leur regard scrutateur, mais, quand on sortait avec le mec le plus populaire de l'université, il fallait s'attendre à être examinée à la loupe. Plus que jamais, j'eus la conscience aiguë de nos univers diamétralement opposés. L'anonymat, ce n'était pas si chiant, après tout !

Edan me mena vers une table seulement éclairée par une lumière tamisée, pour nous assurer une certaine intimité. Une serveuse apparut à nos côtés. Edan commanda une bière tandis que je demandai ma boisson préférée, un verre d'Irn-Bru. Après le départ de la jeune femme, Edan tendit sa main vers moi, paume en l'air, et j'y plaçai sans hésiter la mienne. Mon compagnon me lança un clin d'œil complice.

— Où en étions-nous ? me taquina-t-il. Ah oui, tu m'as avoué avec tout de même une ombre de culpabilité que je suis aussi ennuyeux que la pluie. Que me vaut l'honneur d'être relégué dans la catégorie des gens peu intéressants ? Attends, laisse-moi deviner… Il n'y aurait pas un rapport avec McCallum ?

Aïe, lui aussi avait remarqué son manège !

— Je te jure qu'il n'y a rien entre nous…

— Mais il y a quelque chose, n'est-ce pas ?

— Cette fois, c'est toi qui ne m'écoutes pas, je viens de t'affirmer le contraire !

Edan haussa un sourcil sceptique, et j'eus l'impression de me retrouver devant la mine de ma grand-mère quand elle découvrait que je venais de faire une bêtise. Étais-je si transparente ? Sûrement. En tout cas, il ne servait à rien de mentir.

— Tu as gagné ! capitulai-je. Je ressens bien quelque chose pour lui. Une envie irrépressible soit de… Hum, j'hésite entre l'étrangler, lui rouler dessus ou le découper en petits dés. C'est juste un connard trop imbu de sa personne. Et il est tellement lourd, avec ses blagues pourries !

— Ouh là, c'est l'amour fou entre vous !

— J'ai envie de me planquer dans un trou de souris. Je ne me pensais pas être le genre de fille à craquer devant un simple physique… Je me sens si superficielle, si tu savais !

— Écoute ce que ton instinct te dit… McCallum cache quelque chose de plus profond derrière ses provocations.

— En fait, je me fiche de lui. Je ne te trahirai pas.

— Hey, on ne s'est rien promis…

— Je sais. Tu es tellement formidable, Edan.

— Pas si formidable que ça, apparemment !

— Je suis vraiment désolée… Ta guerrière rousse a été en dessous de tout, mais elle va se rattraper ! Je compte bien venir t'encourager pour ton premier match de la saison.

Il émit un petit rire.

— Moi ou McCallum ?

— Tu prononces encore une fois son nom et je te fais la gueule ! le menaçai-je, les yeux plissés. Attention à toi. Petite, j'étais capable de bouder dans mon coin pendant des jours.

— Je te crois, ma petite furie! s'esclaffa-t-il. OK, on arrête de parler de *lui*, mais, à mon avis, d'après son comportement, il est clair qu'il est déterminé… Que ce soit avec toi ou sur la glace, il veut se prouver quelque chose.

— Il peut toujours tenter, mais je serai plus forte que lui!

— Je l'espère…

Merde, dans quel camp était-il? Avait-il si peu confiance en moi? Ou était-ce encore sa fameuse intuition? Je me retins de lui poser ouvertement ces questions. Je n'avais pas envie de relancer le débat sur McCallum. Edan avait toujours eu une indulgence particulière pour ce connard arrogant. Si je grattais le vernis, découvrirais-je réellement une autre personnalité moins méprisable? Ma tête me disait non, tandis que mon cœur me hurlait oui. Mais, au fond de moi, je savais que je parviendrais à résister à la tentation, à la pression.

CHAPITRE 11
Harrow

C'était le dernier entraînement avant le début officiel de la saison. Le premier match était décisif pour marquer les esprits. Campbell le savait, raison pour laquelle il avait été déchaîné pendant ces deux heures ; ce n'était donc pas le moment de venir le chatouiller avec une échappée en solo, si brillante soit-elle ! Je crois que, même si j'avais réussi à marquer lors de mon nouvel éclat, il m'aurait banni *illico presto* tellement il avait les nerfs à fleur de peau. Le visage plus rougeaud que d'ordinaire, il n'avait cessé de beugler aux joueurs des ordres saupoudrés de quelques injures de son cru.

J'étais le dernier à regagner les vestiaires. Énervé et crevé, je me laissai tomber lourdement sur un banc dans mon coin. Les mâchoires crispées, j'enrageai intérieurement. À cet instant, je pouvais concourir avec Campbell pour décrocher le prix de celui qui était le plus à cran ! Comme d'habitude, mes coéquipiers, aussi bavards que des gonzesses, étaient agglutinés autour d'Edan, telles des abeilles autour d'un pot de miel. Personne ne se préoccupait de moi. Je pouvais longuement fusiller du regard la source de ma colère. Puis je plantai mes coudes sur mes cuisses et baissai la tête pour ruminer mon impuissance.

Bordel, il fallait absolument que je passe à la vitesse supérieure si je voulais affaiblir Edan ! Le capitaine n'avait rien perdu de sa sagacité sur la patinoire. Il était toujours le leader incontesté. Campbell l'avait engueulé uniquement pour la forme, car j'avais aperçu la lueur de fierté paternelle qui brillait dans ses yeux bleus délavés. Edan allait nous mener à la victoire, tel Moïse qui guidait ses disciples vers la terre promise ! Le coach avait eu beau m'assener que le hockey était un sport d'équipe, quand je voyais où allait sa préférence, il y avait indéniablement un seul meneur que les autres joueurs suivaient en bêlant.

Espionner Kirsteen comme un psychopathe n'avait pas suffi… J'avais réussi à me procurer son emploi du temps au secrétariat sous un prétexte ingénieux, et j'apparaissais sous ses yeux dès que j'en avais matériellement la possibilité – je ne devais pas négliger mes propres cours non plus ! Edan n'avait pas pu me rater puisqu'il suivait les mêmes cours et qu'il était tout le temps fourré avec elle. Pourtant, il ne m'en avait pas touché un seul mot ce soir. À croire qu'ils n'en avaient rien à foutre !

Edan devait impérativement perdre ses moyens. Il se ferait alors enguirlander par le coach et j'apparaîtrais comme le seul sauveur de l'équipe ! Et, pour obtenir ces résultats, il fallait que je fonce dans le tas, exactement comme au hockey ! Ce n'était pas en restant en fond de cour que je parviendrais à me démarquer. Peu importe ce que j'avais prévu au départ, il était grand temps d'adopter une nouvelle stratégie ; j'avais été trop timide jusque-là. J'en revenais toujours à la même conclusion : il fallait que je lui vole sa copine ! Leah allait me détruire les couilles, mais j'étais prêt à prendre le risque… Tout, plutôt que de m'enliser dans ce *statu quo* !

J'émergeai de mes réflexions quand j'entendis les autres joueurs se saluer et claquer la porte derrière eux. Merde, combien de temps j'étais resté à m'apitoyer sur ma situation merdique ? Je macérais toujours dans ma combinaison trempée de sueur. Je fis la grimace et, d'un geste brusque, j'enlevai mes multiples protections ainsi que mon maillot pour me rendre dans les douches à mon tour. Malgré le jet d'eau chaude qui délassa mes muscles, mon cerveau carburait toujours à cent à l'heure.

À cause de mon obsession de surpasser Edan, je me rendais compte que je ne consacrais plus autant de temps à bûcher mes cours. Heureusement que mes potes m'aidaient, en m'expliquant ce que je n'avais pas écouté en cours. Putain ! Si je n'assurais pas lors des partiels, j'allais encore plus baisser dans l'estime de mes parents. Je devais être meilleur que Colin, mais impossible pour moi d'être partout à la fois! Pourquoi les problèmes ne cessaient-ils de s'accumuler sur ma route?

J'aurais bien invité mes parents à ce premier match, mais lire la déception dans leurs yeux me faisait royalement chier! Tant que je serais punaisé à ce poste défensif, ils ne pourraient pas être fiers de moi, comme ils l'avaient été de Colin. Je devais devenir le capitaine de l'équipe pour ne plus me sentir inférieur à mon défunt frère. Et si ce que j'avais prévu se réalisait, mon vœu le plus cher serait bientôt exaucé! Grâce à Kirsteen, je brillerais et raflerais autant — voire plus — de victoires que Colin.

Je retrouvai instantanément le sourire lorsque je repensai à ma belle rouquine. J'avais passé un moment «électrisant» avec elle au resto. Des étincelles avaient crépité entre nous. J'adorais son sale caractère, sa mine boudeuse, ses répliques acerbes, et la façon dont elle m'avait remis à ma place. Tout ce que j'avais rêvé que *ma* nana soit se retrouvait cristallisé en elle. Néanmoins, j'étais tiraillé. D'un côté, je ne voulais pas vraiment de petite copine. De l'autre, plus je la côtoyais et plus elle me plaisait! Peut-être que je la garderais après avoir atteint mon but…

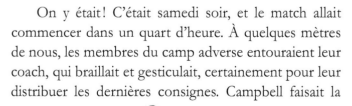

On y était! C'était samedi soir, et le match allait commencer dans un quart d'heure. À quelques mètres de nous, les membres du camp adverse entouraient leur coach, qui braillait et gesticulait, certainement pour leur distribuer les dernières consignes. Campbell faisait la même chose avec nous. Après nous avoir rabâché sa stratégie, il finit par frapper dans ses mains.

— Assez parlé, place à l'action ! C'est le moment de montrer de quoi vous êtes capables, les gars ! gronda-t-il, agressif, un poing fermé. Je ne le répéterai jamais assez, le premier match est décisif. Il faut marquer les esprits d'entrée de jeu pour toute la saison. Prouvez-moi que je n'ai pas gaspillé ma salive pour rien. Jouez avec vos tripes et rendez-moi fier de vous ! Et… si ça ne suffit pas pour vous motiver, sachez que si on gagne ce putain de match, j'offre une tournée générale après la rencontre. Et Dieu seul sait à quel point je suis radin !

Toute l'équipe s'esclaffa ; en effet, son avarice était légendaire ! L'atmosphère s'allégea un peu après sa boutade. Puis on commença à investir la patinoire, juste après nos rivaux de la soirée, les Aberdeen Panthers. Le coach donna une tape sur le casque à chacun des six joueurs autorisés à entrer sur le terrain, comme un geste porte-bonheur. Je m'échauffai en glissant souplement sur la glace, avant d'aller me placer à mon poste, sur la ligne défensive.

Je levai les yeux et parcourus les gradins. Les spectateurs étaient venus nombreux assister à cette rencontre qui marquait le début de la saison. Le *Murrayfield Ice Rink* pouvait accueillir jusqu'à trois mille huit cents personnes ; les rangs n'étaient pas pleins, mais pas trop clairsemés non plus, un fait appréciable quand on savait que dans ce pays, le rugby et le football dominaient largement les autres sports. Le hockey sur glace faisait office de bon dernier dans le classement des sports pratiqués. Même le curling passait avant le hockey !

Derrière la grille de mon casque, j'essayai de repérer mes deux potes venus m'encourager. Un spectateur émit un sifflement strident qui attira mon attention, comme celle de la quasi-totalité des gens présents, d'ailleurs. C'était Leah qui venait de produire ce son puissant pour m'aider à les localiser. Mon regard tomba alors sur leurs sourires jusqu'aux oreilles et sur une banderole de fortune — un morceau de drap blanc déchiré — qu'ils déroulèrent. Ils agitèrent l'étendard en trépignant. On pouvait y lire des lettres tracées à la main au marqueur noir : «Harrow, t'es le meilleur !» Je pouffai de rire. Leur confiance me fit chaud au cœur. Eux croyaient en moi. Je brandis mon poing ganté en l'air pour leur dédier notre future victoire.

Au centre de la patinoire, les deux capitaines discutaient avec l'arbitre ainsi que les deux juges de ligne. Je soufflai pour me calmer. Voir Edan à cette place avait tendance à me faire vriller. Mais ce soir, pas de scandale. Enfin, pas trop ! Le hockey restait un sport de contact où les altercations entre les joueurs étaient nombreuses. Les mises en échec avaient tendance à exacerber les tensions. Les combats étaient alors plus ou moins tolérés, pourvu que ça ne dégénère pas, sinon on était bon pour poireauter sur le banc des pénalités. Campbell allait être fou de rage si on se retrouvait en infériorité numérique !

Soudain, une couleur rouge apparut dans le coin de mon œil. Je tournai légèrement la tête et repérai Kirsteen derrière la glace de protection en plexiglas qui

142

cernait la patinoire. Elle était en train de me mater! Prise en flagrant délit, elle reporta aussitôt son attention vers le centre de la patinoire. Je l'avais laissée plus ou moins tranquille ces derniers jours pour me concentrer sur mes cours. Lui avais-je manqué?

Je scrutai les deux personnes à côté d'elle. Même si je ne connaissais pas les parents d'Edan, je ne pouvais pas me tromper. Il était le portrait craché de son père! Les mêmes traits, avec les rides en moins, et les mêmes cheveux bouclés couleur sable. L'homme aux tempes grisonnantes portait un élégant costume trois-pièces. Il se croyait au boulot ou quoi? À ce que j'avais entendu dire, il était directeur financier dans une grosse boîte. Et la femme à ses côtés triturait son collier de perles. Tout aussi élégamment vêtue que son mari, je savais qu'elle exerçait à l'hôpital des enfants malades en tant que chef de service en pédiatrie. Ils avaient fait le déplacement pour venir soutenir leur fils unique.

Le trou du cul.

Edan Kennedy était décidément béni des dieux! Non seulement sa petite amie venait l'encourager, mais ses parents, qui, vu leur mine légèrement crispée, paraissaient se demander ce qu'ils fichaient là, avaient fait l'effort de se déplacer pour lui. Je serrai plus fort le manche de ma crosse, avec l'envie d'en découdre avec lui. La jalousie me brûlait les entrailles. Ça ne devrait pas exister, un gars aussi chanceux! Mais, malheureusement pour moi, nous étions dans la même équipe. Il était rare que deux joueurs appartenant au même camp se tapent sur la gueule!

Je m'exhortai de nouveau au calme. C'était la seule équipe universitaire de hockey à Édimbourg, je ne pouvais pas prendre le risque de m'en faire chasser à coups de pied aux fesses par Campbell. Expire. Inspire. Je ne devais pas me saboter… Je fus ramené au moment présent par la voix impérieuse de l'arbitre. Ce dernier tenait le palet dans la main, en vue de l'engagement. Les regards se concentrèrent sur cette rondelle de caoutchouc, objet de toutes les convoitises. Le sifflement marqua le début des hostilités. L'adrénaline fusa dans mes veines quand l'arbitre jeta dans le même temps le palet au centre du terrain. Les cris d'encouragement s'élevèrent dans les gradins.

C'était parti pour une heure trente de show !

Kirsteen

J'avais eu un aperçu de ce sport en ayant assisté une fois à l'entraînement d'Edan, mais cela n'avait rien à voir avec ce qui se déroulait devant mes yeux. J'en prenais plein la vue. C'était… fascinant ! Les joueurs se déplaçaient à une vitesse impressionnante d'un bout à l'autre du terrain. Les actions aussi s'enchaînaient avec une rapidité stupéfiante. Comment faisaient-ils pour voir une si petite chose au milieu de toute cette agitation ?

La violence qui se dégageait des affrontements me faisait souvent sursauter. J'avais envie de fermer les paupières pour ne plus la subir, mais, malgré moi, je regardais les joueurs avec une admiration presque… malsaine. On se bousculait sans vergogne. On cherchait à déstabiliser l'adversaire. Les corps s'entrechoquaient contre les abords de la patinoire, s'aplatissaient contre les glaces de protection.

Edan menait le jeu de main de maître. Il semait ses adversaires sans difficulté pour se retrouver en territoire ennemi et envoyer le palet au fond de la cage. Le gardien, impuissant, ne trouvait aucune parade à ses tirs. À chaque but validé, c'était l'ovation dans les gradins. À mes côtés, les parents de mon petit ami regardaient avec stoïcisme le déroulé du match. Ils ne montraient aucune exubérance pour leur fils. Ils étaient là plus pour faire plaisir à Edan que par amour du hockey, qu'ils semblaient «tolérer». Je pense qu'ils auraient aimé que leur fils pratique un sport moins dangereux.

De temps en temps, mon regard s'égarait sur un autre joueur en particulier, mais jamais longtemps. J'exhortai mes yeux à ne plus *le* suivre, mais ils me trahissaient, comme s'ils étaient doués d'une volonté propre. Ils ne cessaient de se poser sur McCallum. Il se défendait bien, lui aussi ! Mais je ne voulais pas qu'il puisse me griller comme au début de la rencontre, quand il m'avait surprise en train de le reluquer.

145

Je jetai alors un coup d'œil au tableau des scores. L'équipe d'Edan menait largement. 6 à 2. Sauf remontée spectaculaire pendant ces dix dernières minutes, la première victoire de la saison était pour nous. J'en connaissais un qui allait s'en vanter pendant plusieurs jours ! Vu le caractère présomptueux de McCallum, il n'aurait pas le triomphe modeste et j'espérais ne pas le croiser, lui et son ego surdimensionné.

Je fis la moue. Quoique ces jours précédents, il ne s'était plus imposé à moi… S'était-il lassé de son petit jeu ? Tant mieux, ça m'éviterait de le rejeter. Je ne pouvais pas devenir son «amie». Il y avait une telle charge d'électricité dans l'air chaque fois qu'on se retrouvait l'un en présence de l'autre qu'une amitié n'était pas envisageable entre nous. Et c'était sa faute ! Son arrogance me hérissait le poil, et j'allais finir par commettre un meurtre sur sa personne. Donc, plus il se tiendrait loin de moi, plus longtemps il resterait en vie !

Une sirène retentit dans l'enceinte de la patinoire, annonçant la fin du match. Des cris de joie fusèrent alors du côté des vainqueurs, tandis que les perdants restaient muets, tentant de digérer leur défaite, la tête baissée. Puis, après ces moments de tristesse ou de liesse, le fair-play reprit vite ses droits. Tout le monde se congratula ou consola l'autre, en se tapant dans les mains ou en se frictionnant affectueusement le casque. Dans un mois, ils se retrouveraient pour disputer le match retour.

Je me levai de mon siège en bois, et les parents d'Edan, Angus et Catriona Kennedy, m'imitèrent. Nous applaudîmes les joueurs, qui effectuèrent un tour d'honneur pour saluer le public. Nous rejoignîmes ensuite les membres de l'équipe, les Murrayfield Sharks, qui sortirent à la queue leu leu de la patinoire. Après des cris enthousiastes, Edan nous repéra enfin. Je m'approchai de lui avec un large sourire et il me plaqua contre lui. Je lui soufflai tout bas mes félicitations. En retour, il déposa un baiser sur ma tempe.

— Félicitations, mon chéri, intervint sa mère.

— Bien joué, mon fils ! C'était un très beau match.

— Merci beaucoup d'être venus. Vous restez avec nous pour célébrer ça ? C'est le coach qui régale tout à l'heure ! Il faut en profiter, car ce sera la seule fois où il arrosera.

Sa mère secoua la tête, un sourire poli accroché aux lèvres.

— Nous ne pouvons malheureusement pas être des vôtres ce soir, mais fête bien cette victoire avec tes coéquipiers. Kirsteen, à bientôt.

— Au revoir, madame Kennedy, monsieur Kennedy.

Ce dernier hocha la tête, puis il se détourna. Le couple se dirigea sans plus tarder vers la sortie. Leur attitude guindée ainsi que leurs vêtements trop élégants pour l'occasion détonnaient dans ce stade à l'ambiance décontractée. Edan m'avait confié qu'ils n'appréciaient nullement ce qu'ils qualifiaient de sport de brutes. Ils n'étaient pas d'accord avec certaines décisions de leur fils, mais, par amour pour lui, ils le soutenaient dans tout ce qu'il entreprenait.

— On se retrouve directement au pub ? s'enquit Edan, interrompant le cours de mes pensées. Avec les autres, on va en avoir pour un petit moment dans les vestiaires à célébrer notre victoire.

— D'accord! ris-je. À plus tard. Bravo pour votre victoire, les gars!

— Merci, s'écrièrent-ils en chœur.

Les autres petites amies des joueurs se détachèrent également de leurs chéris. Je me sauvai avec elles et évitai de poser les yeux sur McCallum, qui discutait à l'écart avec ses deux inséparables acolytes. Néanmoins, j'eus l'impression que son regard me brûlait le dos. N'importe quoi! C'était encore un effet de mon imagination. Il ne s'intéressait plus à moi. Et, au lieu de me sentir soulagée, j'en fus étrangement déçue.

À peine consciente d'être à la traîne derrière le groupe de filles qui jacassait, je me fustigeai mentalement sur le chemin qui menait au pub. *Merde, faudrait savoir ce que tu veux, ma grande!* me grondait la petite voix. Mes pensées s'embrouillaient, et je préférais m'extirper de ce sac de nœuds. L'heure était à la joie, et non pas à la confusion!

Je rejoignis les autres filles à une longue table. Il n'y avait peut-être que six joueurs à la fois sur le terrain, mais l'équipe entière comptait en sus une quinzaine de remplaçants, sans oublier nous... les petites amies! D'après Edan, Campbell ouvrait rarement le porte-monnaie. L'entraîneur rirait moins au moment de payer l'addition!

J'étais sur pilote automatique. Je remuais la tête quand les autres nanas le faisaient, je riais quand elles s'esclaffaient. Une demi-heure plus tard, les joueurs victorieux poussèrent la porte du pub, en beuglant des cris joyeux. Je vis le coach s'approcher du comptoir et s'entretenir avec le barman, qui finit par agiter la tête en affichant un sourire jusqu'aux oreilles. Ça tombait bien, on crevait de soif ! Les filles partirent rejoindre leurs petits copains et Edan s'installa à côté de moi. Du coin de l'œil, je remarquai que McCallum et ses amis s'asseyaient encore dans leur coin. Bien entendu, ils chahutèrent en se poussant. Je me retins de lever les yeux au ciel. De vrais gamins !

Autour de moi, les conversations fusaient autant que les éclats de rire. Ils décortiquaient à nouveau le match pour s'autocongratuler. Untel se félicitait d'avoir fait une bonne passe, un autre d'avoir bien dégagé le palet ou d'avoir su défendre âprement la cage aux côtés du gardien. Je les écoutai tout en souriant avec indulgence. Mais, au bout du troisième verre, ma vessie criait grâce. Je m'excusai auprès d'Edan, puis me dirigeai vers les toilettes.

Je m'enfermai dans une cabine pour me soulager. Après tout ce brouhaha, ça faisait un bien fou de se retrouver enfin seule, même si c'était dans les toilettes ! En réalité, toute cette effervescence commençait à m'oppresser. Je n'en avais tout simplement pas l'habitude, étant donné que je sortais très peu. Je grimaçai en songeant que je n'avais pas que l'apparence d'une vieille fille : j'en étais réellement devenue une, incapable de tenir le coup lors d'une malheureuse soirée !

Après avoir terminé, je me lavai les mains. Je tirai une serviette en papier dans le distributeur quand la porte s'entrouvrit. Naturellement, je m'attendais à l'entrée d'une fille. Je ne pus m'empêcher de battre bêtement des cils lorsque le visage de McCallum apparut dans l'encadrement. Il scanna rapidement les lieux, avant de s'y inviter. Estomaquée par son audace, je ne réagis que lorsqu'il agrippa mon poignet.

— Mais qu'est-ce que tu fiches ici ?

— J'avais besoin de te parler…

— Tu ne pouvais pas attendre que j'aie terminé ?

— Tu as terminé, non ?

— Dégage, McCallum ! aboyai-je, furieuse.

Un sourire narquois releva les commissures de ses lèvres, l'air de dire : « Tu peux toujours rêver ! » Exaspérée, je soufflai bruyamment. À quoi m'étais-je attendue ? À ce qu'il m'obéisse sans discuter ? Effectivement, je pouvais toujours rêver. Je commençais à bien le connaître, et il était plutôt du genre insistant.

— J'ai pensé qu'on fêterait cette première victoire ensemble…

— Je suis déjà en train de la célébrer avec mon petit copain !

— Je me fiche de lui…

Soudain, il se figea, tout comme moi. Des rires féminins approchaient dangereusement des sanitaires ! D'une seconde à l'autre, quelqu'un entrerait et nous découvrirait, sa main tenant toujours mon poignet. Dans ma panique, je n'avais pas eu la présence d'esprit de m'en libérer. Mes membres étaient comme paralysés. Oh, merde, elles allaient s'imaginer que je faisais des cochonneries avec… *lui* !

Sortant de ma transe, je secouai ma main pour qu'il me relâche, mais il resserra sa prise et m'entraîna plus loin pour nous enfermer dans une cabine. Il poussa le verrou en même temps que la porte s'ouvrait. Le souffle court, les poings serrés, je le fusillai des yeux en silence, avec toute la hargne dont j'étais capable. C'était encore sa faute si je me retrouvais dans cette situation grotesque. J'allais le tuer pour de bon !

Le supplice dura quelques minutes, au cours desquelles j'osai à peine respirer. Mon cœur heurtait violemment mes côtes. Je suffoquais presque en tentant de garder mon self-control. Face à moi, McCallum ne m'avait pas quittée une seule seconde des yeux, enregistrant chaque détail de mon visage furieux. Peut-être que ça l'amusait de me piéger, mais je n'appréciais pas la plaisanterie !

Lorsque le silence revint, je relâchai mon souffle, soulagée. J'avais échappé de peu à la catastrophe ! Déterminée à fuir très loin de lui, je tendis la main vers le verrou. Sa paume vint recouvrir la mienne pour m'empêcher de l'actionner. De le quitter.

Je déglutis soudain, la bouche sèche. Mon cœur continuait de tambouriner furieusement, et sa peau chaude déclencha des picotements sur mon propre épiderme. Je me mis bêtement à trembler, puis dégageai ma main traîtresse et m'aplatis contre le mur. Il combla en un clin d'œil la distance entre nous. Audacieux, il amena ses doigts près de mon visage. Comme je restais aussi muette qu'une carpe, il se crut tout permis. Lorsqu'il promena son pouce sur ma joue, je claquai la langue contre mon palais, agacée, avant de détourner la tête.

— Casse-toi ou je hurle !

— Comment tu m'as trouvé sur le terrain ?

151

Hein? C'était quoi, le rapport?

— Attends, tu es en train d'insinuer que je *te* regardais?

— Ouais! Et je n'insinue rien. Je t'ai chopée en train de me mater.

Je croisai les bras.

— Toujours aussi prétentieux, McCallum! le narguai-je, blasée. Je ne te zieutais pas *toi* en particulier. Comme tous les spectateurs dans les gradins, je te suivais, *toi*, ainsi que la douzaine de joueurs qui évoluaient sur le terrain. La prochaine fois, je me cacherai les yeux quand tu toucheras le palet!

— Tu n'as pas répondu à ma question. Tu as aimé le match?

— Je ne sais pas, c'était mon premier vrai match de hockey.

— Ah, ça fait partie de tes premières fois! s'esclaffa-t-il. J'espère que ce ne sera pas le dernier. J'adore sentir ton regard sur moi…

Ses iris gris-bleu pétillèrent d'un éclat malicieux. Il était trop près, trop grand, trop… sexy! Je peinais à respirer, me sentant écrasée par sa haute silhouette athlétique qui me surplombait. Je levai mes mains et les plaquai de part et d'autre de ses larges épaules pour le repousser. J'avais besoin d'air!

— Si c'est tout ce que tu avais à me dire…

— Non, bien sûr que non. Et tu le sais bien.

J'écarquillai les yeux, affolée. Ses pupilles se rivèrent aux miennes. Son visage se tendit. Ses traits avaient perdu leur côté désinvolte pour devenir solennels. Non!

Qu'il se taise, je ne voulais plus l'entendre! Je n'étais pas prête à l'écouter.

— Ça suffit! grondai-je. Laisse-moi sortir, Edan va s'inquiéter.

— Si tu savais comme ça me tue de te voir avec… un autre.

— Eh bien, remets-toi, car il faudra t'y habituer!

— C'est impossible, répliqua-t-il, d'une voix basse et douce. Ces derniers jours ont été une torture. J'ai fait des efforts pour t'éviter, mais c'est trop dur. Je n'ai plus envie de faire semblant. Tu me manques! C'est aussi simple que ça. Oublie ce moment où je t'ai parlé d'amitié, c'étaient des conneries… Jamais je ne pourrai m'en contenter. Je ne supporte pas qu'il te touche alors que je n'ai pas le droit d'en faire autant. Kirsteen, je te le demande : romps avec Edan, et choisis-moi. Je sais que tu ressens aussi quelque chose pour moi, sinon je n'insisterais pas. Je te vois, je t'observe. Si réellement je ne te faisais aucun effet, tu ne tressaillirais pas chaque fois que tu m'aperçois… Dis-le! Dis-moi que je n'ai pas rêvé cette attirance irrésistible entre nous.

Soudain, McCallum emprisonna mes deux poignets et les leva pour les maintenir contre le mur, au-dessus de ma tête. Son visage énergique, plus que déterminé, s'approcha lentement du mien. Si je l'avais vraiment voulu, j'aurais largement eu le temps de m'écarter de lui. Mais je restai hypnotisée par cette bouche sensuelle qui se dirigeait vers mes lèvres entrouvertes. Mon souffle se raccourcit.

Je ne me dérobai pas quand sa langue traça l'ourlet de mes lèvres, avant d'investir ma bouche. Un courant électrique parcourut tout mon être à ce contact intime. Son baiser s'intensifia, et nos respirations s'emballèrent en même temps. Mon cerveau sur pause, ma raison n'était plus en contradiction avec mon cœur. Je n'étais plus que sensations, comme si je n'avais vécu que pour ce moment.

Il relâcha mes poignets pour capturer mon sein dans le creux de sa paume. Je gémis sous ses caresses. J'ondulai d'instinct quand il le malaxa voluptueusement, tout en pinçant un mamelon dressé, déclenchant des palpitations précipitées entre mes cuisses. J'aurais dû être choquée par ses gestes osés et mes réactions violentes, mais, entre ses mains, je me laissai guider par le plaisir qui montait crescendo…

Ça me tordait les tripes de l'admettre, mais McCallum avait raison sur l'effet qu'il produisait sur moi. Je n'avais été sensible qu'à *lui*, parmi tous les joueurs sur la glace. Dès que je l'apercevais, mon corps réagissait, en mal ou en bien. Il était loin de me laisser indifférente. Je m'intéressais trop à ses faits et gestes. Je lui accordais trop de libertés. Mais, dans ses bras, avec sa langue qui me fouillait si intimement, j'oubliai tout ce qui n'était pas lui. Même Edan était relégué aux confins de mon cerveau !

Quand il se détacha de moi, je revins peu à peu à la réalité. McCallum abaissa le couvercle des toilettes et s'y assit. Puis il m'attira à lui et, les jambes flageolantes, j'atterris volontiers sur ses genoux.

— Désolé, j'aurais pu trouver un autre endroit pour notre premier baiser…

Je pouffai de rire.

— Plus rien ne m'étonne de ta part! Et puis, les toilettes et nous, c'est devenu une grande histoire d'amour…

— Tu n'as pas répondu à ma question.

— Laquelle? Je n'ai pas vu l'ombre d'une question dans ton discours…

Ce fut à son tour de laisser échapper un petit rire. Il entrelaça nos doigts. Ses yeux brillants se plantèrent ensuite dans les miens.

— Je t'ai demandé de sortir avec moi.

— Ah… «Choisis-moi»… Avoue que ce n'était pas vraiment une question, mais une exigence. Il faut que je réfléchisse.

— Tu veux que je te rafraîchisse la mémoire?

Son air suffisant me donna envie de le frapper.

— La couleur de mes cheveux ne te pose plus de problème?

— Ça n'a jamais été un souci. Je les adore.

— Hum, pourtant…

— Laisse tomber. Je te présente mes excuses pour ces paroles malheureuses. Tu es magnifique de la tête aux pieds.

Je le fixai bouche bée, les yeux écarquillés, tentant de démêler le vrai du faux. Je ne décelai plus aucune lueur de moquerie dans ses iris clairs. Il était vraiment sérieux? J'étais donc… magnifique? Waouh! Heureusement que j'étais déjà assise, sinon je serais tombée sur les fesses. Je n'avais jamais reçu un tel compliment! Je retirai ce que je venais d'affirmer, il pouvait encore m'étonner. Et comment! Pour une surprise, c'en était une de taille! Et

155

mon cœur loupa un battement, avant de s'emballer pour de bon.

Je continuai de le dévisager intensément. Lui non plus ne me lâchait plus du regard. La tension s'accrut entre nous. McCallum était arrogant, imprévisible, insupportable. Tous les deux, on risquait de se prendre la tête souvent, étant donné qu'on cédait difficilement du terrain à l'autre. Mais je me sentais étrangement heureuse, parce que j'avais arrêté de me mentir à moi-même. Harrow McCallum m'attirait depuis que j'avais posé mes yeux sur lui. Par la suite, j'avais sorti les griffes, car j'avais été blessée et écœurée par ses manières déplorables. Mais, peu à peu, il avait su se racheter. Je découvrais d'autres facettes de lui… Et il me plaisait de plus en plus !

Il me serra plus fort contre lui et nicha son visage dans mon cou. Ses lèvres butinèrent ma peau, me faisant violemment frissonner. Mon cœur repartit pour un sprint. Je réagissais trop vite à son toucher… Il remonta jusqu'à mon oreille, où il me susurra :

— Maintenant que tu m'as embrassé, tu vas rompre avec Kennedy le plus tôt possible, pas vrai ?

— Je parlerai à Edan demain, après mon travail.

— On se retrouvera après, si tu veux ?

— OK.

— Tu me files ton numéro ?

Je le lui donnai et il en fit de même. Après un dernier baiser passionné, Harrow quitta les toilettes le premier pour ne pas éveiller les soupçons. Je soufflai plusieurs fois pour me calmer, avant de sortir à mon tour. Ce n'était pas inscrit sur mon front que je venais d'embrasser un autre garçon que mon petit ami officiel. J'espérais que, dans l'euphorie de la victoire, personne n'aurait remarqué nos absences prolongées !

CHAPITRE 12
Harrow

Un sifflement admirateur me cueillit sur le seuil de l'appartement de Leah. Elle venait de m'ouvrir la porte et me parcourait de haut en bas. Elle m'adressa ensuite un clin d'œil aguicheur. La vue lui plaisait! Pour l'occasion, j'avais laissé au placard ma tenue préférée : survêtement et jogging, pour la troquer contre un jean noir, une chemise bleu clair et une veste dans un ton plus foncé. C'était moins confortable, mais carrément plus classe pour un rencard! C'était le moins que je puisse faire pour Kyle. J'allais de nouveau me faire passer pour son petit ami, et je devais impressionner Liam. En vérité, je tenais aussi à plaire à Kirsteen, que j'allais retrouver après sa discussion avec Edan. Dommage que je ne puisse pas assister à leur tête-à-tête pour me repaître de sa tronche en vrac au moment où elle lui annoncerait leur rupture ! Tandis qu'il chuterait de son piédestal, je m'envolerais vers les sommets… C'était à mon tour de briller !

— Si je n'étais pas déjà amoureuse, je te sauterais dessus !

— Très flatté, mais tu m'excuseras, tu n'es pas mon genre de fille.

— Quel connard, tu fais ! Tu mériterais que je te claque la porte au nez.

Je hissai un sourcil amusé.

— Dans ce cas, tu expliqueras à Kyle pourquoi il n'a plus de couverture…

Vaincue, elle souffla bruyamment en me libérant le passage.

— Les hommes m'emmerdent !

Je me marrai pendant qu'elle partait s'affaler dans le large canapé. Elle attrapa son portable sur la table basse et tapota à toute vitesse sur l'écran. Bizarrement, elle n'affichait plus son air renfrogné ! Au contraire, ses yeux bleus semblaient remplis d'étoiles ; ils rayonnaient littéralement. Sa bouche aussi se détendit et, quand elle reçut une réponse, ses lèvres s'étirèrent en un sourire ou firent la moue. Elle tchatait avec son amoureux. Je comprenais mieux pourquoi le professeur nous rendait nos copies plus tard que prévu, s'il passait ses week-ends à bavasser avec Leah…

— Il y en a au moins un qui trouve grâce à tes yeux, l'asticotai-je.

— Kyle! gueula-t-elle, sans relever mon ton ironique. Ton chevalier servant est là. Grouille ou tu vas arriver en même temps que Liam.

Puis elle me jeta un sourire de triomphe, toutes dents dehors.

— Allez, va faire mumuse ailleurs! Maman discute.

— Quelle connasse, tu fais!

— Ouais, je sais, et je t'emmerde.

Leah retourna à sa conversation et, en une fraction de seconde, son visage se métamorphosa, transfiguré par le plaisir. La distance et l'interdit exacerbaient les sentiments. Une fois de plus, je me pris à espérer que ce professeur ne la menait pas en bateau, parce qu'elle semblait vraiment accro à lui. Je délaissai l'image de mon amie irradiant de bonheur quand une porte s'ouvrit. Kyle apparut dans l'embrasure, aussi bien habillé que moi. Lorsqu'il m'aperçus, il écarquilla les yeux, avant de me lancer un regard appréciateur.

— Ça change de te voir en tenue de ville!

— Tu n'es pas mal non plus, je dois dire.

— C'est vrai?

— Oui, alors arrête de stresser.

Leah éclata de rire en reposant son portable.

— Vous êtes trop mignons ensemble!

— Ouais, on va lui en mettre plein la vue à ton crétin d'ex, pas vrai?

— Oui!

La voix de Kyle montrait de la détermination, mais son petit air gêné vint gâcher l'effet voulu. Il n'était pas convaincu par mes paroles revanchardes. Après la nuit fatidique où Liam l'avait trahi, il ne l'avait revu que lors du concert dans le pub. Pour autant, je ne l'avais jamais vu s'intéresser à un autre garçon. S'il ne m'avait pas avoué qu'il était gay, je ne l'aurais jamais deviné ! Kyle était encore coincé dans son passé. Il éprouvait toujours des sentiments pour Liam et y restait accroché, même s'il n'avait pas digéré ni pardonné son rejet brutal. En acceptant ce rendez-vous, il comptait s'expliquer une bonne fois pour toutes, entre quatre yeux, et pouvoir enfin faire le deuil de leur relation, comme il l'avait fait pour ses parents.

— Si tu es prêt, on peut y aller !

— Amusez-vous bien, les garçons ! nous lança Leah.

— Toi aussi. Et laisse-le respirer, ton prof, il a du taf !

— Je t'emmerde bis, Harrow.

Elle me tira la langue, comme une ado rebelle. Je secouai la tête, blasé, et sortis de l'appartement à la suite de Kyle. On allait prendre ma voiture à l'aller, puis je le laisserais rentrer seul pendant que j'irais retrouver Kirsteen. Kyle lui-même pressentait qu'il aurait besoin d'un moment de solitude pour se remettre de cette rencontre.

Le trajet entre le quartier de Leith et Old Town n'avait pas duré assez longtemps pour Kyle, qui retint son souffle lorsque je me garais à proximité du pub où Liam lui avait filé rendez-vous. Nerveux, il dévisagea la façade de l'établissement comme si c'était la bouche des enfers.

— Hey, mon pote, calme-toi. Je suis là, OK ?

— Oui, je sais, et je t'en remercie vraiment.

162

— De rien. Viens, je te paie un verre, on a dix minutes d'avance.

Après être entrés dans le pub, on commanda directement au comptoir et on partit s'installer dans le fond, nos verres à la main. Le silence s'étira entre nous. J'aurais pu raconter n'importe quoi ; pas sûr que Kyle m'aurait écouté, tant il semblait perdu dans ses pensées. Il ne s'en rendait pas compte, mais il cherchait constamment à s'occuper les mains. Soit il passait ses doigts dans sa chevelure pour la déranger et la remettre ensuite en place, soit il tirait sur la manche de sa veste, soit il tournait la bague en argent à son majeur. Bref, il était à cran !

Kyle avait tenu à être le premier sur les lieux pour ne pas être pris au dépourvu. Et bien lui en avait pris ! Dans son état d'agitation extrême, ses jambes ne l'auraient peut-être pas porté avant d'arriver face à Liam. Là, bien vissé sur sa chaise, il ne risquait plus rien. Lorsqu'il leva la tête en entendant la porte d'entrée s'ouvrir et se figea, je compris que son ancien petit ami était dans la place. Je me tournai pour m'en assurer et me remis lentement debout à son approche.

Lorsqu'il arriva à ma hauteur, je le fusillai du regard pour le mettre en garde. Je prenais mon rôle de petit ami très au sérieux. Liam me détailla, étonné par ma présence, et déglutis, nerveux face à mon visage sévère. Eh oui, mon gars, j'étais au courant de ton comportement abject ! Honteux, les yeux abattus et les commissures des lèvres tombantes, il détourna la tête.

Je revins sur Kyle et posai un regard attendri sur lui.

— Ça va aller, hein ? Je reste pas loin.

163

— Oui, je sais que je peux compter sur toi, bébé.

Cette pique était destinée à Liam…

Je m'installai deux tables plus loin. Je veillai à garder un œil sur eux, tout en leur permettant de discuter à cœur ouvert. Je consultai ma montre : il était plus d'une heure. Kirsteen avait terminé son service au salon de thé. En ce moment même, elle se trouvait avec Kennedy, qu'elle avait invité à déjeuner. Elle en profiterait pour le larguer comme une merde ! Je me retenais de sauter de joie. Effectivement, ça la foutrait mal que j'arbore une mine réjouie alors que mon soi-disant petit copain passait un sale quart d'heure avec son ex. Un peu de décence ! Je commandai une bière et continuai de les surveiller.

Je sursautai presque quand mon téléphone vibra sur la table, à côté de mon verre. Le cœur battant, je m'en saisis et regardai l'écran ; c'était un message de Kirsteen qui m'annonçait que c'était fait. Un feu d'artifice aussi grandiose que celui qu'on tirait lors de la fête nationale éclata dans ma tête. L'étau se desserra dans ma poitrine. Je crispai le poing sous la table. Bon sang ! J'avais eu raison d'être plus offensif. Ma campagne pour faire mordre la poussière à ce trou du cul avait porté ses fruits ! Je ravalai *in extremis* un hurlement de victoire. Il ne faudrait pas que je me fasse remarquer par mon pote et son ex !

Je répondis à son message.

Moi : *Comment tu te sens ?*

Kirsteen : *Ça va, ne t'inquiète pas.*

Moi : *Et Edan… comment il l'a pris ?*

164

Kirsteen : *On en parle après, OK ?*
Moi : *Oui, je te rejoins dès que possible.*

Je n'en saurais pas plus ! Je reposai mon portable, à la fois serein et excité de connaître les moindres détails. Edan avait-il chialé comme un bébé ? Avait-il essayé de la retenir en s'humiliant ? Si je n'avais pas accompagné Kyle à son rencard, j'aurais pu savourer en direct la figure décomposée d'Edan à mesure qu'elle lui annonçait qu'elle le larguait. Et dire que j'avais raté ce spectacle ! Mais j'étais coincé ; je ne pouvais pas laisser tomber Kyle, le premier qui m'avait tendu une main amicale dans cette ville inconnue.

Je me levai en même temps que Liam quittait sa chaise. Je le fixai toujours d'un air renfrogné. De son côté, il m'adressa un faible sourire pour me dire au revoir, puis se détourna pour sortir du pub. Je rejoignis immédiatement Kyle, qui poussa un long soupir, soulagé d'avoir survécu à cette rencontre éprouvante. Son dos jusque-là tendu s'était relâché pour s'arrondir, comme s'il pouvait enfin se laisser aller.

Je m'assis en face de lui et frottai le haut de son bras.

— Hey, remets-toi, vieux, c'est fini.

— Oui, comme tu le dis si bien, c'est terminé.

Ses lèvres esquissèrent un sourire ironique alors qu'il se perdait dans la contemplation de son verre. Kyle était en train de se repasser leur conversation dans sa tête. Je me doutais qu'ils avaient mis les choses au point, et les mots pouvaient laisser des traces, bien longtemps après qu'on les avait entendus.

— Est-ce que tu veux m'en parler ? suggérai-je.

Il battit des cils pour émerger de ses réflexions.

— Liam a tenu à s'expliquer et, surtout, à s'excuser pour son comportement ignoble dans le passé. Il s'en veut terriblement d'avoir rejeté toute la faute sur moi… Il est désolé de ce qui m'est arrivé… Rien que je ne sache déjà, conclut-il en haussant les épaules. Sur le coup, il n'a pas cherché à me revoir parce qu'il était rongé par la culpabilité. Il ne pouvait plus me regarder en face après ce qu'il m'avait fait. Il a enfin pris son courage à deux mains quand il a vu les tracts pour le concert. Puis on a enchaîné sur le présent. Il ne vit plus chez ses parents. Il ne les voit plus depuis qu'il a fait son coming-out. Mais il a été prévoyant : il a d'abord trouvé un logement avant de leur annoncer la «terrible» nouvelle. Actuellement, il poursuit des études d'infirmier, en bossant en tant que serveur dans un bar gay. On peut dire que tout roule pour lui! On a aussi parlé de toi…

— De moi?

— Je lui ai dit à quel point tu es parfait.

Je gonflai ma poitrine de fierté.

— Ce qui est la stricte vérité.

— Il est très heureux et rassuré que j'aie retrouvé quelqu'un, parce que lui aussi est en couple maintenant… Désolé de t'avoir mêlé à tout ça. Je me suis affiché avec toi uniquement par orgueil. Je voulais lui prouver que j'étais passé à autre chose, mais il a été plus rapide que moi, on dirait! Pendant que je me morfondais de mon côté, lui s'amusait et a *réellement* un copain. Merde, je ne sais pas… J'espérais le faire souffrir un tout petit peu, mais j'ai été pris à mon propre piège! Il m'a oublié si facilement…

— Hey, dis-toi bien que ce mec est un enfoiré qui n'a pas hésité à reporter toute la responsabilité sur toi, alors que vous le vouliez tous les deux !

— Je le sais, mais c'est difficile d'admettre qu'on s'est trompé.

— Tu veux un bon conseil pour te le sortir de la tête, pour tourner la page ? Il faut que tu rencontres un autre garçon !

Kyle poussa un soupir.

— Pour l'instant, je dois d'abord faire le deuil d'une histoire d'amour qui n'a existé que dans ma tête. Tu as raison, dans le fond : il a préféré rester auprès de ses parents plutôt qu'admettre la vérité… Il n'était pas prêt à l'assumer, alors que je l'étais. Mais, en même temps, je ne peux que le comprendre : il tenait tellement à ses parents ! Ça a dû lui déchirer le cœur de leur avouer son homosexualité en connaissant leur opinion sur la question…

— Tu es encore en train de lui trouver des excuses.

Kyle se marra.

— Je n'y peux rien…

Le silence s'étira entre nous. Puis un timide sourire apparut sur ses lèvres.

— Merci encore d'être venu.

— À ton service.

— Je ne vais pas rentrer tout de suite. J'ai envie de flâner un peu dans la ville pour me dépolluer la tête. Si j'ai le courage, je monterai admirer le coucher de soleil depuis Calton Hill.

— Tu veux… que je reste avec toi ?

— Non, ça va aller.

Après une dernière accolade, on se sépara devant le pub.

Je me dépêchai de rejoindre ma voiture pour aller retrouver Kirsteen dans le quartier de New Town. Je me garai, puis, survolté, cavalai jusqu'au pub. Kirsteen me fit un petit signe de la main dès mon entrée. Je lui adressai un large sourire en réponse au sien. Cette fois, pas d'hypocrisie entre nous. J'affichai ouvertement un air triomphant. J'étais fier d'avoir «battu» Edan au niveau amoureux; le plan sportif était la prochaine étape!

Au lieu de m'installer en face d'elle, je me glissai sur la banquette à ses côtés. Ses yeux verts scintillaient, telles deux émeraudes. Son tête-à-tête avec Kennedy ne semblait pas avoir été aussi éprouvant que celui de Kyle avec Liam. Quelque chose clochait, mais je n'arrivais pas à mettre le doigt dessus… C'était étrange; j'avais toujours pensé que Kirsteen ne larguerait jamais sa poule aux œufs d'or, mais je m'étais bien planté sur ce coup-là. Et c'était tant mieux pour moi! Si, malgré toutes mes tentatives de séduction, elle n'était pas tombée dans mes bras, j'aurais recherché une autre solution.

Toutefois, un soupçon persistait en arrière-plan. Elle n'avait pas hésité longtemps entre Edan et moi… Est-ce que ça signifiait que leur couple n'était pas aussi solide qu'il y paraissait? Tous deux affichaient pourtant un amour sans failles aux yeux de tous. En tout cas, de son côté, la relation n'avait pas été très sérieuse, si elle se laissait embobiner par le premier beau parleur qu'elle croisait sur sa route. Si cela n'avait pas été moi, ça aurait été un autre! Je fus curieusement déçu… Kirsteen me donnait l'impression d'être une vraie girouette. Soudain,

168

j'arrêtai de me triturer la cervelle. Pourquoi m'inquiéter ? Au contraire ! Je devais savourer le fait d'être à une marche de la première place du podium.

En silence, je caressai tendrement sa joue, et ma bouche fondit sur ses lèvres renflées. Je mordillai et léchai avec passion leur chair pulpeuse et, très vite, elle me rendit mon baiser. Plus rien ne nous interdisait de nous embrasser en public ; nous en avions désormais le droit. Sa langue, d'abord timide, vint toucher la mienne ; c'était l'impulsion qu'il me fallait pour me montrer plus entreprenant. Un soupir frustré lui échappa lorsque j'abandonnai sa bouche au profit de la ligne de sa mâchoire. Je déposai d'autres baisers dans son cou, la zone sensible sous son oreille, tout en humant le parfum de sa peau.

— Arrête-moi, Kirsteen… Engueule-moi, plutôt.

— Et pourquoi ferais-je une chose pareille ?

— Parce que je ne sais pas me tenir…

Elle pouffa de rire en se reculant sur la banquette.

— Tu devrais être content, tu as réussi à me pervertir, on dirait ! Mais tu as raison, j'aurais dû te rappeler à l'ordre.

— Et toi, on dirait que tu as réussi à me rendre plus raisonnable.

J'attrapai sa main et en embrassai la paume.

Après quelques secondes d'un silence serein, je lançai :

— Comment Edan a-t-il pris la rupture ?

Ma voix était faussement anxieuse, comme si je m'inquiétais d'avoir blessé mon rival. Je m'applaudis intérieurement de ma performance hypocrite. Kirsteen

169

me jeta alors un drôle de regard, tout en se mordant les lèvres. Subitement, mon rythme cardiaque s'accéléra. Bon sang, qu'est-ce qui n'allait pas? Un frisson désagréable hérissa ma nuque.

Kirsteen se mit à tourner la paille dans son verre et moi, je rongeais mon frein, au supplice, imaginant des scénarios catastrophes dignes des blockbusters américains. Pourquoi mettait-elle autant de temps à répondre à cette simple question? C'était fini avec Edan, puisqu'on s'était goulûment dévoré la bouche. Elle était peut-être du genre girouette, mais pas le style à courir deux lièvres à la fois. Je me retins de la presser afin qu'elle crache le morceau.

— Il faut que je te révèle un… truc.
— Quel truc?
Putain, quelque chose m'aurait-il échappé?

CHAPITRE 13
Harrow

Kirsteen poussa un long soupir.

— Je suis vraiment désolée. Je me sens un peu coupable de t'avoir laissé mariner dans l'incertitude quand je vois à quel point tu t'es fait du souci à propos de cette rupture. Et c'est tout à ton honneur, bien sûr. Je ne m'attendais pas à ça de ta part…

Où voulait-elle en venir? À cause du sang qui battait furieusement dans mes oreilles, je n'arrivais pas à décrypter le sens de ses phrases. Je fronçai les sourcils. Pourquoi éprouvait-elle de la culpabilité à mon égard?

— Qu'est-ce que tu essayes de me dire?

— Que tu peux être rassuré, Edan n'a pas été le moins du monde affecté par notre séparation. Lui et moi n'étions pas vraiment… un couple.

— Qu'est-ce que tu entends par là ? Vous sortiez bien ensemble ?

Bon sang, c'était quoi, ces conneries ? Je refusai tout bonnement de comprendre son sous-entendu. Kennedy avait forcément été touché, triste, affligé, voire dévasté par cette nouvelle inattendue ! C'était impossible qu'il n'ait rien ressenti après s'être fait jeter ! Pourtant, au plus profond de moi, je n'en étais plus si certain. Je pressentais qu'une révélation-choc allait me percuter en pleine face, comme un train lancé à grande vitesse, impossible à éviter. Ce fameux grain de sable qui allait enrayer mon plan ! Kirsteen était trop vite tombée dans mes bras. Elle avait rompu trop vite avec Edan. Je ne maîtrisais plus rien !

— Eh bien, Edan n'était pas vraiment mon petit ami… Certes, on s'embrassait quelques fois, mais c'était pour donner le change…

Merde ! Je me sentais de plus en plus mal.

— Pour donner le change ? répétai-je bêtement, d'une voix blanche.

— La première fois qu'Edan et moi nous sommes rencontrés, c'était au début de l'été, dans le salon de thé où je travaille. C'est un des endroits préférés de sa mère. Par la suite, nous nous sommes revus à l'université. J'étais un peu perdue, débarquant de la banlieue, et il s'est pris de sympathie pour moi. On s'est tout de suite bien entendus, d'autant plus qu'on étudiait tous les deux le commerce… Peu de temps après, il m'a proposé, contre de l'argent, de jouer le rôle de sa petite amie. J'ai accepté de lui rendre ce service pour sortir de ma coquille, mais j'ai refusé d'être payée. Depuis sa majorité, ses parents insistent pour qu'il sorte avec la fille de leurs amis, et comme il n'avait aucune envie qu'on lui force la main, il a inventé ce subterfuge pour qu'ils le laissent tranquille. On savait que la supercherie n'allait pas durer éternellement; au plus tard, jusqu'à ce qu'il parte aux États-Unis pour finir ses études. Mais… on a convenu que si, entretemps, on rencontrait quelqu'un, on libérerait l'autre de cet engagement.

Je me retins de pousser un cri de rage.

Faites que je me réveille de ce mauvais trip!

Mon cœur martelait violemment dans ma poitrine. Mon sang bouillonnait, rugissait, tempêtait dans mes tempes, sous mon crâne. Mes veines allaient éclater sous mes pulsations déchaînées. Tout ce que j'avais saisi de son discours, c'était que j'avais élaboré tout un plan… pour rien?! Kennedy et elle ne s'aimaient pas. Cette rupture ne leur faisait ni chaud ni froid, étant donné que leur relation reposait sur une tromperie. J'eus envie de chialer contre le sort qui s'acharnait contre moi. J'étais ravagé de l'intérieur. Je me sentais complètement à plat et, en même temps, j'avais envie de tout casser autour de moi, pour extérioriser mon extrême frustration. Mon plan monté avec tant de soin s'était soldé par un échec cuisant!

— Pourquoi tu ne m'as rien dit avant?

Elle baissa les yeux.

— Je ne voulais pas trahir Edan… Il a beaucoup fait pour moi, tu comprends. Grâce à lui, je ne suis plus seule. Il m'a introduite dans son cercle d'amis, j'ai enfin une vie sociale… Je suis désolée de ne pas te l'avoir dit plus tôt, mais, à vrai dire, je ne vois pas ce que ça aurait changé. Tu devrais plutôt être soulagé, puisque tu n'as rien gâché entre lui et moi.

— C'est vrai que je respire mieux depuis que tout est clair entre nous ! concédai-je pour clore le sujet, avant de faire semblant de réfléchir. Mais… je… je suggère d'être discrets dans les premiers temps à l'université… Je tiens énormément à toi, et je ne veux pas qu'on puisse médire de toi, d'être passée aussi vite d'un garçon à l'autre…

Son regard vert se posa avec douceur sur moi.

— Oui, je pense que tu as raison.

— On s'enverra des tonnes de messages !

— OK.

Je passai une main autour de sa taille et l'attirai à moi. Je déposai un tendre baiser sur sa bouche, avant qu'elle n'appuie sa joue contre mon épaule. Sur cette banquette, dans les bras l'un de l'autre, nous formions enfin un couple apaisé. Seulement en apparence ! De mon côté, je m'imposai un vernis de civilité alors qu'en dessous, j'écumais littéralement d'une rage sourde contre moi-même. Mon échec s'étalait devant mes yeux. Et le pire, c'était que j'aurais pu l'éviter !

Depuis le début, j'avais senti que quelque chose clochait entre Kennedy et Kirsteen. Depuis notre affrontement dans la cuisine, j'aurais dû me méfier. Mais elle m'avait fascinée. Elle représentait à mes yeux un défi à relever. Maintenant que je l'avais arrachée à Kennedy, qu'allais-je bien faire d'elle ? Kirsteen m'était devenue

174

inutile! Je n'avais voulu m'encombrer d'une petite amie que dans la mesure où cela servait mes intérêts. Dans le cas contraire, *bye bye*! J'avais inventé le prétexte fallacieux de la discrétion — afin de ne pas nuire à sa réputation — pour temporiser. Une chance pour moi qu'elle soit aussi naïve!

— Je ne te l'ai pas dit, mais tu es très beau dans ces vêtements.

— Merci pour le compliment, déclarai-je dans un rire, avant de grimacer. Est-ce que ça te dérange si je rentre? J'ai oublié qu'on avait un truc de prévu avec mes parents, et puis j'ai une tonne de boulot qui m'attend… et toi aussi, je suppose.

— Hélas, oui!

— Je te promets de me rattraper.

— Ne t'en fais pas, je comprends.

— Viens, je te raccompagne à ta voiture.

Kirsteen hocha la tête. Elle glissa du banc à ma suite, et nous cheminâmes côte à côte sans afficher notre relation toute neuve. Une fois arrivé près de sa voiture, et après un coup d'œil circulaire pour vérifier que la voie était libre, je lui volai un ultime baiser, ce qui la fit beaucoup rire. Elle s'installa derrière le volant et je lui adressai un dernier signe de la main, avant qu'elle ne disparaisse.

Après son départ, je pus enfin relâcher la tension qui raidissait mon corps. Je soupirai longuement en retournant à ma propre bagnole. Les épaules basses, les yeux rivés sur le trottoir, je me sentais émotionnellement vidé après ce deuxième rencard. Cette révélation m'avait coupé le souffle aussi bien que quelques uppercuts dans le ventre, et avait posé un voile devant mes yeux. Tout était devenu flou autour de moi. J'évoluais dans le brouillard alors que tous mes espoirs s'envolaient en fumée.

Ce fut l'habitude qui me guida jusqu'à chez moi, où je m'arrêtais contre le trottoir. Je descendis de voiture de la même façon automatique que je franchis le seuil de la porte d'entrée. Comme d'habitude, un profond silence m'accueillit. Pour la première fois, l'ambiance lugubre s'accordait parfaitement avec mon humeur abattue. Je me laissai happer par cette atmosphère morbide, reléguant au placard mes idées grandioses de sauvetage de ma famille.

Je me rendis dans la cuisine, où je pris un post-it pour écrire un mot à l'intention de mes parents. Puis je me précipitai vers le buffet, où je dénichai une bouteille et un verre. Par précaution, je les planquai dans mon dos jusqu'à ce que j'arrive sans encombre dans ma chambre. Je refermai doucement la porte derrière moi et grimpai sur mon lit pour m'adosser au montant. Je dévissai la bouteille de whisky et m'en versai une bonne rasade. Je l'avalai ensuite cul sec pour anesthésier mes émotions. Les larmes me montèrent aux yeux et je les empêchai de couler en massant mes paupières.

Un deuxième verre suivit le premier. Je connaissais déjà les effets néfastes de l'alcool, ayant été une fois ivre. Pas de mon fait, bien sûr ! C'était encore et toujours la faute de mon frère. Il avait invité des copains un samedi après-midi à la maison alors que nos parents étaient de sortie. C'était l'heure du goûter et j'avais eu un petit creux. En allant à la cuisine, j'avais entendu mon frère ricaner avec ses potes, mais je n'avais pas fait spécialement attention à eux. Colin avait horreur que l'avorton, comme il m'appelait, s'immisce dans son groupe ! À quatorze ans, ils se considéraient comme des grands, tandis que j'étais encore un bébé.

Je remontais dans ma chambre quand Colin m'avait interpellé. Mais je me méfiais trop de lui pour lui obéir. Alors, au lieu de m'arrêter, j'avais grimpé les escaliers quatre à quatre. Sauf que lui et sa bande m'avaient rattrapé avant que j'aie pu me barricader dans la sécurité de ma chambre. Je m'étais débattu comme j'avais pu, pendant qu'ils me ramenaient dans le salon. Puis ils m'avaient cloué de tout mon long dans le canapé, chacun me tenant fermement par les pieds et les bras. Jamais je n'avais eu aussi peur de ma vie ! La panique ainsi que leurs ricanements débiles avaient fait s'affoler mon rythme cardiaque. J'avais même pleuré et supplié pour qu'ils me relâchent. J'avais alors aperçu des bouteilles s'aligner sur la table basse. Ils avaient tapé dans le buffet à alcool de notre père !

Pendant que je hurlais, la bouche grande ouverte, Colin avait cogné un verre contre mes dents. J'avais failli m'étouffer avec le liquide, qui m'avait brûlé la gorge et l'intestin. J'avais toussé à m'en décrocher les poumons pendant qu'ils se marraient comme des baleines. Les larmes avaient redoublé d'intensité, mais ils s'en fichaient. Mon frère avait continué de porter des verres à mes lèvres pour me faire ingurgiter de force ces liquides qui m'incendiaient l'estomac et me collaient des vertiges. Puis j'avais senti qu'ils me relâchaient. Mais je n'avais plus été capable de bouger. Et après, cela avait été le trou noir, jusqu'à ce que mes parents me réveillent en me hurlant dessus, me fichant un mal de crâne monumental. J'avais atteint *in extremis* les toilettes pour dégobiller.

J'avais clamé mon innocence, mais — comme d'habitude! — mes parents ne m'avaient pas cru. Ils avaient préféré croire Colin, qui avait affirmé être sorti avec ses potes toute l'après-midi en me laissant seul. Évidemment, j'avais été puni, mais ce n'était pas la sanction qui faisait le plus mal. Non, c'était l'injustice de la situation qui me révoltait! Ils n'avaient jamais été de mon côté. Mon frère et ses connards de potes avaient sifflé quelques bouteilles et m'avaient fait porter le chapeau. Si mes parents avaient un tant soit peu réfléchi, ils auraient réalisé que si j'avais vraiment descendu cette quantité astronomique d'alcool, je serais mort! Ou tout au moins tombé dans un coma éthylique. Mais ils ne croyaient que Colin, alors qu'il leur mentait comme un arracheur de dents!

Une autre rasade franchit mes lèvres tandis que je me remémorais ce moment de favoritisme parmi tant d'autres, et je grimaçai. Putain, comment pouvait-on aimer le whisky? Dire que Campbell le dégustait religieusement... Penser au coach me ramena au hockey et à ma place dans l'équipe. J'étais tellement persuadé que mon plan était sans failles, que la chute avait été aussi inattendue que brutale. Face à Kirsteen, je n'avais rien laissé paraître, mais, au fond, j'avais été effondré par son annonce. J'avais également retenu un rire hystérique face à l'ironie de la situation. J'avais dérogé à mon sacro-saint principe : pas de petite amie tant que ma situation familiale n'aurait pas évolué, sauf si cela pouvait servir mes intérêts. Mais je me retrouvais avec Kirsteen dans les pattes alors que mon ennemi restait indemne.

Putain, la guigne continuait de me poursuivre! Mes parents avaient-ils raison de privilégier mon frère? Avaient-ils décelé le *loser* en moi? Tout ce que j'entreprenais tombait irrémédiablement à l'eau. En cet instant, je me sentais comme le bon à rien qu'ils s'imaginaient! Je m'étais donné pour mission de les sortir de leur marasme, mais j'en étais incapable. C'était trop difficile. Une tâche insurmontable. Je m'allongeai tout habillé et posai un bras sur mes yeux pour cacher mes larmes, qui dévalèrent sur mes tempes. Je me sentais tellement impuissant et fatigué de me battre sur tous les fronts...

Seul.

Un mal de crâne se déclencha dès que j'ouvris les yeux, et je lâchai un juron en rabattant mon oreiller sur ma tête. J'avais noyé ma détresse dans l'alcool; j'en payais le prix fort. Sans surprise, je me réveillais avec une gueule de bois monumentale, juste avant d'aller en cours! Et comme si je n'étais pas assez au fond du trou, des bips continus agressaient mes tympans. J'abattis férocement ma main sur le radio-réveil pour le faire taire. Le silence régna à nouveau et je savourai ce bref répit.

Quelques minutes plus tard, la tête lourde, nauséeux, je me rendis dans la salle de bains pour réparer les dégâts de la veille. D'abord un cachet d'aspirine, puis direction la douche ! L'eau chaude acheva de me réveiller, et je me débarrassai des relents de désespoir qui m'avaient collé à la peau. À la lumière du jour, j'éprouvai un regain d'énergie. L'avantage d'avoir le moral au plus bas, c'est qu'on ne peut que remonter à la surface !

En effet, je n'avais pas dit mon dernier mot. Edan Kennedy n'était pas invincible ; je trouverais un autre moyen de le neutraliser. Pour l'instant, je devais me décider à propos de Kirsteen. Je lui avais couru après uniquement dans le but d'affaiblir son petit copain. Maintenant que nous étions ensemble, je serais le dernier des connards si je la laissais tomber moins de 24 heures après. Mais, dans le même temps, mon comportement ne l'étonnerait pas ! Elle m'insulterait copieusement, puis m'ignorerait pour le reste de sa vie. Elle avait beaucoup trop d'amour-propre pour s'accrocher à un mec si ce dernier se détournait d'elle.

Alors, où était le problème ? Je n'avais qu'à lui dire que je m'étais trompé sur mes sentiments avant d'aller trop loin. Elle ne me servait plus à rien ! Je n'avais qu'à rompre si je voulais préserver mon secret. Mais voilà… Kirsteen avait tout pour me plaire. Elle était canon. Pour ne rien gâcher, elle possédait un caractère volcanique et ne me craignait pas. Quand je me remémorais nos moments ensemble, que ce soit au restau ou aux toilettes, j'avais un sourire niais scotché aux lèvres. Elle était parfaite pour moi, ma petite bouffée d'oxygène au milieu des injustices, des vexations, de l'abandon et du rejet que j'avais subis sous mon propre toit. Je savais que je prenais un énorme risque avec elle, parce qu'elle était loin d'être bête. Mais j'avais toujours adoré jouer avec le feu! Avec elle, je serais servi.

Je retournai dans ma chambre pour m'habiller, et attrapai mon sac de cours pour partir. Je descendis les escaliers et rejoignis mes parents dans la cuisine. Le plafonnier éclairait la même scène morne que chaque matin depuis plus de six mois : mon père et ma mère ne bougeaient presque pas. On dirait des mannequins dans une vitrine. Leurs visages défaits témoignaient de leur mauvaise nuit. Étrangement, ce matin, je n'avais pas envie d'égayer l'atmosphère, me sentant moi-même déchiré après ma nuit à picoler. Je les saluai, avant de claquer la porte d'entrée.

Arrivé à la fac, je me rendis à notre point de rencontre habituel. Leah était dans ses pensées, tandis que Kyle m'accueillit d'un faible sourire. Apparemment, le reste de sa soirée ne l'avait pas aidé à digérer le fait que Liam avait quelqu'un d'autre dans sa vie. En cet instant, mon cœur se gonfla d'amour pour eux, ma bande de bras cassés!

— Eh bien, tu en fais une tronche? Ta promenade n'a rien donné?

— À part m'épuiser, non! En parlant de tronche, tu peux parler, toi! me rétorqua Kyle, en fronçant les sourcils. Tu as mauvaise mine et les yeux explosés, vieux. Qu'est-ce que t'as foutu?

— J'ai peut-être un peu trop bu hier soir.

J'aurais pu sortir n'importe quelle décale, comme des parties endiablées de jeux vidéo en ligne, mais je ne leur avais jamais menti jusque-là, et je n'allais pas commencer! Pour Kirsteen, je ne faisais que retarder un tout petit peu le moment de le leur dire. Ce n'était pas vraiment un mensonge… Je faillis rire devant leurs mines éberluées et catastrophées. Après s'être reprise, Leah me frappa le haut du bras en claquant la langue.

— Harrow ! Pourquoi tu ne nous as pas appelés ?

— Ça va, maman, je promets de ne plus le refaire. J'ai compris ma douleur ce matin, avec la tête à l'envers et l'estomac en vrac.

— Bien fait pour toi !

— Connasse !

Comme toujours, Kyle intervint pour calmer le jeu.

— Quand vous aurez fini de vous insulter, on pourra aller en cours.

— Amen, la voix de la raison.

— Heureusement que je suis là pour vous canaliser, sales gosses !

— Et là, qui insulte l'autre ? glissai-je avec ironie.

— Moi, je suis gentil par rapport à vous !

On continua de chahuter tout en cheminant vers notre bâtiment, l'Informatics Forum, où aurait lieu notre premier cours. Tout à coup, je repérai Kirsteen sur Buccleuch Street qui se rendait dans une autre aile. Elle était comme un aimant qui m'attirait dans sa direction. Elle était en compagnie d'Edan, avec cependant une différence notable par rapport à avant : ils ne se tenaient plus par la main, quelques étudiants les séparaient. Ils affichaient leur rupture. Elle semblait me chercher, comme si elle sentait que je l'observais. Nos yeux se rencontrèrent brièvement. J'eus droit à un sourire discret. Je la suivis des yeux, le cœur léger, avant de me secouer mentalement et de rejoindre les autres.

CHAPITRE 14
Kirsteen

*H*arrow McCallum ne cessait de me surprendre… dans le bon sens! Depuis le début de la semaine, il était la discrétion personnifiée dans les allées de l'université. Terminées, les apparitions intempestives. Je n'avais pu que lui donner raison lorsqu'il avait suggéré qu'on ne s'affiche pas ensemble tout de suite après ma rupture. Des rumeurs auraient circulé sur moi, et je ne tenais pas à en faire les frais. Par le passé, j'avais déjà connu les moqueries et la malveillance; autant s'épargner de revivre cette époque sordide! Edan étant très populaire sur le campus alors que je n'étais qu'une inconnue sans importance, personne n'aurait jamais pris mon parti!

Si, pendant la journée, Harrow et moi restions physiquement éloignés l'un de l'autre, nous nous envoyions des messages quelquefois le soir. Je n'avais toujours rien dit à ma grand-mère à propos de mon nouveau petit ami, mais elle se doutait de quelque chose, puisqu'elle m'avait fait remarquer que j'étais beaucoup moins préoccupée récemment. C'est vrai que mes échanges avec McCallum étaient beaucoup plus «stimulants» qu'avec Edan! Avec ce dernier, j'étais dans la retenue, puisque nous ne partagions qu'une simple amitié. Avec Harrow, je ressentais les émotions avec une intensité décuplée. Je me sentais si vivante!

Ce samedi, je n'étais pas allée rejoindre la petite fête d'après-match qu'Edan organisait chez lui après l'entraînement. Et Harrow non plus. Ce qui avait dû soulager les autres membres de l'équipe, qui ne le portaient pas dans leur cœur. S'ils savaient à quel point ils se trompaient sur lui! Peu à peu, je comprenais pourquoi Edan le défendait. J'avais moi aussi envie de le connaître mieux. De découvrir ce qui se cachait derrière ses manières délibérément insultantes…

Je venais de rentrer du travail le samedi soir quand mon téléphone émit une sonnerie de notification.

> **Harrow** : *Salut. Je viens te chercher dimanche après-midi chez toi à seize heures ; je voudrais t'emmener quelque part. Puis on dînera ensemble. Rappelle-toi que tu me dois toujours un déjeuner !*
> **Moi** : *Où on va ?*

 184

Harrow : *Si je te le dis, ce ne sera plus une surprise…*
Moi : *J'ai horreur des surprises.*
Harrow : *Ouais, tu as raison de te méfier. Ce sera ta première fois, aussi !*
Moi : *Dis-moi, sinon je n'irai pas.*
Harrow : *À la patinoire !*

J'eus l'impression d'entendre son rire satanique ponctuer son message. Je frissonnai d'horreur, car je n'avais aucun sens de l'équilibre. J'avais mis très longtemps à apprendre à faire du vélo.

Moi : *Hors de question, je ne sais pas patiner.*
Harrow : *Je t'apprendrai !*
Moi : *Non.*
Harrow : *Si !*
Moi : *Tu ne comprends pas le mot : non ?*
Harrow : *Si ! Mais je m'en fous. Tu viendras.*
Moi : *T'es chiant, en plus d'être lourd, McCallum !*
Harrow : *Tu l'as déjà dit…*
Moi : *Espèce d'emmerdeur !*
Harrow : *Je gagne, c'est le principal.*

J'éteignis rageusement mon portable, en pestant contre lui. Il avait encore eu le dernier mot ! Mais, en même temps, je ne pus m'empêcher de sourire et de penser qu'il avait raison de vouloir me traîner à la patinoire… Je mourrais moins bête ! Dans ma vie, je n'avais pas eu beaucoup de loisirs, et Harrow continuait ce qu'Edan avait commencé, à savoir me faire sortir de ma coquille. Et je ne pouvais qu'approuver cette initiative !

J'aimais mon village ; la maison de ma grand-mère représentait mon petit coin de paradis, mais, parfois, je me mettais à rêver de voyages. *Granny* restait cantonnée à son cercle d'amis, à sa routine. Voyager ne l'avait jamais intéressée. Sa destination la plus lointaine avait été la capitale, à vingt minutes de chez elle. Dès que j'avais obtenu mon permis, je m'étais rendue seule dans le Nord pour découvrir les Highlands, mais cela n'avait pas été pareil sans elle. Je m'étais promis que, pour fêter la fin de mes études, je l'emmènerais de force sillonner notre beau pays. Entre les montagnes, les plages et les îles, il ne manquait pas de magnifiques coins à visiter !

Je ravalai mon sourire et redevins sérieuse en songeant à mon échange de messages avec Harrow. Il avait remporté une bataille, mais pas encore la guerre. Quand je le retrouverais le lendemain, je ronchonnerais pour la forme. Pas question de le complimenter ! Il était déjà bien assez arrogant !

Je rejoignis ma grand-mère dans la cuisine lorsqu'elle m'appela pour le dîner. Je pris place autour de la table et tendis mon assiette pour qu'elle me serve.

— Tu as l'air d'aller beaucoup mieux, constata-t-elle.

— Oui… À ce propos, j'ai un truc à te dire…

— Ce n'est pas trop tôt ! Je t'écoute.

— Je ne suis plus avec Edan…

— Je me doutais bien que c'était une histoire de cœur… Qu'est-ce qui s'est passé ? C'est pourtant un gentil garçon.

— Nous avons rompu d'un commun accord et…

— Oui ?

— J'ai un nouveau petit copain !

Ses yeux s'arrondirent sous la surprise.

— Si vite ?

Son intonation ne contenait aucun reproche, juste un mélange d'étonnement et d'incompréhension. Et pour cause ! Elle non plus n'était pas au courant de ma fausse relation avec Edan. Autant la laisser dans l'ignorance.

— Oui, il s'appelle Harrow et tu le verras demain après-midi après le déjeuner. Il passera me chercher à la maison, pour qu'on se rende à la patinoire.

— Je serais ravie de faire sa connaissance.

Je rougis légèrement, gênée.

— Tu ne peux pas savoir comme j'appréhende sa venue. J'espère qu'il te plaira… Ton opinion compte énormément pour moi.

Elle couvrit ma main de la sienne dans un geste affectueux.

— J'en suis sûre. S'il te rend heureuse, je ne peux que l'être.

— Merci, *granny*.

— Mais… tu es sûre que la patinoire est une bonne idée ?

Je pouffai de rire.

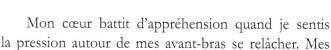

Mon cœur battit d'appréhension quand je sentis la pression autour de mes avant-bras se relâcher. Mes

187

yeux se plissèrent en rencontrant son regard pétillant de malice et son sourire en coin. En cet instant, le visage satisfait de mon petit ami tout neuf ressemblait à celui d'un sale gamin préparant un mauvais coup. Non, il n'oserait pas! Lorsqu'à notre arrivée au *Murrayfield Ice Rink*, je lui avais rappelé que je n'avais jamais chaussé de patins à glace de ma vie, il m'avait assuré qu'il resterait tout le temps à mes côtés. Alors, qu'est-ce qu'il était en train de faire, au juste?

— McCallum, je te jure que si tu me lâches, je te tue, grondai-je entre mes dents serrées afin de ne pas être entendue des autres patineurs, qui virevoltaient avec aisance autour de moi.

Ce n'était pas mon genre de me faire remarquer dans un lieu public, mais je crois que j'aurais été capable de lui hurler dessus s'il me laissait me débrouiller toute seule pour regagner le bord de la patinoire. Flageolante sur mes jambes tel un faon qui vient de naître, je me laissais remorquer par Harrow comme un chalutier. Et j'aimais autant arriver à bon port avant qu'il ne mette sa mauvaise blague à exécution, et que je ne me ridiculise en me retrouvant lamentablement les quatre fers en l'air!

— J'aimerais bien voir ça, rétorqua-t-il, en élargissant son sourire jusqu'aux oreilles. Pour me «tuer», encore faut-il que tu me mettes la main dessus.

— Vas-y, fous-moi la honte, et tu t'en mordras les doigts!

Le crétin sadique!

Je m'étais reprise. Hors de question de le supplier! Bien que j'aie une trouille bleue de tomber devant tout le monde, je jouais de nouveau les braves devant lui.

188

Faire remonter ma colère valait mieux que d'éclater en sanglots, parce que mes jambes ne m'obéissaient plus. S'il voulait s'amuser à mes dépens, qu'il le fasse, mais il pouvait dire adieu à notre relation. Après Edan, ce serait l'histoire amoureuse la plus courte que j'aurais jamais connue! Mais ne valait-il pas mieux être seule que mal accompagnée?

Pourquoi montais-je si vite sur mes grands cheveux en songeant déjà à une éventuelle rupture? J'avais encore du mal à réaliser que j'étais avec lui... Je le trouvais encore plus beau que la semaine passée, sûrement parce que je n'avais fait que l'apercevoir de loin. Qu'il soit dans une tenue de ville ou vêtu de son sempiternel jogging, il était toujours sexy à mes yeux. Merde, j'avais l'impression de parler comme une fille amoureuse, alors que nous ne nous connaissions réellement que depuis trois semaines!

Harrow semblait toujours à l'aise avec moi... comme dans n'importe quelle situation, d'ailleurs! Il l'avait encore démontré quand il était venu me chercher. Il s'était conduit comme le gendre idéal auprès de ma grand-mère en lui faisant poliment la conversation. Ses manières avaient été irréprochables. En revanche, je m'étais attendue au retour de bâton durant le trajet. J'avais été prête à défendre notre mode de vie campagnard à la moindre réflexion désobligeante sur le village. Mais, à ma grande surprise, il n'avait même pas abordé le sujet, et j'en avais été étrangement soulagée...

Est-ce que j'étais amoureuse de lui? Je n'en savais rien... Ou je feignais de ne pas savoir... Il m'attirait, ça, c'était indéniable! Quand il apparaissait, il vampirisait toute mon attention. Ce mec me retournait complètement le cerveau ! La majeure partie du temps, il m'agaçait et me donnait des envies de meurtre. Mais, lorsqu'il se montrait attentionné, je fondais. Ses baisers avaient le don de m'enflammer. Je suppose que j'avais besoin de temps pour réaliser mes sentiments. Parfois, je me demandais où tout cela allait me mener.

— Détends-toi, m'enjoignit-il. J'ai promis que je resterais avec toi, alors sois tranquille.

Puis il me fit glisser vers lui, tout en demeurant statique. J'atterris naturellement dans ses bras, qu'il referma autour de moi. Ma fureur s'évapora, remplacée par des frissons de plaisir lorsqu'il déposa un baiser sur le sommet de mon crâne. Les battements de mon cœur s'accélérèrent lorsque je levai la tête. Nos regards se soudèrent et il n'y avait plus personne autour de nous. J'avais l'impression d'être transportée dans un autre endroit, en sécurité, emprisonnée dans sa chaleur.

— On va arrêter pour aujourd'hui, déclara-t-il avec indulgence.

— Désolée… Je ne suis pas très douée.

— Tu y arriveras, il faut juste te décrisper.

Je fis la moue.

— Si tu n'avais pas fait semblant de vouloir me lâcher, je n'aurais sûrement pas paniqué de la sorte. Et j'aurais réussi à me détendre.

— Mais finalement, je ne t'ai pas lâchée, c'est le principal.

— Ah, parce que tu comptais vraiment le faire ?

— OK, je plaide coupable, j'y ai pensé.

— Oh, toi ! Espèce de… connard !

190

— À ton service…

Je voulus me détacher de lui tout en me retenant à son bras, mais il ne me laissa pas m'éloigner. Au contraire, il me pressait plus fort contre son grand corps. Une étincelle de désir s'alluma tout à coup dans mon être. Mon souffle se raccourcit. Il était en train de me rendre folle en changeant d'humeur aussi vite que le sens du vent. Il s'approcha de mon oreille pour me murmurer d'une voix basse et rauque :

— Tu sais ce qu'il a envie de te faire, le connard ? T'embrasser et te peloter dans la voiture…

Ses paroles achevèrent d'embraser mon corps. Sentir ses mains me caresser me fila des frissons d'anticipation. La seule fois où nous avions été aussi proches, cela avait été durant notre discussion dans… les toilettes d'un pub ! Étais-je prête à passer le cap avec lui ? Notre relation était encore trop neuve. Mais avec lui, je ne me reconnaissais plus. Au diable, la sagesse ! J'étais jeune et je ressentais une attirance puissante envers Harrow… J'avais envie qu'il soit le premier à me faire l'amour. Je rougis à cette pensée.

Il a dit «peloter», pas coucher avec toi *!*

— Je vois que tu n'es pas contre ce programme ?

Sans me laisser le temps de lui répondre, il s'empara de mes lèvres. Hors de l'enceinte de l'université, la prudence n'était plus de mise… Ses lèvres furent douces, avant de se montrer avides et exigeantes. Sa langue s'insinua rapidement dans ma bouche pour me caresser. Ma fièvre intérieure grimpa en flèche.

— Un peu de patience, murmura-t-il, amusé. Sinon on va nous arrêter pour attentat à la pudeur.

J'accompagnai son petit rire en gloussant. Difficile de reconnaître la petite fille sage en moi! J'avais été piquée au vif quand il avait suggéré que j'avais pu être une coincée. OK, j'étais vierge et prude, mais, avec lui, j'avais envie de mettre du piment dans ma vie! Peu importe où cette relation me mènerait, je voulais me focaliser sur le présent.

Une main dans le creux de ma taille, Harrow me guida vers la sortie. Un patineur nous dépassa sur la droite, mais je n'y prêtai aucune attention. Ce qui ne fut pas le cas de mon petit ami. Harrow s'arrêta, et je le sentis se raidir quand un jeune homme au visage fermé se rapprocha en quelques coups de patin. À présent, ils se faisaient face, chacun regardant l'autre avec hostilité. Perdue, je les observai tour à tour.

— Kyle sait que tu le trompes? lança le nouveau venu.

Je me figeai en retenant mon souffle. Bouche bée, je dévisageai le beau profil d'Harrow. Kyle et lui sortaient ensemble? Je pensais qu'ils étaient seulement amis. Une lumière s'éclaira dans ma tête. Je comprenais pourquoi ils étaient tout le temps fourrés ensemble... Sous couvert d'amitié, ils avaient une relation amoureuse! Je me sentis humiliée au plus haut point par sa fourberie. McCallum jouait sur deux tableaux. Je commençai à me débattre pour me libérer de son étreinte, même si j'allais me vautrer sur la glace dès qu'il m'aurait lâchée. Je ne voulais plus que ce connard me touche!

— Tu veux aller me dénoncer? le nargua Harrow, en le toisant. Vas-y, ne te gêne pas, mais Kyle est parfaitement au courant pour... ma petite amie.

D'ailleurs, je ne le trompe pas puisqu'on est un couple ouvert. On ne se doit pas l'exclusivité.

Quoi?! Il n'avait pas nié. Effarée par sa duplicité, j'inspirai profondément et fermai les yeux pour recouvrer mon calme. Je bouillonnai intérieurement, mais je devais me souvenir que tout le monde nous regardait! J'attendrais qu'on soit sortis pour le gifler et lui foutre un coup de genou dans l'entrejambe. Jamais je ne cautionnerais ses mensonges! Soit il était avec moi, soit avec un autre, mais entretenir deux relations simultanées, je ne pourrais pas le supporter. J'étais du genre… exclusive!

— Apparemment, ta copine n'est pas au courant!

Sur cette pique, il nous planta.

Harrow se détendit enfin et un grand sourire fleurit sur ses lèvres.

— T'as vu sa tête!

— Pourquoi tu ne prends jamais rien au sérieux?

— Calme-toi, je peux tout t'expliquer.

— Et moi, je n'ai aucune envie d'écouter tes raisons! Putain, tu es vraiment un enfoiré de première si tu penses que tu peux fréquenter deux personnes à la fois! Tu aurais pu m'informer que tu étais si «libre»! Moi, je ne le suis pas. Peu importe ce que toi, tu crois, tu es en train de me tromper! Maintenant, tu me ramènes chez moi et tu m'oublies, OK?

Furieuse, je détournai la tête et fixai droit devant moi. Et dire que j'avais envisagé d'offrir ma virginité à un tel salaud! Où avais-je la tête? J'en frissonnai de dégoût et de honte. Avec lui, j'avais l'impression d'avoir un demi-cerveau en état de marche; le reste étant guidé par mes hormones en ébullition. Si lui n'avait aucun scrupule à sortir avec deux personnes en même temps, ce n'était pas mon cas ! Je n'étais pas assez immorale ou désespérée pour fermer les yeux sur… l'autre. Je lui avais accordé ma confiance, et il l'avait piétinée. Pourtant, la jalousie avait creusé mon cœur lorsqu'il avait encaissé si facilement l'accusation. Parce qu'il n'y voyait aucun mal !

Harrow me ramena en silence au bord de la piste. Il n'y avait plus rien à ajouter. Nos chemins se séparaient là. La bouche pincée, sans plus un regard pour lui, je me rendis à la consigne pour redonner mes patins et récupérer mes bottines. Une fois que j'eus retrouvé le sol ferme, je me précipitai hors de la patinoire. Je me dirigeai ensuite vers sa voiture, quand je changeai brutalement d'avis. Pourquoi rentrer avec lui ? Je pouvais regagner Whitecraig par mes propres moyens. À pied, s'il le fallait !

— Hey, où tu vas comme ça ? me cria-t-il.

— Chez moi, répondis-je par-dessus mon épaule.

Je sursautai quand il m'attrapa par le bras et me retourna face à lui. Je fus surprise et déçue de voir un air hilare sur son visage. Ma première impression avait été la bonne : il se fichait de tout ! Tout était prétexte à s'amuser pour lui. J'avais été assez stupide pour le prendre au sérieux.

— Lâche-moi ou je hurle.

— J'adore ton caractère de feu.

Je marquai un temps d'arrêt. Il en profita pour fondre sur ma bouche. Ses mains s'agrippèrent à mes cheveux autour de mon visage tandis qu'il dévorait mes lèvres et me goûtait intimement. Un courant électrique

194

se déchargea dans tout mon corps, et je perdis mon souffle. Néanmoins, je le repoussai rapidement aux épaules, à moitié pantelante.

— Tu penses t'en sortir en m'embrassant ?

— C'est un bon début, non ?

— Je ne me laisserai plus baratiner.

J'étais sérieuse. Il passa sa langue sur ses propres lèvres et mon regard s'aimanta à ce geste si sensuel. Je m'ébrouai intérieurement pour sortir de ma transe. Il ne m'aurait pas si facilement !

— Viens avec moi et je t'expliquerai tout.

— … OK…

J'aurais juré que c'était une autre personne qui venait de prononcer ce mot. J'avais capitulé si vite ! Honteuse de ma rapidité à lui céder, je marchai à ses côtés, les bras collés le long de mes flancs. Il attrapa alors d'autorité la main que je lui refusais et entrelaça ses doigts aux miens. Il me ramena à sa voiture et m'ouvrit galamment la portière, avant de venir s'installer derrière le volant. Je regardai obstinément devant moi. Je l'entendis soupirer en se tournant vers moi.

— Promets-moi d'abord que tu n'en parleras à personne.

— Je te le jure. Je t'écoute.

— Le gars que tu viens de croiser s'appelle Liam. Kyle et lui avaient une liaison secrète au lycée. Mais les parents de Kyle les ont surpris en train de s'embrasser, presque à poil. Liam n'a rien trouvé de mieux à faire que d'accuser son petit ami de l'avoir « forcé » à le faire. Il a juré ses grands dieux qu'il n'avait jamais voulu, parce qu'il avait peur d'être jeté hors de chez lui par ses propres parents. Kyle a tout encaissé par amour pour Liam. Il a été chassé de chez lui et a atterri chez Leah, une amie d'enfance.

Oh, merde ! J'étais loin de me douter de tout ça !

— C'est horrible de la part de Liam…

— Liam n'a plus recontacté Kyle pendant deux ans. Jusqu'à ce concert où il est venu le voir se produire sur scène… Kyle m'a demandé de lui servir de couverture. J'ai accepté. J'ai fait semblant d'être son petit ami. Pas de chance qu'il m'a surpris avec toi ! Du coup, j'ai inventé cette excuse de couple libéré sexuellement, pour ne pas trahir Kyle, acheva-t-il dans une grimace désolée.

Je pouffai de rire, soulagée.

— Pourquoi ne me l'as-tu pas dit dès qu'il est parti ?

— Je voulais te faire un peu mariner…

Je fronçai les sourcils.

— Et pourquoi donc ?

— Tu jouais bien la fausse petite amie d'Edan… J'ai moi aussi voulu m'amuser à te rendre jalouse. C'était de bonne guerre, non ?

— OK, j'avoue, ton explication tient la route.

Il attrapa ma main et en embrassa chaque phalange.

— Je suis pardonné ?

— Oui. Tu as raison d'avoir défendu ton ami.

Je m'étais trompée sur Harrow McCallum. Oserais-je dire, encore ? J'étais admirative devant sa loyauté, son dévouement. Il n'avait pas hésité à voler au secours de son ami. Avec lui, je devais voir au-delà des apparences… Je repensai aux paroles d'Edan à propos de sa colère latente. Le cœur battant, je demandai doucement :

— Qu'est-ce que tu me caches d'autre, Harrow ?

196

— Rien d'autre, fit-il en secouant la tête.

Je me perdis dans la profondeur de ses iris aux reflets bleus et gris. Il n'avait pas été tout à fait honnête. J'avais perçu sa précipitation à me répondre par la négative. Pour l'instant, je n'insistai pas parce que mon cœur fondait un peu plus pour lui. Pour sa fidélité indéfectible. J'avais peut-être aussi mal jugé ses deux acolytes.

— Et Leah ? Pourquoi est-elle autant sur la défensive ?

— Ah ! ça, ce n'est pas à moi d'en parler.

Il y avait donc bien une raison derrière son air renfrogné.

Et toi, Harrow, quel est ton problème ?

Inutile de lui poser la question, il l'éluderait une fois de plus. J'espérais l'aider le moment venu, comme il avait su couvrir son ami. Émue, je caressai du bout des doigts sa joue virile. Ma bouche, magnétisée par la sienne, se posa doucement sur ses lèvres entrouvertes. Je répondis à son invitation à le goûter. Ma langue trouva la sienne, et ce fut comme mettre le feu aux poudres. Sa respiration s'emballa quand il reprit les commandes. Son baiser se fit ardent, sauvage. Ses mains furent sur mon corps. Ses caresses me firent gémir, surtout quand il malaxa mon sein à travers mon pull. Toutefois, je finis par redescendre sur terre. Nous étions sur un parking public, et on pouvait nous voir. Ce n'était pas le bon endroit pour se peloter ! Je le repoussai doucement. Il ne m'aida pas en continuant de me mordiller sensuellement les lèvres…

Après une éternité, je repris enfin la parole :

— Je te dois donc un dîner.

— Mon plat principal se trouve actuellement devant moi ; c'est toi que j'ai envie de dévorer.

Mon cœur battit tous les records de vitesse. J'eus envie de me jeter de nouveau sur lui. Ses yeux brillants d'excitation et ses lèvres pleines faillirent avoir raison de mon sang-froid. Mais je chassai le diablotin sur mon épaule pour écouter l'angelot sur l'autre.

— Je connais un endroit où on mange bien dans le centre, déclarai-je. Et puis, je te dois aussi une visite de la ville.

— Un dîner gratis et Édimbourg *by night*. Ce programme est moins alléchant que celui que j'avais en tête, mais ça me va !

CHAPITRE 15
Harrow

Après que j'avais refusé de l'éclairer sur le comportement de Leah, Kirsteen avait vite pigé que notre relation était trop récente pour aborder des questions plus personnelles. Au cours du repas, nous avions donc échangé sur nos études et étions tombés d'accord sur le fait que le climat écossais était le plus pourri du monde – on avait coutume de dire qu'il y avait quatre saisons dans une journée –, avant de bifurquer sur nos goûts en matière culinaire, ou plutôt sur mon absence de préférence dans ce domaine. C'est simple, je pouvais manger de tout sans faire la grimace. Je ne lui confiai pas que ma mère ne cuisinait que les plats favoris de Colin. Jamais elle ne m'avait interrogé sur ce que j'aimerais manger et, de ce fait, j'acceptais tout ce qui atterrissait dans mon assiette. Au moins, je n'étais pas difficile !

— Tu peux donc manger le haggis sans rechigner ? s'étonna-t-elle en frissonnant de dégoût.

— Oui, les yeux fermés !

— Jamais des abats ne franchiront de nouveau mes lèvres ! Même ma grand-mère, qui pourtant est une excellente cuisinière, n'a pas réussi à me faire aimer ce plat. Et les purées qui l'accompagnent sont tout aussi immondes.

— Et qu'est-ce que tu aimes, alors ?

— Le chocolat !

Notre dessert arriva sur ces entrefaites. Le serveur déposa devant elle un brownie entouré d'une généreuse crème anglaise, et surmonté d'une boule de glace à la vanille. Ses yeux verts se mirent à briller de gourmandise devant cette montagne de calories. Quant à moi, j'avais commandé une simple tarte aux pommes. Je ne pus m'empêcher de la taquiner en lui volant un coin de son brownie avant qu'elle ne l'entame. Un petit cri scandalisé me répondit. Elle me fusilla des yeux.

— Harrow ! Si tu tiens à ta vie, ne refais plus jamais ça !

J'agitai ma petite cuillère sous son nez.

— Dis-toi que je te rends un fier service.

— Ah ouais, en me piquant mon gâteau ? T'es sérieux, là ?

— Ce seront des calories en moins qui viendront se fixer sur tes jolies hanches. Et comme tu n'es pas très sportive, étant donné tes prouesses sur la glace… Tu devrais au contraire me remercier de prendre soin de ta forme.

Elle plissa ses yeux, menaçante.

— Tu sais quoi ? Tu es vraiment un connard de première dans toute ta splendeur ! Insinuer que tu me quitterais si je prenais du poids et me rappeler que je suis nulle sur des patins. Pour ma défense, c'était la première fois que j'en chaussais. Mais tu verras, je te ferai bientôt ravaler tes paroles ! Je vais m'entraîner dur et tu me demanderas pardon pour tes mots blessants.

— Je suis impatient de voir ça, chérie !

— En attendant, fous-moi la paix et laisse-moi m'empiffrer.

J'éclatai de rire tandis qu'elle attaquait son dessert avec un air boudeur. J'avais réussi à gâcher son plaisir. Je ne savais pas pourquoi j'avais envie de la blesser de la sorte… Une partie de moi s'irritait encore de sa présence ; elle me rappelait l'échec cuisant de mon plan. Mais, d'un autre côté, je me sentais si bien avec elle. Chaque fois que je la regardais, j'étais troublée par sa beauté. J'aimais discuter avec elle. Elle ne mâchait pas ses mots. Et surtout, près d'elle, mon désir s'exacerbait. Dans la voiture, si elle ne m'avait pas repoussé, j'aurais été capable d'aller au bout !

— Tu n'as pas répondu à ma question lors de notre dernier déjeuner, repris-je. À part le bowling et la patinoire, qu'est-ce que tu n'as jamais fait ?

— Je ne te dirai plus rien, tu vas t'en servir contre moi !

— Oh, tu ne serais pas rancunière ?

Elle haussa les épaules.

— Maintenant que je te connais, je me méfie de toi…

— Et boudeuse !

— Pas du tout.

— Alors, prouve-le. Réponds à ma question.

Kirsteen émit un grognement.

— Comme tout le monde, il y a des tas de choses que je n'ai pas faites.

— Et quel serait ton rêve ultime ?

Elle rit doucement.

— Je pourrais te dire : faire le tour du monde, ou un truc plus grandiose, mais ce n'est pas vrai. Honnêtement, mon plus grand rêve est de décrocher un super job dans lequel je m'éclaterai et de vivre une vie simple entourée de gens que j'aime et qui m'aiment. Plus tard, je partirai en voyage avec eux pour découvrir l'Écosse… Désolée, je dois être la fille la plus ennuyeuse de la terre !

Elle émit un rire sans joie. Puis elle se mordit la lèvre, gênée de m'avoir révélé ses aspirations profondes, peu glorieuses à ses yeux. Mais ce qu'elle ignorait, c'est que ses paroles avaient trouvé un écho en moi, surtout en ce qui concernait les gens qui vous aimaient. Personnellement, c'était mon ambition, même mon obsession : me faire aimer de mes parents pour ce que j'étais !

Je posai ma main sur la sienne et caressai du pouce sa peau douce. Mes yeux rivés aux siens, j'affirmai avec sérieux :

— Tu n'as rien d'ennuyeux, je t'assure.

— Merci.

Sur une impulsion, je me penchai au-dessus de la table et avançai mon visage. Ce moment de confession nous avait rapprochés, et nos lèvres se rencontrèrent. Je butinai sa chair souple et renflée, avant de glisser ma langue dans sa bouche. Elle avait un goût de chocolat et de vanille qui me monta trop vite à la tête. Je me détachai rapidement de cet aphrodisiaque.

— Remercie-moi, je viens de te débarrasser d'une miette au coin de la bouche.

— Quoi ?

— Le baiser n'était qu'un prétexte pour t'éviter la honte.

— Tu insinues que je mange aussi mal que toi ? Je ne postillonne pas, moi !

— Je t'apprendrai, si tu veux, glissai-je avec un clin d'œil.

— Plutôt mourir, McCallum ! Je ne veux pas ressembler à un porc.

— Dans ce cas, tu sors avec un porc.

— Tu fais bien de me le rappeler. Je ne sais même pas ce que je fiche ici…

— C'est vrai… Si tu as fini, on a mieux à faire, il me semble !

— Tu es vraiment un porc dans tous les sens du terme.

— Je parlais d'aller visiter Édimbourg ! À quoi pensais-tu ?

— À rien.

— Menteuse !

Ses yeux verts me lancèrent des éclairs.

— Tu l'as fait exprès, pas vrai, connard ?

— Putain ! Je vais me faire un plaisir de te faire taire, plus tard.

J'adorais quand Kirsteen me tenait tête de cette façon. Elle pouvait se montrer désarmante, émouvante une seconde, et me cingler avec ses piques le moment d'après. Avec elle, je ne connaissais pas l'ennui. Elle me ferait presque oublier que j'avais jeté mon dévolu sur elle par jeu. Il semblait que j'avais décroché le gros lot !

Je me levai le premier et lui tendis la main. Dans un soupir, elle posa sa paume dans la mienne, avant de se redresser à son tour. Je souris face à sa réticence alors que l'attraction entre nous avait été palpable tout au long de ce dîner. Des étincelles de colère et de désir — un cocktail détonnant — semblaient crépiter autour de nous. Je relâchai ses doigts le temps de régler l'addition. Je fus récompensé par un autre baiser, plus furtif celui-là. Elle me remercierait correctement tout à l'heure.

Sur le trottoir, je lui demandai :

— Tu as envie d'aller visiter la ville ?

— Pas... ce soir...

— Moi non plus, murmurai-je.

Édimbourg n'avait plus aucun attrait pour nous... Le trajet à pieds jusqu'à ma voiture s'effectua dans un silence à la fois serein et tendu ; chacun ayant une conscience aiguë de la présence de l'autre. Puis nous reprîmes la route vers Whitecraig. L'excitation montait à mesure que nous nous éloignions du centre-ville. Il était hors de question d'aller dans l'une de nos baraques respectives, alors nous nous contenterions de ma bagnole comme nid d'amour. Peu après avoir quitté la métropole, je suivis les routes de campagnes jusqu'à m'arrêter près d'un bois, à l'écart de la circulation. Une fois que j'eus éteint les phares, la pénombre nous enveloppait. Le ciel dégagé laissait entrevoir un croissant de lune. Seul le bruit de nos respirations s'élevait dans l'habitacle.

Doucement, ma main trouva la sienne. Je caressai ses doigts tandis que mon autre paume remontait dans son cou, jusqu'à épouser sa pommette haute. J'approchai lentement mon visage du sien. Ma bouche se posa sur ses lèvres qu'elle entrouvrit, me donnant l'autorisation de la goûter. Ce que je fis avec joie. Ma langue s'enroula autour de la sienne. Elle répondit à mon baiser en s'accrochant à ma nuque, comme si elle ne voulait pas être séparée de moi. Nos souffles s'accélérèrent. Le désir tendit mon sexe.

— Kirsteen…

— J'ai… envie de toi… Harrow, haleta-t-elle.

Je m'arrêtai, et, ému, déglutis sous l'aveu.

— Tu… es sûre de toi ? On peut se contenter de se peloter…

— J'en suis certaine, murmura-t-elle d'une voix presque inaudible. Mais… tu dois savoir que je n'ai jamais couché avec un garçon…

— Tu es… vierge ?

— Oui. Ça t'embête ?

— Non, pas du tout ! Je suis même honoré d'être ta première fois ! Je t'apprendrai…

Je pris sa main menue et la menai à mon érection. Elle eut un petit mouvement de recul.

— Touche-moi, jolie Kirsteen…

Je semai d'autres baisers sur son cou, sous son oreille, avant de remonter capturer à nouveau sa bouche pantelante. Alors que sa main revenait se poser d'elle-même sur ma queue qui n'en finissait plus de durcir, je glissai mes doigts sous son pull et sa chaleur corporelle se communiqua à la mienne. Je retroussai alors son vêtement pour atteindre sa poitrine palpitante qui se soulevait rapidement. Elle gémit lorsque je pétris sensuellement son petit sein rond à travers son soutien-gorge. L'atmosphère s'était nettement réchauffée dans l'habitacle. Soudain, je ne supportais plus les centimètres qui nous séparaient. Je me détachai d'elle, la laissant essoufflée, le temps de reculer à fond mon siège et d'incliner mon dossier vers l'arrière.

Je l'invitai à venir me chevaucher. Kirsteen combla vite le peu de distance entre nous. Je haletai, tout comme elle, quand son pubis s'imbriqua à la perfection sur mon érection. Excité, j'ondulai alors mon bassin sous ce contact intime, et des râles de plaisir s'échappèrent de nos bouches en stéréo. Mon Dieu, savait-elle ce qu'elle me faisait ? J'empoignai la masse de ses cheveux de chaque côté de son visage et lui dévorai la bouche. La douceur avait cédé la place à l'urgence, aux gestes brusques. Le désir ne cessait de monter.

Tout en me frottant à elle, je délaissai la soie de ses cheveux pour venir lui retirer son pull et son t-shirt. Ses mains impatientes en avaient aussi profité pour me délester d'une partie de mes vêtements. Après cette séparation, nos bouches se soudèrent de nouveau. Alors que ses paumes s'égaraient sur mon buste contracté, je l'entourai de mes bras pour détacher les agrafes de son soutien-gorge dans son dos. Un sentiment d'euphorie me saisit quand je balançai enfin son sous-vêtement sur la banquette arrière. Je m'emparai à pleine main de ses seins et les malaxai voluptueusement, arrachant d'autres sons délicieusement érotiques à ma partenaire. Mon sexe n'en pouvait plus de pulser de douleur et d'envie derrière mon boxer. Je mourais d'envie de sentir les mains de Kirsteen me caresser.

— J'ai les mains occupées, tu ne voudrais pas m'aider à enlever mon jogging… et le reste? soufflai-je entre deux baisers voraces.

Lorsqu'elle se dégagea de mon érection, je faillis devenir fou tant son contact me manquait. En même temps, je bénis mon pantalon de survêt' : elle n'avait qu'à glisser l'élastique sur mes hanches. Ce qu'elle fit quand je soulevai mon bassin. Je finis de m'en débarrasser, de même que mes baskets et mon boxer.

Alors que ma bouche restait soudée à la sienne, mes mains se détachèrent à regret de ses seins souples et fermes pour achever de défaire les boutons de son jean, qui ne tarda pas à suivre le même chemin que mes vêtements. La lueur de la lune éclairait l'habitacle avec parcimonie, mais je pus admirer sa peau nacrée et sa poitrine palpitante. Je voulais que ma bouche et mes mains soient partout pour lui faire perdre la tête. Sur ses mamelons durcis, sur son abdomen qui se creusait d'anticipation, entre ses jambes, sur son sexe qui devait mouiller pour moi.

— Tu es belle, Kirsteen…

Son souffle s'accéléra sous le compliment.

— Caresse-moi, je vais te toucher aussi, repris-je.

Je guidai sa main tremblante vers ma verge tendue à craquer. Mes doigts sur les siens, je l'encourageai à m'encercler. Je leur imprimai ensuite un rythme languide avant de la laisser continuer seule. Pendant qu'elle s'évertuait à me rendre fou, je comptais bien m'occuper d'elle aussi. Je laissai mon index vagabonder le long de sa fente, dans un sens puis dans l'autre. Je pinçai son clitoris et elle sursauta soudain, en gémissant plus fort, comme si une décharge électrique l'avait traversée de part en part.

— Tu aimes ce que je te fais ?

— Oui…

— Tu en veux encore ?

Pour toute réponse, elle se cambra. J'esquissai un sourire carnassier quand j'introduis mon majeur dans sa petite chatte trempée. Autour de mes phalanges, sa moiteur était un délice. Je coulissai en elle de plus en plus vite en tournoyant autour de son bouton de chair avec mon pouce. Ses cuisses tremblèrent sous mes caresses rapides et intenses, et je n'étais pas mieux. J'étais aussi fébrile. Elle me démontra à quel point le plaisir s'amplifiait en elle en serrant son poing plus vite et plus fort autour de ma queue engorgée, près de l'explosion.

Je retirai doucement mon doigt de son intimité. J'enfilai une capote avant de la mener vers mon entrejambe. Pour l'exciter davantage, je promenai quelques secondes mon gland entre ses chairs lubrifiées. Elle gémit de plus belle. Puis je mis fin à ma – notre – torture, en m'emparant de ses lèvres et en la pénétrant lentement. La barrière de sa virginité céda sous mon intrusion, et j'avalai son petit cri de douleur.

— Ça va aller, ma douce…

 208

Elle marmonna entre ses dents, contre mes lèvres. J'entrepris de la détourner de la douleur en massant ses jolis seins aux pointes dressées. Elle se détendit peu à peu, et je pus m'enfoncer en elle jusqu'à la garde. J'eus un shoot d'adrénaline. Mon sang cavala dans mes veines à une vitesse foudroyante.

— Oh, oui, bouge sur moi, ma belle…

Kirsteen obéit en montant et en descendant sur ma queue raidie. L'habitacle s'emplit de nos halètements de plaisir qui se répondaient en écho. Puis on perdit le contrôle de nos souffles, de nos corps. Comme je le soupçonnais, ma petite amie possédait un tempérament de feu. La cadence, d'abord lente, s'accéléra. Elle fourragea dans mes cheveux.

— Harrow !

— Putain, répète mon nom ! J'aime l'entendre de ta superbe bouche !

— Harrow… Harrow…

Haletante, Kirsteen se déhancha de plus en plus vite au-dessus de moi, et je la récompensai en caressant la peau douce de ses cuisses, en malaxant ses fesses rondes, et en bouffant tour à tour ses tétons aussi durs que deux rubis. Elle était aussi près de la jouissance que moi. Les parois de son vagin se contractèrent autour de ma queue à un rythme plus soutenu. Puis elle se crispa dans un cri libérateur, vidée de ses forces, foudroyée par l'orgasme.

— C'est si bon ! Je vais jouir aussi !

En quelques coups de reins supplémentaires, je la rejoignis dans l'orgasme. Kirsteen retomba dans mes bras, et je serrai son corps souple et moite contre moi. Nos respirations s'accordaient, que ce soit dans l'excitation, dans l'extase, ou quelques longues minutes après, au repos. Soudain, je la sentis frissonner. L'humidité de l'extérieur s'était infiltrée dans l'habitacle et l'atmosphère commençait effectivement à se rafraîchir. Après un dernier baiser, je la laissai regagner sa place et lui rendis ses fringues. Je me rhabillai également. Aucun de nous deux ne prononça un mot, comme si on flottait encore dans notre bulle de plaisir.

Tandis que je démarrais pour la ramener chez elle, je la vis se recoiffer à l'aide de ses doigts. Puis elle tourna la tête vers la vitre pour contempler l'obscurité ambiante. Le trajet se déroula dans un silence total. Pour une fois, je ne la provoquai pas. Je n'avais pas envie de jouer au connard avec elle, de gâcher ce moment qui avait été si magique entre nous.

Je m'arrêtai devant sa maison, le long de la barrière. Elle se tourna enfin vers moi.

— Merci pour cette sortie, Harrow…

— De rien ! Et je ne désespère pas : un jour, on arrivera à visiter Édimbourg ensemble ! plaisantai-je.

— Oui, j'en suis sûre…

— Bonne nuit, Kirsteen.

— Toi aussi, Harrow.

Sur une impulsion, elle fondit sur mes lèvres et m'embrassa, avant de sortir précipitamment de la voiture, comme si elle regrettait sa spontanéité.

— À demain.

— Oui.

Après un dernier salut, elle claqua la portière. Je l'observai rentrer dans la maison, où une lumière brillait encore à une fenêtre, avant de redémarrer. Un sourire idiot errait sur mes lèvres. Même si mon plan avait foiré et que je devais trouver un autre moyen d'abattre Edan, je venais de passer une putain de bonne soirée ! Mon cœur battit plus vite en repensant à Kirsteen. Je ne pouvais pas être amoureux d'elle, c'était trop tôt, mais j'adorais l'idée qu'elle soit ma petite amie. Sous ses airs frondeurs et ses répliques mordantes, j'avais perçu une sensibilité qui m'avait fait craquer. Je me félicitai de ne pas l'avoir larguée trop vite !

CHAPITRE 16
Harrow

*J*e passai en revue la vague d'étudiants qui affluait, à la recherche d'une certaine rousse. Merde! On s'était dit «à demain», mais sans précision de l'heure et de l'endroit où on se retrouverait. Normalement, je ne pouvais pas la manquer puisque je me trouvais à côté de son bâtiment sur Buccleuch Street. Je crevais d'envie de la voir. Je ravalai tout à coup un sourire idiot. Des images d'elle, de nous, saturaient mon cerveau. Depuis que je l'avais raccompagnée, je n'arrivais plus à me la sortir de la tête. Planqué dans ma piaule, je pouvais sourire au mur et au plafond comme le dernier des abrutis, mais, devant les autres, je devais me surveiller si je ne voulais pas passer pour un débile profond !

Je n'avais jamais attendu après une fille, et je me trouvais *très* patient pour une première fois ! Mais force était de constater qu'elle me changeait agréablement les idées. Pendant que je pensais à elle, je m'attardais moins sur ma situation pourrie. Cela faisait deux matinées de suite que je n'avais rien tenté pour alléger l'atmosphère morbide à la table du petit déjeuner. Au lieu de parler dans le vent face à mes parents qui hochaient distraitement la tête, je m'étais mis à rêvasser à elle, à sa peau si douce, si parfaite… C'était moins douloureux que la réalité d'une famille disloquée.

Peut-être était-elle déjà à l'intérieur ? J'étais sur le point de dégainer mon portable quand elle apparut enfin dans mon champ de vision. Et mon monde se rétrécit à elle. J'eus un coup au cœur. Cette fois, je n'avais plus envie de me cacher, mais de montrer au monde entier que cette splendide rousse était avec moi !

Je la parcourus de la tête aux pieds, comme un affamé. Qu'est-ce qu'elle était belle ! Je n'arrivais pas à détacher mes yeux de ses traits fins. Son sourire, bien que timide, était communicatif. Mes lèvres trop longtemps retenues se détendirent comme un ressort. J'avais de nouveau envie de dévorer sa bouche pulpeuse. Et c'est ce que je fis quand elle se planta enfin devant moi. J'attrapai son visage entre mes mains et lui donnai un fougueux baiser, étouffant le début de son « bonjour ».

— Harrow, marmonna-t-elle, en s'agitant. Arrête !

— Pas… tout de suite.

 214

Une bonne semaine avait passé depuis sa rupture d'avec Edan. C'était un délai décent pour passer à un autre mec, non? Et puis mon naturel revint au galop. Que les autres aillent se faire foutre! Par provocation, je la serrai plus fort contre moi tout en fouillant sa bouche. J'avais réellement faim d'elle! Elle finit par me repousser, et je sortis de ma transe. Waouh, qu'est-ce qui m'arrivait? Aucune fille ne m'avait jamais fait cet effet dingue. Incapable de croiser mon regard, Kirsteen baissa les yeux, les pommettes aussi rouges que sa chevelure. Elle remit nerveusement en place quelques mèches derrière son oreille.

— On… se retrouve plus tard, murmura-t-elle.

Elle allait se détourner quand je la stoppai en agrippant son avant-bras.

— Attends. Tout va bien?

— Oui, oui.

Sceptique face à son ton faussement enjoué, je répliquai :

— Pourquoi je ne te crois pas?

— On n'est pas obligés de se donner en spectacle!

— J'embrasse ma copine comme je l'entends.

Elle me fit les gros yeux.

— Et si moi, je ne le veux pas?

— On a fait plus que s'embrasser, hier…

— Mais c'est pas vrai! s'agaça-t-elle, en levant les yeux au ciel.

— Faut qu'on discute, toi et moi. On se retrouve pour le déjeuner, OK?

— Ouais, c'est ça, envoie-moi un message.

215

Le visage fermé, Kirsteen me fila entre les doigts aussi vite que le vent, et je poussai un soupir exaspéré. Mais qu'est-ce qui lui prenait, tout à coup ? Elle jouait à la sainte-nitouche alors qu'on s'était joyeusement envoyés en l'air la veille dans ma bagnole ! Et je ne rêvais que de renouveler l'expérience ! Goûter à sa peau, c'était comme tomber dans une addiction. Ma langue voulait retrouver sa saveur, la lécher là où ça n'avait pas été possible dans l'habitacle.

Ma mémoire me bombarda d'innombrables images lubriques : mon doigt coulissant entre ses replis humides, soyeux et brûlants, nos halètements de plaisir qui se confondaient, l'extase qui nous avait projetés, repus, dans les bras l'un de l'autre. Merde ! Le fourmillement s'intensifia dans mes reins. Je le refoulai en inspirant profondément… et en songeant à son sale caractère !

Mais, mauvaise idée, puisque c'était précisément ce que j'aimais chez elle ! Qu'elle n'ait pas peur de m'affronter. J'adorais l'asticoter, la défier et admirer le résultat dans toute sa splendeur. Jusque-là, elle ne m'avait pas déçu ! Elle m'éclatait avec ses réactions excessives. Stimulante, vibrante et excitante, elle me rendait vivant comme jamais ! La discussion au déjeuner s'annonçait houleuse entre nous, et un foutu sourire d'anticipation revint se plaquer sur mes lèvres.

Les mains dans les poches, je m'avançai tranquillement vers Leah et Kyle. Je fis semblant de ne pas remarquer la figure courroucée de l'une et l'air ennuyé de l'autre. Eux aussi avaient assisté au « spectacle ». OK, ils avaient de quoi être surpris, voire fâchés puisque j'avais presque donné ma parole que je ne briserais pas le couple Edan/Kirsteen. Mais, dans la mesure où ils n'étaient pas réellement ensemble, je ne voyais pas où était le mal. C'était même moi, le grand perdant, dans l'histoire ! Enfin, un demi-perdant, puisque je ne regrettais pas d'avoir volé Kirsteen à Edan, ni d'avoir égratigné sa réputation au passage. Les autres étudiants n'étant pas au courant de leur supercherie, à leurs yeux, j'avais réussi l'exploit de lui piquer sa copine !

— Eh ben, c'est quoi, ces tronches ?

Leah croisa les bras sous sa poitrine et me lança un regard hostile.

— Maintenant, on sait avec qui tu passes tout ton temps.

— Ouais, Kirsteen est ma nouvelle petite amie.

— Harrow, bon sang ! gronda-t-elle en montrant les crocs. Tu es tombé sur la tête ou quoi ? Tu vas trop loin avec elle !

— Figure-toi qu'elle ne sortait pas réellement avec Edan.

— C'est tout ce que tu as trouvé pour te donner bonne conscience ?

— Je ne raconte pas de craques ! Edan n'est pas si irréprochable qu'on le pense ! Il a passé un accord avec Kirsteen pour qu'elle devienne sa petite amie écran. Il cherchait à échapper à la pression de ses parents, qui voulaient lui coller dans les pattes la fille de leurs amis. Donc, maintenant, vous arrêtez de me faire chier avec vos leçons de morale !

Kyle intervint :

— Attends, mais… ça veut dire que tu as monté ton plan de séduction pour rien, alors ? Tu pensais affaiblir Edan, mais je suppose que, comme il ne tenait pas réellement à elle, il n'a pas eu le cœur brisé…

— On ne peut rien te cacher, admis-je avec une grimace.

— Ouille ! Désolé pour toi, vieux.

Leah revint à la charge.

— Si tu n'en as rien à faire d'elle, dis-lui la vérité.

— Personne n'est au courant de leur mascarade, je ne vais pas rompre alors qu'on commence à peine à sortir ensemble ! C'est une question de fierté. Kirsteen l'a tout de même plaqué pour moi !

— Je l'aime bien, cette fille, et elle n'y est pour rien dans ta rivalité avec Edan. Je trouve dégueulasse que tu joues avec ses sentiments. Plus tu tarderas à rompre, plus elle s'attachera à toi. Et plus tu lui donneras l'illusion que tu l'aimes, plus elle chutera de haut. En restant avec elle, j'ai l'impression que tu es en train de la punir pour cet échec.

— J'aviserai le moment venu, mais pour l'instant, je suis bien avec elle.

Leah écarquilla les yeux, brutalement arrêtée dans son élan moralisateur. J'avais réussi l'exploit de la rendre muette. Une trace de suspicion subsistait encore sur son visage, mais elle défronça ses sourcils. Apparemment, elle me laissait le bénéfice du doute. Peu à peu, ses traits retrouvèrent une certaine sérénité.

— Vraiment ?

— Oui, puisque je te le dis.

— Tu ne nous mentirais pas. Pas à nous…

— Croix de bois, croix de fer !

Leah tapota son menton de l'index.

— Mais c'est que ça devient intéressant…

— Hey, on ne s'emballe pas, je n'ai pas dit que j'étais amoureux d'elle…

Puis je me tournai vers Kyle, qui me dédiait un sourire goguenard, du style : «Tel est pris qui croyait prendre.» Lui, j'allais me faire un plaisir de lui ôter cet air supérieur, en lui lâchant ma petite bombe !

— Au fait, j'ai revu Liam… Ou plutôt, c'est lui qui nous a trouvés !

L'effet fut instantané. Le visage de Kyle se décomposa. J'étais *presque* désolé pour lui…

— Quoi ? Où ça ? Qu'est-ce qu'il te voulait ? Comment ça, «nous» ?

— Oui, Kirsteen et moi. Il a paru furax quand il m'a vu embrasser une fille alors que j'étais censé être avec toi. J'ai dû improviser une excuse à la con, pour ne pas te trahir. Je lui ai avoué qu'on était un couple non exclusif. Et que tu étais parfaitement au courant.

Leah éclata de rire. Je la foudroyai du regard.

— Arrête de te marrer ! J'aurais aimé t'y voir.

— Moi aussi, j'aurais aimé être là ! Et qu'est-ce qu'elle en dit, ta copine ? Elle a dû être surprise par ta liberté sexuelle ?

— Il a fallu que je lui explique pour la couverture… Désolé, mon vieux, mais j'ai été obligé de lui dire la vérité sur toi et Liam.

— Pas grave, répondit-il, en haussant les épaules. Tu as bien fait. Elle ne me paraît pas du genre à répandre des ragots. Si elle a été la complice d'Edan et que rien n'a fuité, c'est qu'elle est capable de garder un secret.

Leah recommença à s'énerver contre moi :

— Tu es devenu une vraie pipelette avec elle, on dirait ! J'espère que tu ne lui as rien dit sur moi ?

— T'inquiète, je n'ai pas craché le morceau pour toi.

— Tu as intérêt. Mon histoire ne la regarde pas.

— Allez, les gars, on lève le camp ! proposai-je.

Le déjeuner en tête-à-tête avec Kirsteen avait effectivement été mouvementé ! D'humeur massacrante, elle m'en voulait pour le baiser passionné que je lui avais donné au vu et su de tous. Comme à mon habitude, j'avais rétorqué que je n'en avais rien à foutre du regard des autres ! Ce qui n'était pas son cas. D'après les paroles que j'avais chopées entre ces crétins que j'avais défoncés dans les toilettes et elle, il était question de harcèlement auquel elle avait mis fin en déposant une plainte contre eux. Bien fait pour ces merdeux !

J'avais ensuite crocheté son cou pour l'attirer vers moi. J'avais alors déposé un baiser dans ses cheveux de feu en la rassurant. Si quelqu'un avait quelque chose à redire, il devrait d'abord s'adresser à moi ! Elle n'était plus seule ; elle avait désormais un chevalier servant à sa disposition. Je me sentais tout excité à l'idée de la défendre. Pour la première fois, je n'étais plus centré sur mes problèmes. J'avais un seul regret dans cette histoire : ne pas l'avoir rencontrée plus tôt pour dégommer ces deux abrutis dès qu'ils avaient commencé à l'emmerder ! On s'était quittés en meilleurs termes qu'au début de

220

notre rencard, et j'avais gardé le goût de ses lèvres douces et chaudes toute l'après-midi.

Celle-ci avait passé à toute allure. À vrai dire, je n'avais pas été très attentif durant mes quelques heures de cours. J'avais l'esprit ailleurs. Pas grave, mes potes me fileraient leurs notes! Dehors, l'obscurité avait recouvert la ville; après seize heures, le soleil se tirait déjà, pressé d'aller se coucher. J'avais salué mes amis, qui, bien entendu, n'avaient rien trouvé de plus intelligent à faire que de me charrier sur mon comportement «amoureux». Excédé, j'avais fini par leur brandir un magnifique doigt d'honneur. Geste qui m'avait valu de récolter d'autres sifflets égrillards et des baisers trop sonores. Ce qu'ils pouvaient être lourds parfois, ces cons!

OK, ce n'était pas prévu au programme. J'avais seulement obéi à mon humeur du moment. Et, en cet instant, ce dont j'avais envie, c'était de terminer ce lundi comme je l'avais commencé : en m'accordant un dernier tête-à-tête avec ma magnifique rouquine. Ou plutôt, une autre prise de bec avec elle! Je devenais accro à nos petites joutes verbales qui me collaient toujours le sourire, et j'avais besoin de ma dose de gentilles disputes qui se concluraient par des baisers brûlants. J'engrangeais ainsi quelques souvenirs hilarants pour contrer la morosité qui m'attendait à la maison.

Je savais que Kirsteen finissait à la même heure que moi. Comptant sur le fait qu'elle traînait toujours avec la bande d'Edan devant le bâtiment, j'accélérai le pas, espérant lui faire la surprise. J'avais consulté son emploi du temps qui traînait toujours au fond de mon sac. Je l'avais conservé parce que j'éprouvais pour ce bout de papier une tendresse particulière. C'était grâce à lui que j'avais pu faire connaissance avec elle… Merde, mes potes avaient eu raison de se foutre de ma gueule, j'étais devenu un vrai toutou à courir après elle ! Je m'imaginai alors inviter Kirsteen au cinéma. Si je n'y faisais pas gaffe, elle choisirait le film pour nous. Pouah, l'horreur ! Je lutterais jusqu'à la mort, pour ne pas en arriver à une telle fatalité.

J'en frissonnais encore en cavalant dans Buccleuch Street pour arriver à la place du même nom. Cependant, ma bonne humeur reprit vite le dessus. Une envie de siffloter me démangea même la langue. Je me sentais pousser des ailes pour voler plus vite vers elle ! Plus rien ne pouvait venir altérer le sourire qui étirait mes lèvres… Sauf peut-être la scène éclairée par des lampadaires, sur laquelle je tombai au détour du bâtiment. Mon rythme cardiaque s'emballa, et ce n'était pas seulement à cause de mon mini-footing. Je m'arrêtai net, avant de reculer dans l'ombre, contre le mur, pour ne pas être vu.

Je me penchai légèrement pour les épier. Devant moi, Kirsteen et Edan riaient ensemble. Ils étaient seuls ; la nuée d'étudiants qui les entourait habituellement s'était éparpillée. Plus personne ne remplissait le rôle de garde-fou. Et ils étaient bien trop près l'un de l'autre ! Lorsqu'il lui toucha le bras pour l'inciter à partir avec lui, une rage folle électrisa les terminaisons nerveuses de mon corps. Mes poings se fermèrent d'instinct.

Une colère noire me submergea tandis que je suivais leurs silhouettes d'un regard rancunier. Leur visage tourné l'un vers l'autre, concentrés sur leur discussion, ils ne remarquaient rien de ce qui les entourait. Un sentiment familier et cruel me tordit le cœur, me noua les entrailles. Je redevenais le gosse abandonné, rejeté par sa famille. J'avais l'impression d'être la cinquième roue du carrosse. J'observai leur complicité avec rage et envie, de loin. Le bonheur, ce répit, n'aurait été que temporaire !

Le visage fermé, je me détournai. Je suffoquais de nouveau, à la recherche de mon souffle. La part raisonnable en moi m'ordonnait de ne pas tirer de conclusion hâtive. Ma conscience me soufflait qu'il y avait une explication derrière tout ça, car Kirsteen était d'une nature trop franche pour jouer sur deux tableaux ! Mais mon pessimisme gagna le combat haut la main. La part démoniaque qui, tel un serpent, distillait son venin dans mon cerveau, ne cessait de me siffler qu'Edan cherchait à récupérer sa fausse petite amie !

Edan ne me menaçait plus seulement sur la patinoire, mais sur le plan privé aussi. J'avais déniché la fille idéale pour moi, et je ne comptais pas la laisser partir aussi facilement ! Qu'il ait encore besoin d'elle pour jouer les couvertures ou qu'il n'ait finalement pas supporté de l'avoir perdue ; peu m'importait ses raisons, je devais l'empêcher de nuire ! Puis tout s'embrouilla dans ma tête. Je revis le visage d'ange d'Edan auréolé de boucles blond foncé… Mon frère lui ressemblait étrangement. Blond aux yeux bleus, Colin cachait en réalité un monstre derrière ses traits purs. Il n'avait eu de cesse de faire de ma vie un enfer. Edan Kennedy s'apprêtait à continuer son œuvre : me faire constamment souffrir.

Sous mon crâne, j'entendis le ricanement diabolique de Colin lorsqu'il s'introduisait en douce dans ma chambre pour me foutre une raclée, avant de repartir aussi vite sur la pointe des pieds, pendant que mes larmes trempaient l'oreiller. Un autre rire tout aussi vicieux, celui d'Edan, résonna, en écho à celui de mon frère. Tous deux me narguaient parce qu'ils avaient réussi à me voler Kirsteen. Des larmes s'accumulèrent derrière mes paupières brûlantes. Des gouttes de sueur tapissèrent mon front. J'avais la nausée. Hors de question qu'une telle chose arrive !

Colin était mort, il était devenu intouchable là où il se trouvait. Impossible de bastonner un fantôme. Mais Edan, lui, était encore de ce monde. J'avais une occasion en or de me venger d'eux, car ils m'avaient humilié, me reléguant au rang d'un joueur médiocre, et du fils que ses parents étaient incapables d'aimer. Cette colère couvait depuis trop longtemps en moi, et on ne m'attaquait plus sans en subir les conséquences. Oh, oui, j'allais *leur* faire mordre la poussière pour chaque seconde que j'avais passée dans leur ombre !

CHAPITRE 17
Harrow

Après être rentré chez moi complètement en transe, j'avais envoyé des messages à mes potes et à ma copine, les informant que je n'irais pas en cours le lendemain. J'avais chopé un mauvais virus, qui m'avait collé un mal de crâne de tous les diables et une toux à m'arracher les poumons. Leah et Kyle étaient carrément sceptiques. Et il y avait de quoi! Deux heures plus tôt, je pétais la forme et plaisantais avec eux… Mais qu'ils me croient ou non était le cadet de mes soucis. J'avais besoin de temps pour organiser ma vengeance. Kirsteen, moins méfiante, m'avait envoyé des tas de petits cœurs censés me consoler. Quant à mes parents, ils m'avaient fichu une paix royale. Parfois, avoir des parents indifférents s'avérait pratique!

Aucun plan précis ne s'était dessiné à l'horizon tandis que j'arpentais le tapis de ma chambre en tous sens. Tout ce que je savais, c'était que j'avais une revanche à prendre. Tout ce que je voulais, c'était lui foutre une raclée dont il se souviendrait longtemps. Comme celles qu'il me collait au fond de mon lit, en étouffant mes cris de douleur sous sa main. Il m'avait maltraité, puis avait menti à nos parents, me faisant passer pour un jaloux. Edan allait payer pour tout ça! Je ne les dissociais plus l'un de l'autre. J'étais persuadé que l'âme sadique de mon frère s'était réincarnée dans le corps d'Edan pour me mettre des bâtons dans les roues. Ils ne me laisseraient jamais en paix!

Le lendemain, une fois mes parents partis au boulot, j'avais à mon tour quitté la maison. J'avais passé la fin de la matinée, tel un vautour, à tournoyer autour du quartier et de la baraque d'Edan. Heureusement pour moi, il n'y avait pas de commerces à proximité. Que des maisons d'habitation. Cela signifiait moins de circulation, et je ne risquais pas d'être repéré. Néanmoins, j'avais prévu que l'attaque serait brève et foudroyante pour m'attarder le moins longtemps possible sur les lieux. Il ne me restait plus qu'à prier pour qu'il rentre tard et que l'obscurité couvre mon délit. Rien n'avait été vraiment préparé! Ce n'était pas demain la veille que je deviendrais un grand criminel, si je comptais sur la chance du moment. Mais plus j'y pensais, plus je savais que je devais le neutraliser très vite, avant le deuxième match qui aurait lieu ce samedi!

J'étais parti faire un tour en ville dans l'après-midi, en attendant que le soir tombe. Appuyé contre le mur d'enceinte du jardin public qui donnait sur sa rue calme et planqué derrière des bosquets touffus, je pouvais à présent surveiller son arrivée en toute discrétion, à travers les larges grilles. Des lampadaires éclairaient faiblement l'espace vert au cœur de ce quartier chic. J'avais pris soin de me tenir loin des sources de lumière. J'avais rabattu ma capuche sur la tête pour cacher mon visage. Habillé entièrement de noir, je me confondais avec l'obscurité.

Plus l'heure avançait, plus mon cœur tambourinait, me rapprochant du moment fatidique. Les dieux semblaient être de mon côté, puisqu'Edan n'était pas encore rentré. Et ses parents non plus ! Et s'ils revenaient ensemble ? Merde ! J'étais bon pour recommencer mon tour de planque ! Un coup d'œil aux alentours me permit de remarquer que les trottoirs se vidaient peu à peu. Les places de stationnement trouvaient rapidement preneurs. Dans ces quartiers sans animation, les riverains mangeaient et roupillaient tôt en semaine.

Bon, qu'est-ce qu'il foutait, ce trou du cul ? Je commençais sérieusement à m'impatienter. Il n'y avait plus un chat dans la rue. C'était le moment idéal pour agir. On disait que les rues d'Édimbourg étaient les plus sûres du monde pour une capitale, une fois la nuit tombée ; j'allais faire remonter drastiquement ces statistiques ! Je regardai ma montre. Presque neuf heures. Putain, et s'il découchait ? Non, surtout, ne pas y penser ! Parce que la seule fille avec laquelle il avait été vu, c'était Kirsteen ! Un shoot d'adrénaline fusa dans mes veines. Mon cœur cognait si fort à mes oreilles que je faillis ne pas entendre le moteur vrombir dans la sérénité de la nuit.

Bingo ! C'était la voiture sport d'Edan !

Je jetai un dernier coup d'œil dans les environs, puis retirai la capuche de mon sweat-shirt, avant de la remettre en place, le temps d'enfiler une cagoule qui ne laissait entrevoir que mes yeux et ma bouche. Mes mains gantées fermées en des poings, je fondis vers sa voiture à pas précipités. Le carjacking ! C'était une bonne idée, ça ! Au moment où il s'extirpait de sa caisse de luxe, je lui balançai mon bras, qui alla heurter sa trachée-artère. Surpris, il se pencha en avant en toussant. Je crochetai alors son cou pour tuer le cri qui s'apprêtait à franchir ses lèvres. Je l'étranglai presque en le tirant en arrière, derrière sa bagnole.

Il toussait encore quand je relâchai enfin ma prise et le retournai face à moi. Sans tarder, je lui envoyai une violente droite qui le déséquilibra. Il poussa des gémissements de douleur quand son corps retomba contre le capot de la voiture stationnée juste derrière lui, avant de heurter le bitume. Je me plaçai à califourchon sur sa taille, dans l'intention de le frapper vite et fort. Chaque seconde comptait, je n'avais pas envie de m'attarder sur les lieux !

À moitié assommé, Edan était à ma merci. Je laissai alors toute ma rage s'exprimer, lui montrai à quel point je les haïssais, lui et mon frère. Je lui décochai d'autres coups qui firent virevolter sa tête de droite à gauche. Maladroitement, il remonta les bras pour se protéger le visage, et je distribuai mes poings furieux dans ses côtes, dans son ventre. Il tressauta, convulsa comme un poisson ramené sur la rive. Putain, c'était le pied de casser la gueule de Colin après toutes les crasses qu'il m'avait faites ! Une telle euphorie coulait dans mes veines… Mais, à bout de souffle, j'avais enfin expulsé toute ma violence, toute ma haine accumulée contre lui. Il était grand temps de me barrer.

Je me relevai tandis qu'il restait prostré, agonisant au sol. Il avait cherché à se défendre, mais j'avais été plus rapide que lui ! Animé par la rage comme je l'avais été, il n'avait eu aucune chance contre moi. Je ne perdis pas de précieuses minutes à chercher les clés de sa bagnole ; je quittai les lieux de mon délit précipitamment. Tant pis pour l'idée du carjacking ! Alors que je m'obligeais à ne pas courir comme un dératé pour ne pas me faire remarquer, j'entendais encore résonner à mes oreilles le bruit de mes gants qui entraient en contact avec sa peau. Ses glapissements flottaient également dans ma tête.

Les poumons en feu, je m'arrêtai dans une ruelle transversale. Le corps plaqué contre le mur, je jetai un coup d'œil dans la rue. Personne ne m'avait suivi. Je ne percevais aucun bruit de pas. Putain, c'était trop facile ! Pas un chat. Aucun témoin. La réputation de sécurité des rues d'Édimbourg n'était pas usurpée !

Après avoir recouvré ma respiration normale, je ressortis de ma cachette, le visage libre. Le bourdonnement dans mes oreilles s'estompa. L'adrénaline reflua, me laissant moins extatique. Je me crashai brutalement sur le sol, après avoir plané dans les airs. Je venais de tabasser une personne ! Un fugace sentiment de culpabilité me traversa l'esprit, mais je l'étouffai aussitôt. J'avais eu raison ! Non seulement il ne pourrait plus me voler Kirsteen, mais j'avais enfin le champ libre pour démontrer ma valeur sur la glace. Le coach serait forcé de me choisir en tant que capitaine pour remplacer un Edan invalide. Personne d'autre dans l'équipe ne possédait ni ma hargne ni mon intelligence pour ce poste ! Je brillerais sur le terrain. Tout le monde s'excuserait de m'avoir mal jugé. Ma tête se remplit d'images jubilatoires, et je soupirai d'aise, en me délectant de ces scènes plus jouissives les unes que les autres…

Je déambulai longtemps dans les rues emplies de brouillard avant d'arriver chez moi. Durant le trajet, j'avais eu la présence d'esprit de jeter dans différentes poubelles publiques ma cagoule ainsi que mes gants. Personne ne ferait le rapprochement entre l'agression et les indices dispersés, même si on les découvrait. Je pénétrai subrepticement dans une maison silencieuse et dépourvue de lumière. Mais bientôt, cette obscurité prendrait fin. Je fis taire la petite voix qui me rappelait ma mauvaise action. « La fin justifie les moyens ! » Je montai tranquillement les escaliers pour me rendre dans ma chambre.

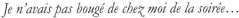

Je n'avais pas bougé de chez moi de la soirée…

C'était la seule version que je devrais soutenir mordicus – pire qu'un clébard qui refusait de lâcher son os – quand la police viendrait m'interroger, ainsi que tous les étudiants qui gravitaient autour d'Edan. Une enquête pour coups et blessures allait être ouverte et, généralement, les premières personnes suspectées

230

appartenaient au cercle le plus proche de la victime. Je n'oublierais pas non plus d'être horrifié par la violence de l'agression. Mon avenir reposait sur mes talents de comédien! Si mes parents découvraient mon forfait... Je me secouai mentalement. Cela n'arriverait pas!

J'avais éteint mon portable la veille et ne l'avais pas rallumé à mon réveil. À l'heure actuelle, on devait déjà être au courant qu'Edan avait été passé à tabac en face de chez lui. Être déconnecté renforcerait le sentiment que j'avais vraiment eu envie de me reposer. Après tout, je n'avais rien fait de mal! C'était un juste retour des choses. Il n'avait eu que ce qu'il méritait après des années à me rabaisser.

Confiant, je balançai mon sac de cours sur une épaule et descendis dans la cuisine. Depuis quelque temps — en réalité, depuis que je sortais avec Kirsteen —, je n'avais qu'une envie : fuir le moment pénible du petit déjeuner. J'étais trop pressé d'aller retrouver ma piquante rousse. Cette fois, je comptais lui faire une surprise en lui ramenant du thé et une énorme part de brownie dans laquelle je pourrais croquer, sans qu'elle me menace de me tuer.

Mes parents lancèrent un coup d'œil désabusé en me saluant du bout des lèvres, avant de revenir à leur tasse de café. Un ange passa. Ils ne me posèrent aucune question sur ma santé... En constatant leurs visages harassés, je me félicitai d'en être arrivé à de telles extrémités. Cela ne pouvait plus durer! Même si j'avais un dérivatif, j'allais devenir aussi éteint qu'eux à force d'encaisser leur indifférence au quotidien. Mais le match du samedi allait tout arranger. Campbell remettrait entre mes mains le poste de capitaine de l'équipe. Ce n'était donc pas le moment de flancher. J'enfouis de nouveau la culpabilité au plus profond de moi. Feindre l'innocence. Ne pas me trahir. Tels étaient mes objectifs.

Aux abords de l'université, je fus reçu par un comité d'accueil. Mes traits exprimèrent la plus grande surprise devant les visages préoccupés de Leah et Kyle.

— Hey, qu'est-ce qui se passe, les gars ?

— Pourquoi tu n'as pas répondu à nos messages ?

— Parce que j'ai coupé mon portable pour pioncer. Tiens, ça me rappelle que je ne l'ai pas rallumé ce matin. J'ai loupé quelque chose, c'est ça ?

— Oh oui, un sacré truc ! jeta Kyle, impressionné.

— Il faut qu'on parle, décréta Leah. Mais pas ici.

Je me tendis, l'air faussement anxieux.

— Putain, vous savez que vous me foutez les jetons !

— J'ai dit : pas ici.

Ils se détournèrent, après avoir échangé un regard perplexe. Je refermai la marche, jubilant intérieurement. Je connaissais la signification de ce regard. Bien sûr qu'ils avaient tiré des conclusions hâtives dès que la nouvelle de l'agression s'était répandue. Tous deux m'avaient tout de suite soupçonné. À présent, leurs convictions s'ébranlaient ; ils doutaient que je puisse être l'auteur des faits. Je jouais si bien les innocents… Finalement, si j'abandonnais l'informatique, une carrière de comédien me tendait les bras !

On était arrivés dans notre coin fétiche.

— Alors, de quoi vous vouliez me parler ?

— C'est à propos d'Edan.

232

— Désolé, ça ne m'intéresse pas !

— Bordel, attends de savoir ce qui lui est arrivé, au moins, avant de tout rejeter en bloc ! répliqua vertement Leah, les dents serrées. Hier soir, il s'est fait salement amocher en rentrant chez lui. Heureusement, il a pu très vite appeler les secours… Le pauvre ! Je n'imagine même pas son calvaire…

Je crispai les poings.

— Tu ne vas pas le plaindre, non plus !

— Harrow ! s'écria Leah, atterrée. Comment peux-tu être aussi insensible ? Edan est à l'hôpital en ce moment même. Tu ne pourrais pas mettre de côté ton antipathie pour lui, une minute ? Quand j'y réfléchis, c'est plutôt un chouette gars. Jamais il ne nous a pris de haut, comme tous ses coéquipiers. Au contraire, il s'est montré plus que généreux et compréhensif avec nous…

— Bande de traîtres ! Vous passez chez l'ennemi ?

Kyle s'approcha de moi et murmura :

— Harrow, je t'en supplie, dis-nous que ce n'est pas toi qui as fait ça…

Je devais garder le cap !

Pourtant, la seconde suivante, je me dégonflai. Ma volonté de fer fondit comme neige au soleil devant les yeux brillants de larmes de Kyle, qui me sondaient jusqu'au tréfonds de mon âme. J'étais incapable de formuler la dénégation qu'il attendait. D'ailleurs, à quoi me servirait-il de nier les faits face à eux ? Il n'y avait jamais eu de cachotteries entre nous, et ce n'était pas maintenant que j'allais commencer !

Mon regard naviga du visage blême de Kyle à celui, franchement réprobateur, de Leah. Néanmoins, je ne plierais pas sous le poids de leur condamnation silencieuse. Je me redressai fièrement de toute ma taille et, pour toute réponse, leur renvoyai mon attitude arrogante. Ma seule protection. Ma carapace pour ne plus être atteint.

Kyle baissa les yeux, en secouant la tête.

— Qu'est-ce que tu as fait ? Harrow, cette fois, tu es allé trop loin…

— Et vous comptez faire quoi contre moi ? Me balancer à la police ? J'ai été obligé d'en arriver là, vous comprenez, grondai-je entre mes dents. C'est impossible de gagner à la loyale contre Edan…

— Tu lui as d'abord piqué sa copine et, voyant que ça ne l'affectait pas, tu l'as envoyé à l'hosto… C'est quoi, la prochaine étape quand il sera rétabli ? Le meurtre ?

Je sursautai.

— T'es débile ou quoi ?! me récriai-je. Je voulais juste l'immobiliser pendant quelque temps et prouver aux autres que je peux être aussi bon que lui, pourvu qu'on me laisse une chance d'être sous la lumière.

— On n'écrase pas les autres pour ça ! Tu n'as plus aucune moralité…

— J'ai un objectif, nuance, et j'ai tout mis en œuvre pour l'atteindre. Je pensais que vous alliez me soutenir, au lieu de me contredire.

Leah ricana.

— Alors, là, tu t'es bien gouré, mon vieux ! Ce sera sans nous. À partir de maintenant, on te lâche. On ne va certainement pas cautionner tes actes de violence gratuite. Edan ne t'a rien fait – à part de l'ombre – et le passer à tabac pour ça, je trouve ça vraiment dégueulasse !

234

Les bouches de Kyle et Leah se tordirent en une grimace de dégoût. Pourquoi ne comprenaient-ils pas que je n'avais pas eu le choix ? Tout à coup, je plissai les yeux. Ils me laissaient tomber comme une merde. Projetaient-ils de me balancer aux flics ? Ils ne voulaient plus rien à voir affaire avec moi ? OK, qu'ils foutent le camp, mais je devais d'abord m'assurer qu'ils la boucleraient. Je haussai un sourcil sardonique.

— S'il vous prend l'envie d'aller rapporter notre conversation, sachez que j'ai un alibi en béton. On ne pourra rien prouver contre moi ! Par contre, je me ferai un plaisir de dévoiler vos petits secrets. Toi, Leah, tu veux nous causer de tes amours avec un certain professeur ?

— Espèce de trou du cul ! répliqua-t-elle, le visage furieux.

Je me tournai vers Kyle qui avait pâli.

— Et toi, si tu l'ouvres, je placarderai partout ton ancienne liaison avec Liam. Adieu, la discrétion.

Kyle serra les poings et me fusilla des yeux.

— T'es vraiment qu'un enfoiré ! Tu sais quoi ? Va te faire foutre !

Kyle se détourna et s'enfuit. Leah resta plantée à sa place. Elle se mordait la lèvre et m'observait avec un drôle d'air. Ce n'était plus la rage qui déformait ses traits, mais de la pitié. Puis elle poussa un long soupir en haussant les épaules. Selon elle, j'étais un cas désespéré sur lequel elle n'allait pas se pencher plus longtemps.

— Il est clair que tu as choisi ton camp ; tu préfères retrouver des parents qui t'ont ignoré toute ta vie, plutôt que de rester parmi des amis pour qui tu avais de la valeur. J'espère que tout ce gâchis en vaut la peine…

Que tu n'as pas frappé Edan pour des prunes. Adieu, Harrow.

— Ouais, bon débarras. Je n'ai pas besoin de boulets comme vous !

Son regard s'arrêta par-dessus mon épaule, puis elle me tourna le dos.

— Harrow…

Mes cheveux se dressèrent sur ma tête. Des sueurs froides dévalèrent ma colonne vertébrale. Non, pas elle ! Je fermai les yeux de dépit. Que faisait-elle là ? Leah m'avait trahi ! Cette garce avait vu Kirsteen s'approcher de nous et s'était bien gardée de me le dire. Elle s'était offert un dernier petit plaisir, en me dénonçant. Je déglutis péniblement. Je venais de perdre définitivement mes potes, et si j'avais espéré garder Kirsteen auprès de moi, le ton de sa voix n'augurait rien de bon. Je me retournai avec un large sourire, comme si de rien n'était. Néanmoins, au moment où je tombai sur son visage crispé, je compris que tout était terminé entre nous. Mon cœur se déchira en deux face à ce constat et je me mis à dévorer ses traits pour les imprimer sur mes rétines.

— Je t'ai apporté du thé et un brownie, chérie.

— Je n'en veux pas.

Mes épaules se relâchèrent sous l'effet de la lassitude.

Les sourcils froncés, Kirsteen me fixait droit dans les yeux.

— Harrow, c'est vrai ce que Leah vient de dire ? C'est toi qui as fait ça ?

— Tu m'espionnes, maintenant ? contrai-je pour gagner quelques secondes.

— On m'a mise au courant de l'agression d'Edan et j'ai aussitôt appelé son père. Il m'a informé que son fils se trouvait à l'hôpital avec deux côtes cassées, le visage et le corps couverts d'hématomes... Et puis je suis partie à ta recherche...

— Tu as tout de suite pensé à moi, n'est-ce pas ?

— Et j'ai eu raison. Harrow, qu'est-ce qui t'a pris ?

— Tu n'as pas fait autant d'histoires quand j'ai tabassé ces deux crétins !

— Cela n'avait rien à voir. Tu m'as défendue parce qu'ils comptaient réellement s'en prendre à moi, mais Edan... Edan ne t'a rien fait... Il n'était pas dangereux... Je ne comprends pas...

J'avais envie de lui hurler qu'il était justement une menace ! À cause de lui, Kirsteen m'avait tourné le dos en riant. À cause de lui, ma relation avec mes parents ne cessait de se dégrader. J'allais devenir fou à force de vivre dans cette ambiance glauque. Mais je ne pouvais rien lui révéler sans mettre à nu mes failles, mes blessures. Alors, je fermai ma gueule et serrai les dents. Je préférais mille fois subir sa haine plutôt que de lui dévoiler mes motivations profondes. J'avais honte d'être si faible. Si dépendant de l'amour de mes parents. Parce que j'avais mal, je voulais que tout le monde souffre autour de moi !

Je fondis sur elle et lui attrapai le haut du bras, resserrant ma poigne pour lui montrer que je ne plaisantais pas. Comme d'habitude, elle me défia, sans une once de peur, le menton en l'air. Je grondai entre mes dents serrées :

— Si tu cafardes, sale carotte, je te jure que je répands le bruit que tu es vraiment un mauvais coup au pieu, c'est compris ? Et on sait à quel point tu détestes les ragots…

Ses yeux s'écarquillèrent, puis se plissèrent. Sa bouche se pinça.

— Espèce de connard fini ! aboya-t-elle, en se dégageant.

— À ton service, ma belle !

Puis je la toisai, en reniflant avec mépris.

— Ah, une dernière chose… Tu sais pourquoi je m'intéressais à toi ? Uniquement pour faire chier Edan. La prochaine fois, sois plus prudente et évite de tomber dans les bras du premier gars qui te complimente. Pour ma part, je suis content que tout soit fini entre nous, parce que jouer la comédie du petit copain amoureux me filait vraiment la gerbe. Alors, maintenant, tu te casses, je t'ai assez vue !

Je reçus deux splendides doigts d'honneur en guise de rupture.

CHAPITRE 18
Harrow

J'avais serré les fesses toute la journée. Malgré mon assurance de façade, je n'avais pu m'empêcher de flipper intérieurement. Mais, à priori, mes menaces avaient porté leurs fruits, puisque ni mes anciens potes ni mon ex-petite copine ne m'avaient balancé aux flics. Chose plus étonnante encore, aucun uniforme de police n'avait été aperçu sur le campus. Je m'en félicitai, parce que cela voulait dire qu'Edan avait été incapable d'identifier son agresseur.

Ce fut donc avec un regain de confiance que je rejoignis la patinoire pour l'entraînement du mercredi soir. Putain, je le sentais jusque dans mes tripes : Campbell allait me nommer capitaine! Lorsque je pénétrai dans les vestiaires, l'ambiance n'était pas à la rigolade. Pour un peu, je me serais cru chez moi! Désormais, tout le monde savait ce qui était arrivé à Edan. Les joueurs tiraient une tronche de dix pieds de long, inquiets pour leur meneur.

Un malaise palpable s'installa pendant que je traversais la salle en silence pour aller me laisser tomber sur un banc. Pensaient-ils, eux aussi, que j'étais responsable de ce lynchage? Je m'obligeai à rester serein. Après tout, mon délit n'était pas tatoué sur mon front! D'accord, j'avais tout déballé à mes potes, mais c'était une erreur qui ne se reproduirait plus. J'avais un but et j'étais à deux doigts de l'atteindre. Ce n'était pas le moment de me trahir!

Je finissais d'enfiler mon attirail lorsque la porte du vestiaire s'ouvrit brusquement, faisant sursauter tout le monde. La silhouette massive du coach s'encadra dans l'embrasure. Son visage rougeaud et ses yeux plissés ne me disaient rien qui vaille. Il semblait furieux alors que l'entraînement n'avait pas encore commencé. Quand ses iris bleus délavés me trouvèrent enfin, j'eus l'impression qu'il allait fondre sur moi pour me saisir au collet et m'en coller une. Je l'avais rarement vu autant sur les dents.

— McCallum, dans mon bureau, tout de suite! beugla-t-il si fort que les veines saillaient dans son cou. Les autres, vous pouvez déjà aller sur le terrain pour vous échauffer.

Campbell repartit comme il était venu, tel un ouragan. D'ailleurs, je clignai des yeux, doutant de l'avoir réellement vu sur le seuil des vestiaires. Tous les regards convergèrent vers moi dans un bel ensemble. Mon esprit battit la campagne. Merde, cette convocation puait! Est-ce qu'il savait? Il avait dû parler avec Edan. Mais si ce dernier m'avait reconnu derrière ma cagoule, pourquoi n'avait-il pas alerté les flics? Non, la thèse la plus probable, c'était que Campbell n'avait aucune envie de me nommer capitaine! Il détestait qu'on lui force la main, et là, il était clairement au pied du mur. Les circonstances l'obligeaient à revenir sur sa décision.

Je sortis des vestiaires et longeai les couloirs avec un rictus de victoire sur les lèvres. Jusqu'à ce que j'arrive devant la porte à demi vitrée du coach. Je frappai pour m'annoncer, tout en dissimulant ma satisfaction derrière une apparence légèrement préoccupée. Je n'aimais pas beaucoup Edan, et feindre d'être effondré par cette nouvelle aurait semblé suspect. Mais n'exprimer aucune once de pitié aussi. Il fallait instiller la juste dose pour paraître crédible.

Pour la deuxième fois de la saison, j'entrai dans son bureau et restai planté près de la porte. Quelques secondes s'écoulèrent. Merde. Toujours pas d'invitation à m'asseoir. Bon ou mauvais signe? Si jamais il avait le moindre doute sur mon implication dans cette agression, il pourrait me suspendre avant la prochaine rencontre. Mais je serrai les poings. Cela n'arriverait pas!

Depuis son siège, Campbell me jaugeait à travers les deux fentes menaçantes qu'étaient devenus ses yeux. Puis il sortit sa coûteuse bouteille de whisky ainsi qu'un petit verre carré du dernier tiroir métallique. Il s'en versa une bonne quantité et la siffla d'une traite, avant de claquer sa langue contre son palais. J'en restai comme deux ronds de flan. Pour qu'il boive cul sec son précieux nectar et, qui plus est, devant moi, c'est que l'instant était grave ! Malgré moi, des frissons hérissèrent l'épiderme de mon dos sous mon maillot.

— Pourquoi vouliez-vous me voir, coach ?

— Edan étant immobilisé pour un certain temps, il va falloir nommer un autre capitaine par intérim. Lui et moi en avons beaucoup discuté quand je suis allé prendre de ses nouvelles à l'hôpital. Nous avons passé en revue les joueurs, et le seul qui possède la hargne nécessaire pour mener l'équipe à la victoire, c'est bien toi, mon garçon ! Mais ça, tu en étais déjà convaincu…

— Je vais être capitaine, alors ?

— Oui ! s'esclaffa-t-il, dans un rire teinté d'amertume. C'est le moment de te montrer à la hauteur de tes ambitions. Depuis le temps que tu réclamais d'avoir une chance de nous prouver ta valeur inestimable, c'est le moment de faire voir ce que tu as dans le ventre. Et pour une fois, je serai le premier ravi d'avoir eu tort !

— Je ne vous décevrai pas, coach.

Mon cœur battit la chamade sous le flot soudain d'adrénaline. Je serrai de nouveau les poings, non plus de peur cette fois, mais en signe de victoire. Je me mordis les lèvres pour éviter de lui hurler ma joie à la figure. Pour un peu, je l'aurais pris dans mes bras ! Il ne savait pas combien cette décision était cruciale pour moi. J'étais persuadé qu'un tournant se préparait dans ma vie. Je fis taire la petite voix de la raison qui me soufflait que je n'avais pas «gagné» ce poste à la régulière. La seconde d'après, je la chassai de ma tête. J'avais réussi, c'était le principal !

— Qu'est-ce que tu fais encore là ? m'invectiva Campbell. Un capitaine ne traîne pas, il doit être le premier sur le terrain pour montrer l'exemple. Allez, file, je vous rejoins dans une seconde.

Je me détournai pour tirer la poignée de la porte à moi, quand j'entendis dans mon dos le goulot de la bouteille cogner contre son verre. Qu'il se serve une fois devant moi était déjà assez exceptionnel en soi, mais à deux reprises ? Quelque chose l'affectait. Je résistai à la tentation de l'interroger. Autant savourer cette nomination ! Tout à coup, alors que je me dirigeais vers la patinoire, je pris toute la mesure qu'impliquait ma nouvelle fonction. Le coach avait raison. Je ne pouvais plus me la jouer solo. Mais parviendrais-je à fédérer les autres joueurs autour de moi pour gagner le match ? Si mes parents voyaient quel piètre capitaine j'étais sur le terrain, je ne m'en remettrais pas !

J'allais devoir mettre de l'eau dans mon vin et copiner avec mes coéquipiers. Force était de constater que je ne pourrais pas vaincre les cinq joueurs de l'équipe rivale à moi tout seul ! Il me fallait demander de l'aide de mon camp, tout en tentant de briller. Je sentis le poids de la responsabilité tomber brutalement sur mes épaules. Ils dépendaient de moi… Putain ! Je n'allais pas me dégonfler alors que j'avais tout manigancé pour en arriver là.

Mon vœu le plus cher était en train de se réaliser et je ressentais de la trouille devant le fait accompli. Ça ne me ressemblait pas ! Je me secouai mentalement. L'euphorie regagna mes veines. L'exaltation me fit presque flotter sur une autre planète. Quand j'allais apprendre la bonne nouvelle à mes parents, ils seraient si fiers de moi! J'imaginais déjà leur tête réjouie! Plus de six mois qu'ils ne m'avaient plus adressé un sourire heureux…

Je leur avais envoyé un message dès la fin de mon entraînement. Puis j'avais foncé pour revenir le plus vite possible à la maison. À peine arrivé, je jetai mes affaires en vrac directement dans l'entrée, trop impatient. Ils m'attendaient dans la cuisine chichement éclairée. Toute la maison baignait dans cette ambiance tamisée intimiste, parce que mes parents ne supportaient pas la lumière trop vive, synonyme de joie. C'était une autre manière de porter le deuil de leur fils…

Ma mère, les paupières gonflées et rougies, releva la tête vers moi et m'adressa une petite grimace qui pouvait passer pour un sourire. Mon père, qui s'activait derrière les fourneaux, me salua du bout des lèvres. Depuis la disparition de Colin, ma mère n'avait plus assez de force pour manger, et encore moins celle de cuisiner. Elle n'avait pas bonne mine, arborant un visage émacié et un teint pâle qui faisait ressortir ses cernes sombres. Elle était également devenue squelettique.

Mon père aussi avait considérablement maigri. Ses vêtements flottaient autour de son corps. Et il n'arrêtait pas de remonter ses lunettes qui glissaient sans cesse sur son nez. Cela faisait trois mois qu'il devait passer chez l'opticien pour faire resserrer les branches. Depuis combien de temps ne s'occupaient-ils plus d'eux? Ils s'enterraient vivants. J'allais leur offrir une occasion de se changer les idées et d'échapper à cette odeur de mort.

Mon père déposa une casserole fumante au milieu de la table. Il servit d'abord ma mère, avant de remplir nos assiettes. Je brisai soudain le silence :

— J'ai une grande nouvelle à vous annoncer !

— Ah bon ? s'étonna à peine mon père.

Ma mère me fixa également, de son air absent.

— J'ai été choisi pour être le capitaine de l'équipe ! claironnai-je, tout en carrant mes épaules pour montrer l'importance de cette promotion. Samedi soir, c'est moi qui mènerai notre équipe à la victoire. Vous ne pouvez pas manquer un moment pareil ! C'est pourquoi je vous ai pris deux places, les plus près de la patinoire, pour venir me voir jouer.

J'extirpai fièrement de la poche de mon survêtement les billets en question et les étalai sur la table. Ma mère plaqua soudain une main devant sa bouche, comme si elle était en état de choc. Ses épaules tressautèrent lorsque des larmes se mirent à ruisseler sur ses joues. Elle se tourna alors vers mon père, qui lui pressa affectueusement la main. Tous deux esquissèrent un sourire complice, et une douce chaleur se répandit dans ma poitrine. Cette scène valait bien que je m'écarte du droit chemin !

Même s'ils ne me le disaient pas ouvertement, je savais que ça leur faisait plaisir. Des émotions positives se lisaient sur leurs visages, et ce moment de joie partagée chassa un peu de la morbidité qui imprégnait les murs de cette maison. Mes propres larmes n'étaient pas loin. Accumulées sous mes paupières, elles me piquaient et ne demandaient qu'à couler. Je pris une profonde inspiration et ravalai difficilement la boule qui obstruait ma gorge.

— Félicitations, mon garçon! me lança mon père, plein d'un entrain inhabituel.

— Je suis contente pour toi, renchérit ma mère, émue.

J'avais l'impression d'avoir attendu ces compliments une éternité.

— Merci. N'oubliez pas, c'est ce samedi à vingt-et-une heures! De toute façon, toutes les infos sont écrites sur le billet; vous ne pouvez pas les louper.

Ils hochèrent la tête, et mon père rassembla les billets pour les fourrer dans la poche de sa chemise à carreaux. Après cette annonce, ils semblèrent retomber dans leur apathie coutumière, mais, ce soir, rien ne viendrait entamer mon enthousiasme. Je leur rapportai les moindres détails de mon entraînement en tant que nouveau capitaine de l'équipe. Le coach s'était montré intransigeant à mon égard, relevant chacune de mes fautes. Mais, à la fin, Campbell s'était calmé et avait paru confiant pour la rencontre à venir. J'avais su gérer la pression, comme j'avais su m'ouvrir aux autres.

Pour une fois, certains de mes coéquipiers m'avaient salué avant de quitter les vestiaires. Je les sentais encore sur la défensive, mais — sans mauvais jeu de mots —, la glace était rompue entre nous. Ils ne me renvoyaient plus leur hostilité à la figure. Je dirais même qu'ils avaient un début de respect pour le gars derrière le capitaine. Il m'en avait fallu du temps, pour admettre que l'intérêt collectif primait sur les intérêts personnels! Et la honte me submergea lorsque je repensai à mes actes égoïstes.

Durant les deux jours suivants, je me plongeai à fond dans mes études. N'ayant plus personne avec qui discuter ni traîner — mon téléphone ne sonnait plus du tout —, je bûchai mes cours comme jamais. Cela avait aussi pour but de me faire oublier mon ancienne vie sociale. J'aurais aimé anesthésier mon cerveau quand il me balançait les souvenirs de parties de fous rires avec mes potes ou de prises de tête avec ma belle rouquine, parce que j'avais choisi mon camp. Et ils en étaient exclus. Après avoir décroché ma place de capitaine, il me fallait coûte que coûte obtenir les meilleures notes pour continuer de briller aux yeux de mes parents.

Le samedi matin, je sortis courir une bonne heure pour décompresser avant le match du soir. Puis je retournai squatter ma chaise de bureau tout l'après-midi jusqu'au dîner. À deux heures de la rencontre, j'étais devenu une vraie pile électrique, si bien que mes parents finirent par me chasser de la table. On se retrouverait plus tard, puisqu'il y avait toute une préparation d'avant-match avec le coach et les membres de l'équipe. Mon barda sur le dos, je refermai la porte de la maison, non sans avoir auparavant tanné mes parents pour qu'ils ne soient pas en retard, même si les places étaient déjà réservées. Je voulais tellement qu'ils me voient arborer un «C» sur le devant du maillot!

247

Une fois de plus, je muselai le persiflage de ma conscience qui me rappelait sans élégance que j'avais triché pour en arriver là! Ce qui constituait l'antithèse même d'un esprit sportif... Ces relents accusateurs se manifestaient de plus en plus souvent. La veille, j'avais même rêvé que Campbell découvrait à son tour le pot aux roses et me virait sur-le-champ sous les huées de mes coéquipiers. Chaque minute qui me séparait du match faisait augmenter mon angoisse. Tant que je ne serais pas sur le terrain, je ne serais pas tranquille! Avant de prendre le volant, je consultai mon portable, puis soufflai, soulagé de n'avoir reçu aucun message de Campbell.

Je m'absorbai un instant dans la contemplation de la photo du couple que j'avais formé avec Kirsteen. Elle me faisait toujours le même effet. Mon cœur fit des loopings dans ma poitrine, avant de se pincer violemment la seconde suivante. Je l'avais perdue, ainsi que mes deux meilleurs amis. Mais je n'avais pas besoin d'eux, pas vrai? Malgré ce qu'en disait Kyle, les liens du sang étaient les plus importants. Déterminé à avancer, j'éteignis l'écran et fourrai l'appareil dans la poche de mon jogging pour refouler la douleur sourde. Le monde pouvait bien s'écrouler, pourvu que mes parents et moi restions en vie!

L'excitation coulait dans mes veines tandis que je roulais en direction de la patinoire. J'avais littéralement décollé du sol pour élire domicile sur un petit nuage. Mon large sourire pouvait battre celui de n'importe quel idiot du village, tellement je me sentais euphorique! Je sifflotai en délogeant mon sac de sport du coffre de la voiture. Les gradins du *Murrayfield Ice Rink* commençaient déjà à se remplir, car la file des spectateurs ne cessait d'avancer. Plus loin, un car venait de s'arrêter sur un emplacement réservé. C'étaient les joueurs de l'équipe adverse qui arrivaient de Dundee.

Je balançai mon sac sur une épaule et me dirigeai vers la porte réservée aux joueurs. Après avoir longé les couloirs que je connaissais par cœur, je me rendis dans les vestiaires, d'où émanait la voix rocailleuse de Campbell qui devait encourager et parler tactique avec les autres joueurs. Il semblait que j'étais très attendu, car, dès que je franchis le seuil, sans que j'aie eu le temps de saluer quiconque, le coach m'interpella. Tel un rapace, il fondit vers moi depuis le milieu de la pièce. Putain, pour mon premier match en tant que capitaine, je n'assurais pas! Je me raidis, prêt à encaisser une réflexion désagréable.

— Harrow!

— Oui, coach?

En face de moi, Campbell abattit ses grosses paluches sur mes épaules. Je me retins de grimacer sous leur poids. Pourquoi avais-je la nette impression qu'il avait cherché à me faire mal? Pourtant, l'instant d'après, un sourire retroussa ses lèvres. Il se pencha vers moi et me glissa, avec un mélange de douceur et de hargne, sur un ton paternaliste:

— Ne me déçois pas, mon garçon! Fais-moi ravaler mes paroles − et mon sifflet − pour ne pas avoir su reconnaître tes talents de meneur!

— Comptez sur moi pour ça.

Il partit dans un éclat de rire tonitruant.

— Je n'en doute pas, petit con! Autrement, tu vas en prendre pour ton grade. Bon, allez, tout le monde est déjà prêt sauf toi. Dépêche-toi un peu, capitaine! Et rendez-vous en haut pour un dernier débriefing.

Ouf! J'avais eu chaud aux fesses, il ne m'avait pas soufflé dans les bronches pour mon retard! Campbell me lança même un clin d'œil avant de sortir. C'était bizarre, cette sensation persistante qu'il soufflait le chaud et le froid avec moi… Une fois soulagés de sa présence, mes coéquipiers reprirent leurs conversations et leurs rires.

Je me dirigeais en souriant vers un banc quand, stupéfait, je découvris Edan Kennedy parmi nous. Je clignai des yeux pour vérifier qu'il était réellement là, en chair et en os. Avec Campbell qui m'avait apostrophé dès mon entrée dans les vestiaires, j'avais à peine jeté un coup d'œil à l'équipe. Je me ressaisis et le saluai avec un sourire contrit en venant m'asseoir près de lui.

— Comment tu te sens? Je suis désolé pour ce qui t'est arrivé.

— T'inquiète, ça peut aller.

Cela faisait presque une semaine que je l'avais agressé devant chez lui… Un sentiment de culpabilité me mordit la poitrine face à ce souvenir. Par politesse, je lui avais passé un bref coup de fil pour prendre de ses nouvelles il y a deux jours. Il m'avait félicité pour ma place de capitaine. Qu'est-ce qu'il fichait là? Jamais je n'aurais pensé qu'il viendrait nous voir au lieu de rester au chaud dans son palace. Je grimaçai mentalement. Il voulait sûrement me dispenser des leçons sur la manière de gérer l'équipe! Ou bien vérifier que je ferais du bon boulot.

Je m'étais défoulé sur lui dans la pénombre, je n'avais pas vraiment idée de ce que je lui avais infligé. J'avais seulement obéi à mon démon intérieur qui m'ordonnait de le cogner, pour le mettre hors d'état de jouer. À présent, je ne pouvais plus échapper aux lourdes conséquences de mon geste. Une minerve lui maintenait le cou et son visage arborait plusieurs couleurs entre le bleu, le jaune et le violet selon les différents stades de guérison des hématomes.

— Et toi, comment tu te sens ? s'enquit-il. J'en ai beaucoup discuté avec Campbell, et il est d'accord avec moi que tu es le mieux placé pour me remplacer. On a toute confiance en toi. Vous allez le gagner, ce match !

Quoi ? Pas de leçon ? Aucune suggestion de dernière minute sur la tactique à adopter ? Je ne pus m'empêcher de me sentir mal à l'aise sous cette pluie de paroles bienveillantes. Et le sentiment de trahison ne fit que s'accentuer en moi. Jamais Edan ne m'avait reproché mon comportement insolent envers lui ou les autres membres de l'équipe. Ce rappel — il avait conseillé au coach de me nommer capitaine — me tordit encore un peu plus les tripes !

Tout à coup, je pris conscience non seulement de ses nombreuses qualités, mais de sa «supériorité» sur moi. Il était meilleur que moi, sans pour autant m'écraser de son mépris. Pas comme mon frère ! Je revis le monstre qui me brutalisait gratuitement la nuit... L'ironie de la situation me frappa de plein fouet. Moi qui ne voulais pas ressembler à Colin, je m'étais conduit exactement comme lui, en attaquant lâchement quelqu'un dans le noir. Sans lui laisser la possibilité de riposter. Si Edan savait, il ne serait sûrement pas là à s'inquiéter de la façon dont j'abordais ma nouvelle fonction !

J'avais chuté de mon petit nuage… Plus aucun sentiment euphorique ne pulsait plus dans mes veines. J'étais tiraillé entre ma conscience et mes désirs. D'un côté, mon besoin d'amour m'avait amené à commettre des actes dont j'avais maintenant honte. Mais, d'un autre côté, tout était en train de s'arranger avec mes parents… Pouvais-je détruire toutes leurs illusions ? Parviendrais-je à taire plus longtemps mon pétage de plomb ?

Putain, le moment était mal choisi pour avoir un cas de conscience ! Je devais posséder tout mon sang-froid pour mener l'équipe à la victoire. Tout le monde se leva dans un bel ensemble, prêt à investir la patinoire. Je laissai passer les autres joueurs et refermai la porte derrière moi. Je suivis mollement le cortège. Tandis que le groupe chahutait dans le couloir, sous mon crâne résonnaient les impacts des coups de poing que j'avais distribués à l'aveugle. Je ne revenais pas de mon déchaînement de violence. Je lui avais même cassé quelques côtes !

Tout à coup, je me sentis vaciller. Qu'étais-je devenu ? Une bête immonde. Je refusais d'être aussi sournois et monstrueux que mon frère ! Non, je n'étais pas comme lui ! J'avais été si obsédé par mon objectif que j'avais perdu ma part d'humanité. Edan, entre tous, n'avait pas mérité ce tabassage. Un énorme poids m'écrasa la poitrine, m'empêchant presque de respirer. Je dus m'arrêter au beau milieu du couloir pour m'appuyer contre le mur. Avait-il entendu mon souffle saccadé ? Toujours est-il que la voix d'Edan résonna à mes oreilles.

— Dites au coach qu'on arrive dans une seconde !

Il se tourna vers moi.

— Hey, McCallum, qu'est-ce qui t'arrive ?

— Je… ne peux… pas, bégayai-je, en le fixant dans les yeux.

J'avais appris à camoufler mes émotions, mais, à cette seconde précise, je n'y arrivais plus. Je ne souhaitais plus me cacher derrière mon arrogance ou une énième provocation. Ma carapace se fissurait peu à peu. Je me montrai tel que j'étais : affaibli et vulnérable. J'agrippai son pull et le froissai dans mon poing.

Son humeur s'assombrit.

— Qu'est-ce que tu ne peux pas ? me pressa-t-il.

— Je ne peux plus être le capitaine…

Un rictus releva la commissure de ses lèvres croûtées.

— Le grand Harrow McCallum aurait-il le trac ?

J'esquissai une grimace qui le fit rire, mais il s'arrêta soudain et sa bouche se tordit en une moue de douleur. Ses côtes devaient le faire souffrir. Il m'avait dit qu'il portait un bandage pour les aider à se ressouder.

— Merde ! Ne me fais plus rire, s'il te plaît.

Puis il me tapota l'épaule, comme s'il était mon grand frère.

— Tout va bien se passer, je t'assure. Tu t'es entraîné très dur pour en arriver là. Tu crois vraiment que c'est le moment d'abandonner ton poste ? Je ne crois pas, non. Toute l'équipe compte sur toi. Et puis pense à Campbell ! Il va t'écorcher vif si tu te défiles, et moi par la même occasion, parce que tu m'auras fait mentir sur tes capacités. Alors, maintenant, tu arrêtes tes conneries et tu vas entrer sur ce terrain! Tu vas montrer à nos adversaires du jour ce que tu as dans le ventre. Et tu vas le gagner, ce match, c'est compris?

Une boule d'émotions se forma dans ma gorge.

— Merci, articulai-je d'une voix enrouée.

Puis j'inspirai un grand coup.

— Il faudra qu'on parle après le match…

— Tout ce que tu voudras, mais là, je crois bien qu'on nous attend!

J'éclatai de rire en me dépêchant de rejoindre les autres. Son discours de battant m'avait reboosté. Jusqu'à présent, seuls mes deux potes m'avaient botté les fesses quand j'avais le moral dans les chaussettes. Et maintenant, il y avait… lui! Celui à qui j'avais fait le plus de mal… N'était-ce pas ironique? Je repensai à ma rupture avec Kirsteen, ma dispute avec Leah et Kyle. Dieu que j'en avais déçu, des personnes formidables qui comptaient pour moi! Et plus jamais je ne voulais me sentir comme à cet instant, plus bas que terre!

Grâce à Edan, j'avais les idées plus claires. Mes parents seraient là pour assister au match; j'avais tant œuvré pour en arriver là, même si j'avais choisi les mauvais chemins. Je devais gagner pour eux! Ensuite? Eh bien, ensuite, je déballerais tout à Edan. Il avait le droit de connaître la vérité! Je lui expliquerais mes raisons, même si je me rendais compte que je n'avais aucune excuse. Je serais poursuivi en justice. Tant pis! J'avais besoin de soulager ma conscience. C'était pervers et cruel de ma part de le laisser encourager son agresseur!

Est-ce que mes parents me pardonneraient mon geste? Je l'espérais de tout cœur. Eux aussi, je leur dirais pourquoi j'avais agi de la sorte… C'était pour eux! Uniquement pour eux. Puis je leur demanderais pardon, en leur promettant de ne jamais recommencer. Ils me croiraient, car leur regard sur moi aurait changé. Je le sentais au plus profond de moi : ce match serait le début d'un nouveau départ pour nous. Ils s'apercevraient que j'avais autant de talent que leur aîné. Et je ferais n'importe quoi pour me rabibocher avec Kirsteen, ainsi qu'avec Leah et Kyle. Ma confiance remonta en flèche.

— Oui, je vais les pulvériser!

— Je préfère ces paroles de vainqueur.

J'avais hâte de voir mes parents dans les gradins. Mon Dieu, je les rendrais si fiers de moi! Je me sentais pousser des ailes, prêt à accomplir l'exploit de ma vie. Je débouchai du couloir. Tandis qu'Edan allait s'asseoir sur le banc des remplaçants, je me joignis à toute l'équipe pour écouter les derniers conseils stratégiques du coach. À la fin de son speech, il nous insulta, ce qui nous fit bien marrer. Pendant que les joueurs envahissaient la patinoire, je pus enfin laisser mon regard dériver vers les places réservées au premier rang, juste derrière la protection en plexiglas. Je n'avais pas pu le faire avant, parce que Campbell m'aurait foutu la honte, en me rappelant à l'ordre devant tout le monde.

Quand j'avisai les deux chaises encore vides, ma déception fut si intense que mon cœur loupa un battement. Cependant, je me repris aussitôt. Ils allaient arriver. Je revoyais le visage abattu de ma mère qui m'avait souri en entendant la nouvelle, et la main réconfortante de mon père sur la sienne. Ils étaient contents pour moi; ils avaient dit qu'ils viendraient, et je me raccrochai à cette idée. Y avait-il des bouchons sur la route ? Le match durait une heure et demie en tout, ils manqueraient juste le début. Néanmoins, je devais donner le meilleur de moi-même tout au long de la partie pour ne rien regretter.

Je ne pus m'empêcher de scruter les gradins à la recherche de visages familiers. Toutes les crinières rousses attiraient mon regard. Chaque fois, je m'arrêtais sur l'une d'elles, et chaque fois, mon cœur se pinçait violemment face à ce constat déchirant : elle n'était pas là. J'avais sacrément déconné avec elle ! Dans un moment aussi décisif, j'avais plus que jamais envie de la voir, de l'embrasser ; qu'elle n'ait d'yeux que pour moi !

Le souvenir de nos échanges électriques, de notre évidente complicité et de notre instant torride dans la bagnole envahit ma tête... Je ne cessais de penser à Kirsteen, car j'étais amoureux d'elle ! En même temps que je réalisais que je l'aimais, un sentiment de paix s'empara en moi. Je ferais tout ce qui était en mon pouvoir pour me rattraper. J'étais prêt à me prosterner à ses pieds pour qu'elle me laisse une autre chance. Cela prendrait du temps, mais nous reformerions un couple, j'en étais persuadé.

Pour la première fois de ma vie, j'allais être comblé ! Mes parents se rendraient compte de mon existence, j'allais récupérer ma petite amie, et je comptais aussi faire des pieds et des mains pour me réconcilier avec mes deux amis. Quant à Edan, je priais pour qu'il me pardonne mon moment de folie. Je le laisserais même me frapper en retour !

Je me sentais invincible ce soir. Oh oui, j'allais tout donner pour remporter ce match ; l'équipe adverse n'avait qu'à bien s'accrocher ! Gonflé à bloc, je m'approchai de l'arbitre lorsque celui-ci nous indiqua le milieu de la patinoire. Il jeta le palet pour l'engagement en même temps qu'il sifflait le début de la rencontre. Le bruit des crosses qui se disputaient résonna agréablement à mes oreilles. Je gagnai le duel contre le capitaine adverse. Puis je me remémorai les conseils du coach : ne pas jouer solo. Ce serait une victoire collégiale !

CHAPITRE 19
Harrow

*I*l restait cinq minutes avant la fin du match et notre équipe dominait largement. Je jetai un coup d'œil furtif aux sièges toujours vides. Je refusais encore de croire qu'ils n'allaient pas venir ! Il leur restait encore du temps pour me voir jouer ou, du moins, pour me féliciter lorsque les autres leur raconteraient mes exploits. Depuis le début, je me démenais pour eux. Mes parents. Pour qu'ils soient fiers de moi. Je savais doser mon jeu, en filant seul vers la cage adverse quand il le fallait et, à d'autres moments, en passant le palet à mes coéquipiers. Il y eut bien quelques échauffourées, mais pas au point que l'arbitre colle un joueur sur le banc des pénalités.

Le bruit d'une sirène qui résonnait trois fois indiqua la fin de la compétition. Nous avions gagné! Les membres de mon équipe vinrent me féliciter en frottant vigoureusement mon casque. Les spectateurs manifestèrent également leur joie depuis les gradins. C'était vraiment une superbe rencontre, sans ma rancœur pour venir plomber le jeu. Les perdants du camp adverse saluèrent notre victoire; on se cogna les poings. Ils s'étaient bien défendus, mais on avait été meilleurs qu'eux! Je pouvais affirmer sans me tromper que je venais de couper le sifflet à Campbell. Ce dernier m'adressa un sourire aussi large que sincère lorsque j'évacuai la patinoire.

— Bravo, Harrow!

— Merci, coach.

— Tu me ferais presque regretter de ne pas t'avoir écouté plus tôt.

Je secouai la tête.

— Edan est meilleur capitaine que moi, vous aviez raison.

Si on m'avait dit qu'un jour, je prononcerais une telle phrase à haute voix, je ne l'aurais pas cru! Apparemment, Campbell non plus n'en croyait pas ses oreilles, puisqu'il resta quelques secondes les yeux écarquillés, la bouche ouverte. Puis il partit dans un grand éclat de rire.

— Nous avons plusieurs victoires à célébrer, ce soir! déclara-t-il. Pas seulement ce match qu'on vient de remporter haut la main, mais aussi ta nouvelle sagesse. Tu as changé sur bien des plans, mon garçon, et je ne peux que te féliciter pour ça!

Edan s'était levé pour s'approcher de moi.

 260

— C'était un magnifique match.

— Merci, mais dépêche-toi de guérir pour reprendre ta place.

— Bien, mon capitaine! conclut-il avec un salut militaire.

Je lui souris. Mais, soudain, les bruits des conversations autour de moi s'estompèrent. Les spectateurs qui quittaient leur siège n'étaient plus que des formes floues. Toute mon attention était concentrée sur les deux places vides. Avaient-ils jamais eu l'intention de venir me voir jouer? Peut-être avaient-ils eu un problème sur la route. J'avais laissé mon portable dans les vestiaires, parce que le coach nous interdisait de les amener sur le terrain. Une distraction inutile, objectait-il. Il ne comprenait d'ailleurs pas la manie des jeunes d'avoir le nez constamment collé à leur écran!

Plus je contemplais ces chaises vides, plus je sentais une résignation glacée s'installer dans mon cœur. C'était comme si un déclic s'était déclenché en moi. S'ils n'avaient pas une excellente excuse pour expliquer leur absence, c'est qu'ils ne s'intéresseraient jamais à moi, et ce, quels que soient les efforts titanesques que je pourrais déployer!

Je chassai momentanément mes parents de ma tête et me joignis à la liesse générale. Tout le monde me félicita et je leur retournai leurs compliments! On regagna les vestiaires en chahutant, et en se tapant allègrement dans le dos. Pour une fois, je ne me terrais pas dans mon coin, à ruminer une quelconque revanche. Je participais à leurs délires, et je me surpris à rire aux plaisanteries et à entamer avec eux *Flower of Scotland*, l'hymne officieux du pays. Malgré mon immense déception, quelque part, je me sentais presque… serein.

Après avoir consulté mon portable, je le rangeai au fond de mon sac de sport. Aucun message de mes parents n'était arrivé pendant que je leur dédiais ce match. Ils ne s'étaient même pas donné la peine de me prévenir qu'ils ne se déplaceraient pas. Finalement, rien n'avait changé. J'étais toujours considéré comme quantité négligeable… Je revins au moment présent et fichai un peu plus le bazar avec les autres, avant d'aller sous la douche. Une serviette autour des reins, je rentrai dans une des cabines et actionnai le jet brûlant. Des larmes amères et libératrices coulèrent et se mélangèrent à la pluie fine qui se déversait sur moi.

J'étais arrivé au bout de tout ce que je pouvais faire… Parfois, il fallait savoir quand s'arrêter de buter contre un mur indestructible, et reconnaître sa défaite. J'avais échoué ! En prendre conscience, c'était comme se réveiller d'un mauvais rêve dans lequel on se débattait inutilement. J'étais en quelque sorte libéré des chaînes que je traînais aux pieds depuis dix-huit ans. Pourtant, je ne regrettais pas d'avoir essayé. Je m'ébrouai pour chasser ma profonde tristesse une fois pour toutes. Je me le jurai ; plus jamais mes parents ne parviendraient à m'atteindre. Plus jamais ils ne terniraient mes joies.

Épuisé par le match et par mes pensées, mais heureux d'avoir abouti à une telle conclusion, j'eus l'impression de ressortir de la douche lavé de tous mes sentiments négatifs. J'étais un homme nouveau. Celui qui ne chercherait plus l'approbation de ses parents à tout prix, mais son propre bonheur. Je me rhabillai et rangeai mes affaires. Le coach Campbell nous avait invités pour la deuxième fois à aller célébrer notre victoire au pub du coin. C'est sûr, la canicule allait s'abattre sur l'Écosse l'été prochain !

Cependant, une fois dans l'établissement, Campbell mit tout de suite les pendules à l'heure : c'était la dernière fois qu'il arrosait ! Il avait fait une exception pour moi. Tout le monde me remercia pour cette aubaine et en profita pour dévaliser le bar. Sauf Campbell, qui ne dérogeait pas à son verre de whisky de vingt-cinq ans d'âge. Il prit le temps de le humer longuement. Même nos ricanements ne purent interrompre son rituel. Puis on trinqua bruyamment à notre victoire. Je regardai avec envie mes coéquipiers en compagnie de leurs petites amies. Cela me renvoya à ma propre solitude…

La fête était terminée ! Finalement, je n'avais pas avoué à Edan que j'étais l'auteur de son agression. Je l'appellerais demain pour qu'on puisse se caler une discussion entre quatre yeux. Maintenant que j'avais découvert ses nombreuses qualités, j'avais reculé le moment de me confesser parce que j'avais peur qu'il me déteste après ça. De le perdre comme tous mes amis, avant lui. J'avais préféré d'abord me confronter à mes parents.

Cependant, stationné devant la maison, je ne me décidais pas à sortir de ma voiture. Je contemplais la façade en brique. Quelque chose me dit que je n'étais pas près de la revoir ! J'aurais pu fermer ma gueule et continuer de faire comme si de rien n'était. De vivre dans l'indifférence, chacun de notre côté. Après tout, j'avais encore cinq ans à tirer à tout casser, puis, dès que je me trouverais un job, je quitterais leur toit pour voler de mes propres ailes. Pourquoi leur cracher à la figure ce qui m'oppressait la poitrine, et risquer de me retrouver prématurément à la porte? Où irais-je, alors? Mais je me connaissais : je ne tiendrais jamais aussi longtemps sans péter un câble.

Après une profonde inspiration, je me dirigeai une dernière fois vers ce qui m'avait servi de dortoir pendant près de cinq mois. J'y avais une chambre personnelle, j'avais mangé à ma faim et mes lessives étaient faites toutes les semaines. Mais je désirais bien plus que le gîte et le couvert! Seulement, leur amour était hors de ma portée; mes parents n'en avaient plus en stock pour moi, ils avaient tout refourgué à leur aîné… Je claquai férocement la porte derrière moi. Le bruit tonitruant atomisa le silence et se répercuta entre les quatre murs du salon. Une minute plus tard, mon père descendait les escaliers, vêtu d'un pyjama. Putain, ils étaient déjà couchés! Le soulagement se lit sur son visage émacié quand il me reconnut, avant qu'il ne fronce les sourcils de désapprobation.

— Tu es fou de faire autant de boucan? Ta mère dort.

— Je te rassure, *papa*, je vais très bien.

Ma mère était au lit, sûrement bourrée de somnifères, pendant que je disputais un match important en tant que capitaine. Trop agité pour rester en place, je commençai à faire les cent pas, tout en lui jetant des regards assassins.

— Pourquoi vous n'êtes pas venus me voir jouer, hein ? l'accusai-je, hors de moi. Je vous ai dit à quel point cette rencontre était primordiale pour moi ! Et j'ai cru qu'elle l'était aussi pour vous. Maman a même pleuré en apprenant que j'avais pris du grade, et tu semblais si fier de moi…

Surtout, ce match leur aurait ouvert les yeux sur ma position. Je n'étais pas l'éternel second, toujours à la traîne derrière Colin ! J'étais tout aussi capable que mon frère de mener une équipe à la victoire. Tout le monde avait reconnu mes qualités de leader.

Mon père souffla de lassitude en se frottant la bouche.

— Ta mère a pleuré… parce que ça lui a rappelé la première fois que Colin lui a annoncé la même nouvelle…

Je fermai les paupières avec une plainte étouffée. Ce n'était pas vrai ! J'étais en plein cauchemar… Quand je croyais avoir touché le fond, je pouvais compter sur eux pour me blesser plus profondément encore. Je clignai des yeux et revins à la sordide réalité. J'émis un petit ricanement en secouant la tête. Comment avais-je pu imaginer une seconde que je comptais pour eux ? Ce n'était pas pour moi que ma mère était émue, mais pour mon frère. C'était Colin qu'elle voyait à travers moi ! J'étais complètement transparent pour elle. Mon cœur se mit à saigner abondamment. Je venais d'atteindre la limite de ce que je pouvais supporter.

— Et puis elle était fatiguée après le dîner…

— Elle est tout le temps fatiguée! aboyai-je, méchamment. Bon sang, est-ce qu'elle ne pouvait pas faire un effort, pour une fois? Pour moi.

Aussitôt, mon père se raidit, sur la défensive. Il me fusilla du regard.

— Harrow, je t'interdis de manquer de respect à ta mère!

— Et toi, tu n'étais pas *fatigué*, tu aurais pu venir…

— Et laisser ta mère seule? Tu n'y penses pas!

— Mais me laisser tomber ne t'a posé aucun problème de conscience? Vous n'avez même pas pensé à m'envoyer un message pour me dire que vous ne viendriez pas…

— Désolé, mais je ne me souviens pas qu'on t'ait promis quoi que ce soit! Oui, on a pensé y aller, mais on y a renoncé vu l'état d'épuisement de ta mère. On a pensé que tu t'amuserais mieux sans tes parents sur ton dos… Et puis, merde, on n'a pas à se justifier devant toi! Nous sommes tes parents. Je t'interdis d'adopter ce ton de reproche avec moi. Nous vivons tous les deux une période particulièrement difficile, alors arrête de te regarder le nombril. Pense un peu à nous.

C'était la meilleure, celle-là!

— Justement, je n'arrête pas de penser à vous! J'ai fait tous ces efforts pour vous. Pour vous prouver que j'existe. Je suis encore vivant, mais c'est comme si vous m'aviez enterré avec Colin.

Mon père se raidit. Son visage devint sévère.

— Je ne veux plus discuter de ça avec toi. Notre famille a besoin de se relever de cette terrible perte…

— Quand est-ce que vous me verrez vraiment ? Ça fait dix-huit ans que j'attends !

— Mais c'est quoi, ces réflexions stupides ! gronda-t-il, excédé. Comment veux-tu qu'on sache quand de telles plaies se refermeront ? Nous avons perdu notre fils et toi, un frère ! Je sais que vous ne vous entendiez pas, mais il t'aimait. Il m'a dit combien cette situation le chagrinait. Il culpabilisait d'accaparer l'attention, mais je l'ai rassuré à ce sujet. Ta mère et moi trouvions que nous nous occupions aussi bien de toi.

Bon sang, la bonne blague ! Comment pouvait-il être si aveugle ? Mon père, s'occuper de moi ? Il n'y en avait que pour Colin. Toutes les activités tournaient autour de mon frère. Dès qu'il ouvrait la bouche pour émettre un vœu, il se réalisait aussitôt ! Il fallait qu'il ait la meilleure voiture. Neuve, bien sûr. Pour avoir la mienne, il avait fallu que je les supplie, et j'avais dû me débrouiller pour en acheter une d'occasion. Certes, ils étaient en période de deuil, mais s'intéresser un minimum à mon bien-être était-il trop leur demander ?

J'émis un ricanement de dérision qui n'échappa pas à mon père. L'heure était venue de régler nos comptes. J'arrivais à un tournant crucial de ma vie. J'avais eu beau tenter de dévier le cours des évènements, lutter contre la fatalité, pouvait-on aller à l'encontre de sa destinée ? J'avais mis le paquet pour tâcher de me réconcilier avec eux. Seulement, il fallait que les deux parties fassent chacune un bout de chemin pour se retrouver au milieu. Et mes parents n'avaient jamais fait aucun effort pour esquisser un pas vers moi.

— Comme ça, vous pensez m'avoir donné de l'amour ?

— Parfaitement !

— Et moi, je ne le pense pas.

Mon père secoua la tête, navré.

— Tu étais tellement jaloux de ton frère que tu te plaignais toujours qu'on n'en faisait pas assez pour toi !

— M'avez-vous protégé quand il me frappait ?

— Tu racontes n'importe quoi ! explosa-t-il.

— Colin me brutalisait régulièrement juste pour le plaisir de me rabaisser. Celui dont vous chantez les louanges était un sadique. Il savait que vous ne me croiriez pas. Il s'est vanté de vous faire avaler tous ses mensonges, et il y est arrivé. Vous avez toujours tout gobé !

Le corps de mon père se tendit face à mes accusations. Son visage se ferma et ses poings se serrèrent convulsivement le long de ses flancs.

— Comment oses-tu proférer de telles absurdités ? Tu devrais avoir honte de toi ! Colin n'est plus là pour se défendre.

— Je ne peux pas dire que je regrette sa mort…

Ce fut la goutte d'eau qui fit déborder le vase. Je n'avais pas terminé ma phrase quand mon père me balança une violente gifle. Je reculai sous l'impact, tout en posant une paume sur ma joue douloureuse. J'acceptai ma punition, même si j'en pensais chaque mot que j'avais prononcé. Nos respirations saccadées emplirent la pièce.

— Qu'est-ce qui se passe ici ? intervint la voix lasse de ma mère.

— Idiot! Tu es content de toi? Tu as réussi à réveiller ta mère!

Ma mère apparut en bas des marches et s'avança vers nous, les paupières gonflées par les pleurs et alourdies par le sommeil. Sa main agrippait les deux pans de son peignoir pour les resserrer autour d'elle, comme si elle avait froid. Je savais qu'elle était glacée de l'intérieur. Elle embrassa la scène du regard.

— Ce n'est rien, chérie, retourne te coucher, lui intima son mari.

— J'ai entendu des éclats de voix. Vous vous disputiez?

— Je te répète que ce n'est rien…

Ma mère me fixa.

— Pourquoi tu as giflé Harrow?

— Il nous a manqué de respect et il a insulté la mémoire de Colin.

Ma mère émit une sorte de reniflement méprisant à mon encontre. Elle ne paraissait plus aussi fragile, tout d'un coup. En l'espace de quelques secondes, elle avait repris des forces. Dès qu'on s'attaquait à son fils adoré, elle se transformait en une véritable lionne. Il y a huit mois, les trois passagers qui avaient survécu à l'accident de voiture avaient accusé mon frère de se droguer depuis quelques années déjà. Ma mère, convaincue de l'innocence de son fils, avait soutenu mordicus que c'était eux qui avaient poussé Colin à se droguer, le soir fatidique. Ils avaient fini par se rétracter et endosser la responsabilité de l'accident…

— Alors, tu as bien fait! décréta-t-elle. J'aurais agi de la même manière…

— Pourquoi cela ne m'étonne pas de toi ? glissai-je avec ironie.

— Harrow, fais attention à ce que tu vas dire ! m'avertit ma mère.

Je les regardai tour à tour, un sourire narquois aux lèvres.

— Je n'ai plus rien à perdre, de toute façon ! Je n'attends plus rien de vous. Vous ne m'empêcherez pas de parler… J'ai surpris Colin en train de fumer du cannabis dans le salon avec ces copains, pendant que vous étiez partis en week-end. Comme il était sûr que vous ne me croiriez jamais, il m'a même expliqué pourquoi il prenait des substances…

— Mon fils ne se droguait pas, c'est clair ? gronda-t-elle, en détachant chaque syllabe comme si elle s'adressait à un parfait demeuré. C'est arrivé une fois, et ce sont ses amis qui l'ont entraîné dans cette voie. Il n'a pas eu le choix. Eux-mêmes ont fini par le reconnaître, alors je t'interdis de remettre en cause l'intégrité de Colin. Il était parfait. Irréprochable.

Le corps de ma mère chancela sous le poids d'un chagrin trop vif. Mon père intervint en la soutenant et en la menant vers le canapé pour la faire asseoir. Il s'installa à ses côtés. Elle cala sa tête dans son cou, et il lui frotta affectueusement le dos.

— Calme-toi, ma chérie, lui chuchota son mari en embrassant ses cheveux en désordre. Ne l'écoute pas…

— La vérité, poursuivis-je, c'est que Colin ne supportait pas la pression constante que vous mettiez sur ses épaules. Il fallait toujours qu'il soit le meilleur. Il n'avait pas le droit à l'erreur. Il refoulait sa colère devant vous, et la reportait sur moi. Je faisais office de punching-ball sur lequel il exorcisait toutes ses frustrations.

— Tu es en train d'insinuer que c'est notre faute s'il s'est tué en voiture ? jeta ma mère d'une voix dégoûtée. Tu es tout simplement horrible ! Tu étais là quand ses amis sont venus s'excuser.

— Je leur ai parlé plus tard. Ils ne sont revenus sur leurs déclarations que par respect pour ton chagrin. Parce qu'ils savaient à quel point tu vénérais Colin. Que tu ne les croirais jamais, eux non plus… Ils ne voulaient pas t'accabler davantage…

— Tais-toi, tu racontes n'importe quoi ! Ce n'est pas vrai.

— Si. Je n'ai pas compris à l'époque pourquoi il prenait ces merdes, et quand il m'a révélé que c'était pour décompresser, je m'étais dit que si mes parents m'aimaient autant que vous l'aimiez, je ne prendrais pas ces saletés… Eh bien, j'avais tort. Peut-être que trop d'amour peut vous tuer autant que pas assez…

— Espèce de sale petit ingrat, c'est comme ça que tu nous remercies de t'avoir élevé ? s'écria mon père, les poings serrés.

— Tu as toujours été un enfant difficile, jeta ma mère d'une voix absente. Tu avais toujours la bougeotte, tu ne cessais de parler à tort et à travers pour faire ton intéressant. Tu réclamais tout le temps notre attention. Tu n'étais pas non plus un cadeau !

— Vous ne vous êtes jamais demandé pourquoi j'étais si pénible ? Il n'y en avait que pour Colin. S'il m'embêtait, c'était ma faute, parce que je l'avais cherché. Il me frappait ; je vous ai montré les bleus sur mon

271

corps, mais bien sûr, je mentais. J'ai subi en silence tant d'injustices que j'en étais venu à vous détester de n'avoir rien vu de mes souffrances.

— Ça suffit, maintenant! Tu es majeur, tu es libre de quitter cette maison si nous sommes de si mauvais parents! hurla mon père.

— Vous auriez préféré que ce soit moi dans cette voiture, n'est-ce pas? Ma disparition n'aurait rien changé à votre petite vie parfaite avec Colin, puisque je n'existais pas...

Un long silence me répondit. Ils n'avaient pas besoin de le confirmer pour que je comprenne. J'esquissai un sourire de dérision. C'était fini. Comme mon père me l'avait si bien signifié, j'avais le choix. Soit rester et subir leur indifférence qui me tuait à petit feu. Soit m'éloigner, dans l'espoir de construire ailleurs un avenir meilleur. J'étais libre de partir. Mais, pour moi, ce n'était pas un choix, c'était un impératif de quitter ce lieu malsain! Je n'avais jamais été leur fils. Ils me toléraient quand Colin était encore avec nous, mais, à présent qu'il était mort, ils ne faisaient plus d'effort pour se montrer agréables avec moi. Je n'étais qu'un crétin de ne pas l'avoir compris plus tôt!

Je me détournai pour grimper l'escalier. Je poussai la porte de ma chambre et allai dénicher des sacs de sport, dans lesquels je fourrai mes affaires. Je vidai les placards et les tiroirs. Pendant tout ce temps, ni ma mère ni mon père ne vint m'interrompre. Nous avions atteint le point de non-retour. Je fis un tour rapide dans la salle de bains. Quand tout fut empaqueté, je jetai un ultime coup d'œil à la pièce. Je n'avais pas vraiment eu le temps de m'approprier ma chambre. Il n'y avait aucun poster sur les murs…

Je redescendis dans le salon, à présent vide. C'était encore et toujours le silence effrayant qui m'accueillait. Mais c'était la dernière fois que je le subissais. Il n'y avait personne dans la cuisine non plus, mes parents avaient dû repartir dans leur chambre pour se remettre de mes mots sales qui avaient traîné Colin dans la boue. La rupture était nette. Brutale. J'étais aussi mort à leurs yeux.

Je franchis pour la dernière fois le seuil de la maison et m'approchai de ma voiture. Je jetai mes affaires dans le coffre avant de démarrer dans la nuit. Aucune tristesse n'alourdissait mon cœur ; j'avais pris la bonne décision. Maintenant, je devais penser à mon avenir. Rien ne serait facile pour moi. À commencer par ce soir. Où allais-je dormir ? Je ne pouvais pas solliciter Leah après mon chantage odieux. Kyle et elle ne voudraient sûrement pas me voir. Quant à Kirsteen, elle m'enverrait chier ! J'avais tant à me faire pardonner auprès de tout le monde… J'avais commis l'innommable pour des gens qui n'en valaient pas la peine. J'avais rejeté mes propres amis au profit de parents qui n'avaient rien à foutre de mon existence. Tant que je n'aurais pas réparé mes conneries, je ne pourrais pas me présenter devant mes anciens potes et mon ex. Ni devant Edan.

Cette agression gratuite allait me hanter encore longtemps. Et elle me servirait de guide dans ma vie, car elle m'éviterait de m'écarter du droit chemin. Dans l'immédiat, c'était l'inconnu qui m'attendait. Continuer mes études n'était plus à l'ordre du jour. L'université d'Édimbourg prenait en charge les frais de scolarité pour les étudiants écossais, ce qui était une excellente chose, mais comment allais-je bouffer? Il me faudrait un travail. Et où allais-je crécher en attendant? J'étais devenu un putain de sans domicile fixe! Les quelques centaines de livres que j'avais à la banque seraient vite englouties...

Je serrai les dents. C'est sûr, j'allais traverser une période de turbulences, où je ne saurais pas de quoi les lendemains seraient faits. Survivre plutôt que vivre. Mais je ne ressentais aucun regret d'avoir quitté mon confort pour être en phase avec moi-même.

Je sillonnais Édimbourg depuis un quart d'heure quand je décidai de stationner ma caisse sur un parking, derrière un immeuble en construction. Des échafaudages se dressaient le long des murs en briques apparentes. Ils attendaient d'être crépis. Je descendis de voiture en surveillant les lieux presque déserts; seules quelques bagnoles y étaient garées. Je frissonnai dans la fraîcheur de l'air, et délogeai rapidement de mon coffre des affaires pour la nuit. J'avais pris soin d'emporter une couverture, parce que je savais que j'allais coucher dans ma voiture.

CHAPITRE 20
Harrow

*M*on portable sonna, et je l'arrêtai aussitôt. La veille, je l'avais programmé pour qu'il me réveille à sept heures. Je devais décamper de là, avant que le jour se lève et que la ville soit témoin de ma déchéance. Je m'agitai sous ma couverture et me frottai les paupières. Le toit de ma voiture baigné dans la pénombre fut la première chose que j'aperçus en ouvrant les yeux. Je soupirai. Cette triste vision acheva de me réveiller complètement. C'est vrai, j'avais quitté le toit familial, la veille. À partir de maintenant, je ne pouvais plus compter que sur moi-même pour m'en sortir dans la vie. Je repoussai alors ma peur des lendemains dans un coin de ma tête. Chaque chose en son temps. Je devais d'abord me rendre présentable !

Je démarrai et parcourus la ville à la recherche de toilettes publiques pour mes ablutions du matin. Je me mis ensuite en quête d'une supérette ouverte. J'en dénichai rapidement une et y entrai pour attraper une bouteille d'eau ainsi qu'un paquet de biscuits, que je grignoterais avant d'aller me dénoncer aux flics. Puisqu'ils ne venaient pas à moi, c'est moi qui irais me livrer sur un plateau ! Ce ne serait qu'à cette condition que je pourrais me délivrer du poids de ma culpabilité.

J'y étais ! J'avais bouffé mes petits gâteaux dans Holyrood Park, en face de Police Scotland. J'avais épousseté les miettes de mon jogging, puis, tel un condamné, je m'étais dirigé la tête haute vers mon destin. Devant moi se dressait le bâtiment de la police, en brique ocre. Je n'avais que la chaussée à traverser pour qu'ils me passent les menottes. J'entendis alors résonner dans ma tête le cliquetis métallique quand on les refermerait autour de mes poignets… Je déglutis péniblement. Je mourais de trouille, mais je ne pouvais plus reculer. Je soufflai, résigné, et me jetai à l'eau. Après avoir franchi les portes, je m'avançai vers un large comptoir. Une femme en uniforme et aux cheveux grisonnants sous son képi noir raccrocha le téléphone et m'accorda son attention.

— Bonjour, jeune homme. En quoi puis-je vous aider ?

— Hum, je viens me dénoncer…

Mon interlocutrice se raidit, aux aguets.

— C'est pour quelle affaire ?

276

— L'agression sur Edan Kennedy.

— Un instant, s'il vous plaît.

Très vite, elle reprit le téléphone et passa un coup de fil. Pendant qu'elle rapportait la raison de son appel, elle ne cessait de me surveiller du coin de l'œil, comme si elle craignait que je ne tente de me carapater. Mais je n'avais aucune envie de fuir mes responsabilités. J'avais fait une connerie, et j'en assumerais les conséquences jusqu'au bout : mon délit serait répertorié dans un casier judiciaire. Et je me promis que ce serait le seul ! Une erreur de jeunesse. J'avais mûri en une nuit.

Nerveux, je tentai de décompresser en faisant quelques va-et-vient dans le hall d'entrée. Néanmoins, je m'arrêtai immédiatement devant le regard de travers de l'agente de police. Je n'allais pas lui sauter à la gorge ! Le seul à qui j'en voulais, c'était moi-même. J'avais cru pouvoir réussir à colmater les brèches d'une famille en train de couler, mais notre embarcation avait irrémédiablement pris l'eau.

Un grand type au physique massif vint m'accoster. Il avait des cheveux blonds aux reflets roux, et était vêtu d'une chemise blanche et d'un jean noir. Il se présenta : Brodie McRae, l'inspecteur chargé de l'affaire ; puis il m'invita à le suivre dans son bureau pour une déposition. Pourquoi ne s'était-il jamais déplacé à l'université ? C'était un mystère et je n'avais pas envie de l'interroger. Il m'indiqua une chaise et alla prendre place derrière son ordinateur.

— Ma collègue me dit que vous êtes venu vous dénoncer... Je suppose que vous êtes l'agresseur d'Edan Kennedy ?

277

— Oui, c'est ça.

— Les coups et blessures volontaires constituent un délit, passible d'une peine de prison et d'une lourde amende.

— Je… suis au courant.

— Très bien. Pour quelle raison avez-vous attaqué Edan Kennedy?

Je baissai les yeux sur mes mains moites, que j'essuyais frénétiquement sur mon jogging noir.

— Je voulais sa place de capitaine dans l'équipe universitaire de hockey. S'il ne pouvait plus jouer, j'étais le mieux placé pour le remplacer.

— Et pourquoi donc vouliez-vous sa place?

— Pour le prestige…

— Je vois. Vous étiez jaloux de lui?

— C'est… ça.

Je relevai la tête pour l'observer. Malgré le fait qu'il venait de résoudre une enquête, il n'exultait pas. Au contraire, il paraissait dubitatif et grattait ses joues, ombrées d'une légère barbe claire. Son visage afficha ensuite une certaine contrariété. Il fronça même le nez, comme s'il n'était pas content que je lui tombe tout cuit dans le bec. Je ne comprenais plus rien. Il ancra ses yeux d'ambre dans les miens pour me sonder.

— Je vais être obligé de vous placer en garde à vue, le temps d'informer la victime que son agresseur s'est dénoncé. Puis il y aura une confrontation, et je vous ferai signer vos aveux. Vous serez libre de partir ensuite, mais interdiction de quitter la ville ; vous serez convoqué prochainement au tribunal pour répondre de vos actes. Avez-vous les moyens de vous offrir un avocat?

— Non…

— Il vous en sera commis un d'office.

Je ne pus m'empêcher de sourire intérieurement. Un avocat, pour quoi faire ? Je lui avais mâché le travail, puisque j'allais plaider coupable dans cette affaire. Peut-être allait-il demander une indulgence parce que je m'étais rendu de moi-même ? Mais, à vrai dire, je m'en fichais. Je méritais d'être sanctionné pour le mal que j'avais fait à Edan. Ce gars s'était soucié de moi cent fois plus en quelques mois que ma famille durant dix-huit ans. Comme mes amis et ma petite amie, d'ailleurs ! À l'heure actuelle, je les avais tous perdus et je n'avais plus de toit. En un mot, j'étais dans une merde noire ! Comment étais-je tombé si bas ? Kyle avait raison quand il m'avait affirmé que ce n'étaient pas les liens du sang qui faisaient une famille. J'avais eu des amis en or, et je les avais chassés de ma vie à coups de pied.

L'inspecteur se leva le temps de héler un des agents dans le couloir. Un policier se présenta à mes côtés, et je me redressai, prêt à le suivre. On marcha côte à côte jusqu'à arriver devant une série de cellules. Certaines étaient déjà occupées, et je voyais des corps endormis sur les bancs. L'homme m'indiqua d'entrer d'un signe de tête et referma à clé derrière moi. Comme les autres détenus, je n'eus pas d'autre choix que de me poser et d'attendre.

Je cognai l'arrière de mon crâne contre le mur derrière moi. J'étais seul face à mes actes, avec mes remords. Je me revoyais démolir Edan. Chaque impact me dégoûtait de moi-même. Puis je revis son visage tuméfié qui me souriait après la victoire de l'équipe… Je frottai mes paupières humides. J'avais chassé Kirsteen de ma vie alors que je l'aimais. Tout ça pour qu'elle ne découvre pas mon secret ! Pour ne pas lire la pitié dans ses yeux. Mais j'aurais dû tout lui raconter, au contraire. Elle m'aurait compris…

Perdu dans mes nombreux regrets, je n'avais pas vu le temps passer. J'entendais les protestations embrouillées des autres détenus quand on venait les chercher, mais je n'y accordais plus d'attention. Néanmoins, je levai la tête au bruit d'une clé qui tournait dans la serrure de ma cellule. Cette fois, c'était mon tour. On me ramena dans le bureau de McRae pour la fameuse confrontation. Edan avait dû arriver au poste de police. Je suivis l'agent, le visage rivé au sol et les épaules basses.

Un des sièges était déjà occupé par Edan en personne. Celui-ci m'examina avec un sourire bienveillant. Je clignai des yeux, comme un con. Merde, j'avais atterri dans un univers parallèle ou quoi ? Ce n'était peut-être qu'un leurre… Dans une seconde, il allait me sauter à la gorge et me rendre tous les coups qu'il avait reçus. Mais il se détourna en même temps que je m'asseyais.

— Inspecteur, je vous ai déjà donné le portrait de mon agresseur, et je peux vous assurer que ce n'est pas Harrow McCallum. L'homme qui s'en est pris à moi est plus petit et bien plus large. Dans mon souvenir, il n'était pas tout jeune…

Quoi ?! Je le fixai un instant, les yeux exorbités. Alors, c'était ça, l'aura de bienveillance que j'avais captée chez lui ? Depuis le début, il savait que c'était moi, le coupable, mais il avait affirmé le contraire pour me protéger. Pour me laisser une chance. Ému, je faillis chialer. Maintenant, je comprenais mieux pourquoi les flics n'étaient pas venus quadriller l'université! Et la raison pour laquelle l'inspecteur semblait contrarié, c'était que je ne correspondais pas à la description fournie... D'ailleurs, ce dernier se gratta de nouveau la barbe.

— Vous vous en tenez à votre version, même si M. McCallum ici présent affirme être l'auteur de votre agression?

— Je peux vous certifier que ce n'est pas lui.

— Alors, pourquoi s'est-il dénoncé de son plein gré?

— Harrow est mon ami, déclara Edan. Et il s'en veut terriblement pour cette agression qui m'a privé d'un match important, et il ferait *n'importe quoi* pour me remonter le moral! Même si je lui ai déjà dit que c'était la faute à pas de chance; il a du mal à me croire.

L'inspecteur fixa Edan droit dans les yeux.

— Tout ça n'est pas très clair...

— Je vous assure que ça l'est pour moi.

— Vous maintenez donc que ce n'est pas Harrow McCallum qui vous a agressé?

— Je suis formel! Ce n'est pas lui.

— Très bien... Vous pouvez partir tous les deux. Néanmoins, je ne dois négliger aucune nouvelle piste... Je ne manquerai pas de vous prévenir, monsieur Kennedy, si nous avions du nouveau. Et vous, rajouta-t-il sur un ton impérieux en se tournant vers moi, je vous rappelle que vous avez interdiction de quitter la ville au cas où nous devrions de nouveau vous interroger.

Je hochai machinalement la tête. Je ne serais donc pas poursuivi ? Tout du moins, pas dans l'immédiat. Je n'étais pas tout à fait tiré d'affaire, mais grâce à Edan, je bénéficiais d'un sursis. Soulagé, j'emboîtai le pas à mon ami, qui prenait la direction de la sortie. J'allais devoir lui présenter des excuses jusqu'à la fin des temps !

À quelques mètres du poste de police, je l'arrêtai.

— Attends… pourquoi tu m'as aidé après… ça ?

— Parce qu'au fond, je sais que tu n'es pas un mauvais bougre, McCallum… Je t'ai vu t'effondrer sous le poids de ta culpabilité le soir du match. Tu voulais tout arrêter. Et j'ai su que j'avais eu raison de n'avoir rien dit. Tu mérites qu'on te donne une seconde chance.

Edan avait toujours cru en moi.

— Merci pour ton geste, l'ami, tu m'as sauvé la vie, déclarai-je, ému au plus haut point de sa confiance. Je ne pourrai jamais assez te remercier…

— Promets-moi que tu ne déconneras plus !

— Je peux te le jurer… Hum, dis-moi, Campbell était au courant que c'était moi ?

— Oui.

— Je m'en doutais. Il avait un comportement tellement ambigu…

— Ça n'a pas été facile ! s'exclama Edan, avec une petite grimace. Il s'est d'abord insurgé quand je lui ai soumis mon plan. Mais j'ai réussi à le persuader de te donner ta chance sur le terrain. Et lui aussi t'a pardonné en fin de compte. Heureusement que tu as retrouvé le droit chemin ! Dans le cas contraire, tu m'aurais mis dans la panade, et j'aurais été obligé moi-même de te dénoncer à la police… Mais, tout va rentrer dans l'ordre, donc arrêtons de parler de cette affaire et allons rejoindre les autres.

Les autres ? Mon rythme cardiaque s'emballa. Et les larmes me montèrent aux yeux quand j'aperçus les visages des trois personnes les plus importantes de ma vie, qui patientaient de l'autre côté du trottoir. Leah et Kyle me scrutaient avec un air soulagé. Kirsteen aussi avait fait le déplacement. Elle semblait gênée, avec ses mains enfoncées dans les poches arrière de son jean et son corps qui se balançait doucement d'avant en arrière sur ses talons, mais, au moins, elle ne baissait pas les yeux, et ne semblait pas dégoûtée par ma personne. Un espoir s'alluma dans mon cœur. Tout n'était peut-être pas fini entre nous ! Ils m'avaient pardonné sans que je leur aie rien demandé... Leur générosité me toucha infiniment.

Leah m'ouvrit ses bras et je me précipitai pour la serrer dans les miens.

— Je t'aime, petit con !

— Moi aussi, ma petite connasse...

Puis ce fut autour de Kyle de m'enlacer par les épaules. Oh, mon Dieu ! Ça faisait tellement de bien de se sentir soutenu, et aimé par ma bande de potes ! Leur amitié sincère compenserait l'amour que je n'avais jamais reçu de la part de mes parents. C'était eux, les membres de ma famille, ceux qui me comprenaient, ceux qui m'acceptaient tel que j'étais.

Je me détachai de Kyle pour me tourner vers Kirsteen. Avec un sourire timide, elle aussi écarta ses bras pour m'accueillir. Je m'y blottis volontiers en caressant ses magnifiques cheveux. Je lui murmurai :

— Je suis tellement désolé, ma petite carotte adorée. J'ai vraiment déconné. Je te demande pardon pour tout ce que j'ai dit ! Je n'en pensais pas un mot. Je t'aime, Kirsteen…

— Oh, Harrow, chuchota-t-elle en retour.

Les barrières cédèrent sous le trop-plein d'émotions et je me mis à sangloter contre elle. Je m'étais conduit comme le dernier des crétins avec elle. Elle avait été un dommage collatéral. Je l'avais aussi rendue responsable de mes problèmes familiaux, alors qu'elle n'avait rien à avoir avec ça ! Je m'essuyai les yeux, tout en me détachant. Comment allait se passer la suite ?

Leah lança à la ronde :

— Et si on se taillait d'ici ?

— C'est pas de refus ! renchérit Kyle.

Je me tournai vers Kirsteen.

— Tu viens avec nous ?

— Non… Je crois que je vais vous laisser…

Je m'apprêtai à protester, quand je sentis l'atmosphère subitement changer autour de moi. J'observai mes amis ; leurs regards sérieux étaient fixés sur un point derrière moi. Je tournai la tête pour voir ce qui pouvait tant les passionner. Mes parents marchaient vers nous, ou plutôt fondaient sur moi, en des pas rageurs. Mon humeur s'assombrit lorsque je vis leur visage fermé. Qu'est-ce qu'ils fichaient là ? Comment m'avaient-ils retrouvé ? Je croyais qu'ils n'en avaient plus rien à foutre de moi ! Tout à coup, je compris qu'ils avaient été mis au courant de l'agression et de ma confession. Est-ce que c'étaient les flics qui les avaient prévenus ? Pourtant, j'étais majeur. De quoi se mêlaient-ils ?

Je me détachai du groupe pour leur barrer le passage. Ma mère s'arrêta devant moi, les traits crispés et la bouche pincée par la fureur. Sa respiration saccadée, semblable à celle de mon père qui se tenait à côté d'elle, trahissait également une colère qui ne demandait qu'à exploser. Je savais que les insultes allaient pleuvoir. Ne ferais-je pas mieux de partir, dans ce cas ?

— Vous êtes venus, cette fois ?

— Ce que tu as fait est trop grave pour qu'on se taise ! attaqua ma mère, en me foudroyant du regard pour mon impertinence. Tu ne peux pas imaginer notre extrême surprise quand la mère d'Edan nous a incendiés au téléphone pour… cet acte ignoble !

— Et vous avez aussitôt accouru pour m'enfoncer plus bas que terre, pas vrai ! ironisai-je.

— Ne sois pas insolent !

Sans crier gare, ma mère me gifla à toute volée. Ma joue devait être aussi rouge qu'une tomate, puisque je sentais les pulsations battre sous ma peau douloureuse. Je ne réagis pas et restai les bras ballants. Perdu pour perdu, je n'avais pu m'empêcher de les provoquer. Je l'avais mérité, mais c'est bien la dernière fois qu'elle me touchait.

— Je savais que je n'aurais pas dû avoir un deuxième enfant, déclara ma mère, haineuse. Colin comblait toutes nos attentes, et il a fallu que tu viennes gâcher notre harmonie ! Tu étais un accident, j'aurais dû avorter. Mais non, ton père a insisté pour t'avoir. Maintenant, il s'en mord aussi les doigts. Et pour répondre à ta question : oui, c'est toi qui aurais dû mourir dans cet accident de voiture, pas Colin ! vociféra-t-elle, les yeux pleins de larmes. Pourquoi nous a-t-on enlevé notre fils chéri alors que tu es toujours en vie ? Non seulement tu salis la mémoire de ton frère, mais tu es devenu un voyou ! Tu as toujours été en dessous de tout, mon pauvre Harrow, mais, en t'en prenant à Edan, tu nous as démontré que tu pouvais tomber encore plus bas. Nous avons tellement honte de toi !

— Eh bien, soyez contents, vous n'avez plus de fils.

Le menton de ma mère se redressa.

— Après tes paroles malveillantes et ton geste inqualifiable, tu n'existes plus pour nous, tu m'entends ? Nous ne voulons plus rien à voir à faire avec toi !

Je contractai les mâchoires pour réprimer une réponse cinglante. Si je n'avais pas compris lors de notre dernière dispute que je ne faisais plus partie de la famille, cette fois, c'était on ne peut plus clair. Je n'existais plus à leurs yeux. Mais n'était-ce pas ce qu'ils avaient toujours fait : oublier mon existence ? Pour eux, j'avais toujours été transparent. Bizarrement, je me réjouissais de cette rencontre, qui avait le mérite de trancher mes derniers liens avec eux. Leur rejet ne m'atteignait plus. Ce fut même le cœur plus léger que je me détournai pour rejoindre mes amis.

Leah leva un sourcil et renifla de mépris.

— Avec de tels parents, il vaut mieux ne pas en avoir du tout ! s'écria-t-elle, assez fort pour être entendue. Tu seras beaucoup plus heureux sans eux.

D'ailleurs, tous mes amis fusillaient mes parents du regard. Kirsteen les défia en attrapant ma main et en entrelaçant ses doigts aux miens. Elle aussi arborait un air de supériorité à leur encontre, l'air de dire : « Vous ne savez pas ce que vous perdez!» Quant à Edan, il m'adressa un sourire embarrassé.

— Ma mère était avec moi quand la police m'a appelé. Je lui ai demandé de ne pas se mêler de cette affaire. Désolé, je ne pensais pas qu'elle se plaindrait à la tienne… Je lui en toucherai un mot en rentrant.

— Ne t'excuse pas pour ça. Tu as tellement fait pour moi!

Je lui tapotai doucement l'épaule pour le rassurer.

Kyle intervint pour détendre l'atmosphère :

— Hey, il est plutôt sympa, le friqué!

On rit à son trait d'humour.

C'était le monde à l'envers! Edan m'avait évité de passer par un jugement au tribunal, une inscription de mon délit au casier judiciaire et, sûrement, une amende pour l'outrage et les dommages subis; c'était ma faute s'il était dans un sale état, et il me présentait tout de même des excuses! Mon Dieu, j'avais vraiment des amis sincères! Leur soutien faisait tant de bien que mon cœur se gonfla d'allégresse. Grâce à leur amitié indéfectible, je me sentais capable de me reconstruire.

— On se donne rendez-vous chez moi? suggéra Leah.

— Je vous rejoins, répondis-je, j'ai besoin de parler avec Kirsteen.

— OK, à toute!

J'aimerais retourner dans Holyrood Park pour discuter en terrain neutre. Je m'y dirigeai avec une Kirsteen frappée de mutisme à mes côtés. On s'assit sur un banc. Le silence s'étira entre nous, car aucun de nous ne se décidait à le briser. Notre rupture avait cassé notre belle complicité. On avait été si bien ensemble! Était-ce trop tard pour recoller les morceaux? Je lui avais avoué mon amour, mais elle n'y avait pas répondu. Peut-être avais-je tué en elle toute affection pour moi? Sans elle, ma vie n'avait plus aucun sens…

J'admirai son beau profil et la courbe de ses lèvres, qu'elle mordillait avec nervosité.

— Kirsteen, je dois rester à Édimbourg pour les besoins de l'enquête, mais après… rien ne me retient ici, à part toi… Je n'ai plus de toit, je n'ai plus de famille. Si tu me dis que tu ne veux plus de moi, je partirai… On sera amenés à se côtoyer et ce sera trop dur pour moi de te voir et de ne plus pouvoir te toucher.

— Tu m'as fait très mal, Harrow. Je n'arrête pas de me passer tes paroles blessantes en boucle depuis que je t'ai quitté. Je t'en veux terriblement de t'être foutu de ma gueule! Tu es sortie avec moi uniquement pour atteindre Edan…

— Non, ce n'est pas vrai! Tu me plaisais bien avant.

— Leah et Kyle m'ont expliqué tes motivations. Quand je vois le mépris avec lequel tes parents te traitent, je peux comprendre pourquoi tu as agi de la sorte – pour gagner leur amour –, même si je ne cautionne pas tes actes. Mais comment croire à nouveau en ta sincérité? Il me faudra du temps pour te pardonner.

— Je saurai attendre, parce que tu en vaux la peine.

Kirsteen lâcha un petit rire.

— Tu vas devoir ramer grave, mon vieux!

— Je veux bien le croire.

— Prépare-toi à passer une série de tests plus difficiles les uns que les autres!

 288

— Je ne demande que ça, ma chérie. Mets-moi à l'épreuve…

— Compte sur moi!

— Et tu vas prendre ton pied à me le faire payer?

— Comme jamais, McCallum!

Je souris en coin. Ses paroles de défi réchauffèrent mon cœur glacé.

— Je t'aime, Kirsteen. De cela, tu peux en être certaine.

— Tu devras me le répéter très souvent pour que je te croie…

— À chaque minute, s'il le faut!

— Reste près de moi, Harrow… Ne pars pas. Ne me quitte pas. Je ne supporterai pas non plus d'être loin de toi. Tu peux être fier de toi, McCallum, car, malgré tout ce qui s'est passé, malgré ton caractère de connard, tu as réussi à me faire tomber amoureuse de toi!

Un véritable incendie embrasa ma poitrine. Sa déclaration fit se hérisser les poils de mes avant-bras. Kirsteen m'aimait aussi! Je la dévisageai intensément et me noyai dans ses beaux yeux verts, scintillants de larmes contenues. Doucement, mes mains remontèrent pour encadrer ses joues. J'approchai ma bouche et hésitai à la poser sur ses lèvres tremblantes. Elle fit le reste du chemin. Notre baiser fut délicat, aussi fragile que notre relation, qui n'avait tenu qu'à un fil.

Après avoir embrassé ses lèvres avec vénération, je m'éloignai. Elle déposa sa tête contre mon épaule. J'encerclai sa taille et la pressai tout contre moi. Je ne la laisserais plus m'échapper. Mon Dieu, j'avais cru ne plus jamais ressentir cette plénitude! Sans elle, j'étais incomplet. J'avais retrouvé ma deuxième moitié pour former un tout.

— Je t'ai vue avec Edan lundi soir quand je suis venu te chercher et je suis devenu comme fou! Tout s'est embrouillé dans ma tête, et j'ai pété les plombs. J'ai préféré croire qu'il ressemblait à mon horrible frère, et qu'il allait te voler à moi pour me faire souffrir. C'était une excuse pour le tabasser…

— Le soir où tu nous as vus ensemble, j'étais en train de lui expliquer ma sortie catastrophique à la patinoire avec toi. Et je lui ai demandé de me donner des cours de patinage en privé…

— Oh mon Dieu, Kirsteen!

— J'ai profité que tu sois malade pour m'entraîner avec lui, mardi soir…

— Oh, merde! m'exclamai-je, mort de honte.

C'était pour ça qu'il était rentré tard…

— C'était censé être une surprise, poursuivit-elle. Je t'avais dit que tu regretterais un jour tes paroles, McCallum. Je voulais t'épater en te montrant mes progrès sur la glace. Avoue qu'être la petite amie d'un joueur de hockey et ne pas savoir tenir sur des patins, ça craint, non? Ça ne m'avait jamais travaillée quand j'étais avec Edan, mais, avec toi, c'était différent.

— Tu as fait ça pour moi, et j'ai tout gâché…

— Tu étais aveuglé par ton objectif.

— C'est fini. J'ai retrouvé toute ma tête. Je vais démarrer une nouvelle vie…

Kirsteen poussa un soupir.

— Tu as dit que tu n'as plus de toit… Où as-tu dormi la nuit dernière?

 290

— Dans… ma voiture.

— Tu vas demander à Leah de t'héberger ?

— Sincèrement, je ne sais pas. Je les ai déjà trop sollicités.

— Tu vas faire quoi à propos de tes études ?

Je soupirai à mon tour.

— Je vais laisser tomber la fac pour l'instant. On verra à la rentrée prochaine. Si ma situation s'est améliorée, je referais ma première année. Ne t'inquiète pas, je vais me débrouiller.

Kirsteen s'éclaircit la gorge.

— Hum, si… si tu veux, tu peux venir habiter avec moi… Il y a une deuxième chambre chez ma grand-mère que tu pourrais occuper.

— C'est vrai ? m'exclamai-je, plein d'espoir.

Elle se redressa aussitôt pour me fusiller des yeux.

— Ça ne veut pas dire que tu ne vas pas galérer pour me récupérer !

— J'en suis sûr… Merci, mon amour.

Je me remis debout et lui tendis la main. Elle me la donna et je portai ses doigts à ma bouche pour les embrasser, puis les entrelaçai pour ne plus m'en détacher. Je lui étais reconnaissant de redonner une chance à notre histoire. Je levai les yeux vers le ciel. Des rayons du soleil perçaient à travers les lourds nuages gris. N'était-ce pas un bon présage pour démarrer une nouvelle vie ? Après avoir traversé tant de tempêtes, je connaissais enfin le beau temps.

ÉPILOGUE
Harrow

Sept ans plus tard

Je souris face à l'objectif du téléphone qui nous mitraillait. Kirsteen n'arrêtait pas de nous photographier avec son smartphone à chaque sortie au parc. On adorait voir notre petit bout changer au fil des semaines. Et dire qu'il ne savait que ramper il y a quelques mois à peine ! À présent, il cherchait la moindre occasion pour se mettre debout. À la maison, il avait un trotteur à sa disposition pour se déplacer, mais, à l'extérieur, nous étions obligés de le tenir par les mains pour qu'il puisse marcher. De toute façon, la place que je préférais pour notre aventurier en herbe était encore dans mes bras. Son besoin d'indépendance pouvait attendre un peu. Malgré ses protestations bruyantes, je le soulevai dans un rire joyeux et le serrai tout contre moi. J'embrassai avec tendresse sa joue potelée, humide de larmes et rouge de colère. Même grognon, mon fils était vraiment à croquer!

— Harrow, arrête de l'embêter. Viens voir maman, mon chéri! fit Kirsteen, toute mielleuse, en tendant ses bras vers notre petit amour.

Après un dernier baiser gourmand, je lui donnai notre fils. Elle caressa ses boucles brunes, tout en lui parlant doucement pour le consoler. Nous étions tous les deux gagas de notre garçon. Ses yeux verts débordaient d'affection dès qu'ils se posaient sur lui. Quant à moi, un sentiment de fierté m'envahissait chaque fois que je les observais. Quand je pensais que j'avais failli tout gâcher avec elle, sept ans plus tôt!

Ce souvenir en appela d'autres, et je me repassai les évènements qui avaient suivi notre discussion dans Holyrood Park. Nous étions allés rejoindre nos amis à l'appartement de Leah, où nous avions fêté ma «libération» dans tous les sens du terme. J'avais encore présenté mes excuses à tout le monde pour mon comportement inqualifiable, et tout s'était terminé dans la joie et la bonne humeur. Nous n'avions plus jamais reparlé de cette affaire, mais elle m'avait marqué à jamais. Elle m'avait servi de leçon.

J'avais appréhendé mon arrivée chez Morag, la grand-mère de Kirsteen. Sa petite-fille l'avait mise au courant de notre rupture sans plus de détails. Heureusement!

Parce que si elle avait su, elle m'aurait chassé à coups de fusil au cul! Kirsteen lui avait expliqué que je me retrouvais sans domicile et qu'on s'était rabibochés. Grâce à ma belle rouquine, non seulement j'avais pu de nouveau avoir un toit au-dessus de la tête, mais j'avais pu envisager de retourner à l'université. Comme elle, j'avais pris un petit job à côté. Et on avait bossé deux fois plus dur pour décrocher notre diplôme. À présent, on pouvait être fiers de nous : on avait tous les deux une bonne situation.

Pourtant, les premiers temps après mon emménagement avec Kirsteen avaient été difficiles. L'avoir si près, mais si loin me tuait! Nous avions fait chambre à part pendant près de trois mois, le temps qu'elle me fasse de nouveau confiance. Je m'étais démené pour lui prouver chaque jour que j'étais digne d'elle, redoublant d'attentions à son égard. L'attirance toujours palpable entre nous avait grandement contribué à notre tendre réconciliation. J'étais peut-être un connard, mais un connard irrésistible! Je me souvenais encore du jour où elle était revenue vers moi. Nous n'avions pas eu besoin de mots pour nous comprendre. Sans l'autre, elle comme moi n'étions qu'une coquille vide. Cette nuit-là, je lui avais fait des promesses de bonheur entre des larmes, des baisers passionnés et des confessions intimes.

Je m'ébrouai; cette sombre période d'incertitude était derrière nous. Kirsteen se rendit compte que je les enveloppais d'un regard empli d'amour. Elle s'approcha alors de moi et leva son visage vers le mien. Nos lèvres se touchèrent, se soudèrent. Notre baiser s'approfondit.

Lorsque je glissai ma langue dans sa bouche pour la goûter plus intensément, nos souffles se mélangèrent. Tout en m'évertuant à lui faire perdre la tête, j'en profitai pour enlacer notre fils et le lui enlever des bras.

Kirsteen gronda après s'être détachée de moi ; elle n'approuvait pas ma tactique déloyale pour m'approprier Finlay. Sauf qu'elle ne se privait pas d'employer des moyens tout aussi tordus pour me le chiper ! C'était notre passe-temps favori. Entre nous, notre petit bonhomme ne manquait pas d'amour. Pour autant, nous ne le couvions pas à l'excès ; nous le laissions parfois jouer seul, tout en le surveillant discrètement. J'avais appris des erreurs de mes parents. Je n'avais pas non plus la hantise d'avoir un deuxième enfant. Nous l'aimerions tout autant que son aîné. Comment mes parents avaient-ils pu se montrer aussi injustes envers un être innocent ?

En parlant d'eux, après avoir rompu tous liens «physiques» avec mes parents en quittant leur toit, j'avais décidé quelques semaines plus tard de couper les ponts d'une manière plus symbolique. La loi britannique autorisait facilement le changement de nom. De ce fait, j'avais très vite pu entamer une procédure pour adopter un autre patronyme. Mes parents ne m'avaient jamais considéré comme leur fils. Sur mon acte de naissance, je m'appellerais toujours Harrow McCallum, mais, après que la cour de justice eut validé ma demande officielle, mon ancien nom de famille avait disparu de mes autres pièces d'identité. Pour tout le monde, j'étais devenu Harrow Scott. Un homme délivré de son passé de fils cadet mal-aimé.

Le rire de Kirsteen me ramena de nouveau au moment présent. Elle avait retrouvé sa bonne humeur et repris sa séance de shooting de ses modèles préférés. Toutefois, ses yeux s'arrondirent quand elle consulta l'écran de son téléphone.

— Harrow, s'exclama-t-elle, il va falloir rentrer si on ne veut pas être en retard à la soirée de fiançailles d'Edan.

— OK! Allez, trésor, tu as entendu maman, on rentre à la maison.

Le soleil se couchait déjà à l'horizon. Nous étions restés un long moment au parc pour profiter du grand air. Nous travaillions toute la semaine, alors, le week-end, nous consacrions la majeure partie de notre temps libre à notre fils. Nous nous réservions l'autre partie pour la passer en amoureux. Ce soir, ce serait Morag, son arrière-grand-mère, qui viendrait à la maison pour le garder. Cette dernière avait déménagé en colocation chez sa meilleure amie d'enfance, Fiona, pour nous laisser la maison rien qu'à nous. J'avais procédé à quelques travaux pour la moderniser et, à présent, c'était notre cocon. Il y avait une deuxième chambre…

Je traversai le parc, Kirsteen à mes côtés. Contrairement à moi, elle ne put s'empêcher de se raidir lorsque nous passâmes devant un homme assis sur un banc. Je jetai à peine un coup d'œil à mon père, qui nous dévorait du regard. J'appliquai à la lettre les phrases si dures qu'il m'avait lancées autrefois à la figure. Je n'existais plus à ses yeux, comme il était devenu transparent aux miens. Pourtant, j'avais été surpris quand il m'avait recontacté, après un silence radio de plus de cinq ans.

Il m'avait intercepté devant chez moi, dès que j'étais descendu de voiture. J'avais été si étonné de le voir que j'avais cligné des yeux durant quelques secondes, croyant à une apparition. Puis la méfiance avait remplacé la stupéfaction. Devant mon attitude défensive, mon père s'était dépêché de me délivrer son message : il voulait me donner rendez-vous dans un café pour discuter. Mon incompréhension s'était accentuée. Que me voulait-il ? Pour ma part, tout avait été dit entre nous. Mon premier réflexe avait été de refuser, mais ma curiosité avait été la plus forte. Je l'avais trouvé plus vieux que ses cinquante-cinq piges. Il s'était également voûté avec l'âge ; il devait toujours porter le poids du chagrin sur ses épaules.

Quand je m'étais installé en face de lui dans le café en question, toute son attention était concentrée sur ses poings serrés sur la table. Énervé, j'avais pincé les lèvres. Pourquoi avait-il demandé à me voir, s'il répugnait tant à poser ses yeux sur moi ? C'était une erreur d'avoir accepté ! Je m'étais attendu à beaucoup de choses de sa part, mais sûrement pas à ce même mépris. Il avait peut-être changé physiquement, mais, pour le reste, il était resté le même ! Il ne me pardonnerait jamais d'avoir osé salir la mémoire de son fils adoré.

J'avais eu plus que ma dose d'humiliations pendant dix-huit années sous son toit, et je ne comptais pas en supporter davantage. Sans un mot, j'avais alors glissé de ma place dans l'intention de me barrer. J'avais hâte de m'éloigner de mon père pour courir retrouver Kirsteen, mon havre de paix. Mais, au dernier moment, mon père m'avait retenu en me demandant à voix basse de rester. Il avait enfin descellé ses lèvres.

— Comme chaque année au printemps, ta mère et moi sommes allés nous recueillir sur la tombe de Colin à Glasgow. Cette fois, j'ai profité de notre passage pour… aller discuter avec les anciens amis de Colin…

Ah, c'était ça! Je pigeais mieux son malaise. Cela ne devait pas être évident de se rendre compte qu'on s'était trompé pendant tout ce temps… Je n'avais rien répondu, me contentant de regarder par la vitrine. Kirsteen, qui avait tenu à m'accompagner, patientait au volant de sa voiture.

— Et tu avais raison, Harrow, avait-il ajouté dans un souffle. Ils m'ont tout raconté… Colin prenait diverses drogues depuis un certain temps déjà. Pour supporter la pression de… ses parents. Cette soirée fatidique, ils étaient tous trop défoncés pour se rendre compte qu'ils auraient pu tous mourir. Après que ta mère les avait menacés de porter plainte contre eux pour diffamation, ils ont décidé de changer leur version des faits. Ils se sont attribué la responsabilité… Pour blanchir la mémoire de Colin. Pour apaiser le violent chagrin d'une mère.

J'avais écouté sa confession d'une oreille absente, trop occupé à contempler ma merveilleuse femme. J'étais présent physiquement dans ce café devant lui, mais mon esprit était parti à mille lieues de là. Elle m'avait annoncé qu'elle attendait un bébé… Notre bébé! Et c'était tout ce qui m'importait. Après un mariage en petit comité, elle dans une splendide robe blanche et moi en tenue traditionnelle, nous allions fonder notre propre famille. Le fait d'avoir eu raison contre mes parents ne me procurait aucune joie. Mon père était devenu un étranger. Je n'éprouvais plus rien pour lui.

— Ils m'ont aussi raconté des choses… horribles sur ce que ton frère te faisait subir, poursuivit-il avec des sanglots dans la voix. Notamment, que c'est Colin qui t'a forcé à boire le soir où on t'a retrouvé ivre… Mon Dieu, tu avais à peine onze ans, et on t'a engueulé et puni alors que tu hurlais que ce n'était pas ta faute… Et la fois où tu es tombé de l'arbre en te cassant une cheville parce qu'il s'était amusé à retirer l'échelle quand tu t'apprêtais à descendre…

Mon père avait essuyé ses paupières rougies et ses joues trempées de larmes. C'était la première fois que je le voyais pleurer sur mon sort. S'il savait, il en verserait des torrents ! Ce que les autres avaient vu n'était que la partie émergée de l'iceberg. Il y avait eu tant d'autres fois où je m'étais fait martyriser dans l'ombre… Mais à quoi cela me servirait-il de l'accabler davantage ?

— J'en ai parlé à ta mère, mais elle refuse toujours d'entendre la vérité… Pour elle, Colin est irréprochable. La vérité, c'est que nous avons mal élevé nos enfants. Que ce soit avec toi ou avec Colin, nous avons échoué. Pour Colin, il est trop tard, mais toi, tu es toujours là… Je te demande pardon pour tout le mal que nous t'avons fait en t'accusant injustement… Oui, je reconnais mes torts. Je suis tellement désolé de n'avoir pas vu ce qu'il se tramait dans mon dos. J'ai entamé une procédure de divorce d'avec ta mère. Notre couple ne rimait plus à rien. Six ans après la mort de Colin, j'estime qu'il est temps d'avancer. D'ailleurs, j'ai rendez-vous avec un psychologue la semaine prochaine pour commencer une thérapie… Sache que je regrette tellement d'avoir été aussi aveugle face à ton mal-être…

Durant mon enfance, j'avais tant de fois rêvé d'entendre ces excuses! Maintenant qu'il me les avait présentées d'un air si contrit que je ne pouvais pas douter de sa sincérité, je n'en avais plus rien à foutre. J'avais effacé de ma mémoire ces souvenirs pénibles. J'avais simplement tourné la page.

Après l'avoir poliment remercié pour ces explications, je l'avais quitté sans un regard en arrière. Dès que j'avais grimpé dans la voiture, Kirsteen avait étudié mes traits avec une lueur d'inquiétude au fond de ses pupilles vertes, pour y déceler d'éventuels dégâts. Je l'avais prise dans mes bras, embrassée éperdument, avant de tout lui déballer. J'avais été si indifférent à la présence de mon père que j'en avais tout d'abord été effrayé, mais c'était un réflexe défensif. J'avais érigé de tels murs autour de moi, de peur d'être de nouveau blessé, que je ne savais plus comment les abattre. Compréhensive, elle avait hoché la tête, et m'avait conseillé de me laisser le temps de digérer ce revirement de situation. Mon père m'avait tendu la main ; à moi de décider si je l'attraperais un jour ou la rejetterais définitivement.

Le temps effacerait probablement ma douleur, et un jour viendrait peut-être où je lui accorderais une seconde chance, comme j'en avais moi-même bénéficié… Cependant, presque deux ans plus tard, je n'avais pas envie de faire la paix avec lui. Et je ne m'en sentais pas coupable. Je ne lui avais pas reparlé depuis notre unique tête-à-tête dans ce café, et il ne m'avait pas non plus abordé, même quand je l'avais revu au parc l'année précédente.

J'avais néanmoins appris que le divorce de mes parents avait été prononcé. Mon père se retrouvait donc seul à présent. Raison pour laquelle il cherchait d'autant plus à se rapprocher de moi. Je savais aussi qu'il mourait d'envie que je lui présente son petit-fils, mais je ne me résignais pas encore à le faire entrer dans ma vie, étant donné la manière brutale dont il m'avait expulsé de la sienne. Je n'oubliais pas que j'avais quitté leur maison dans un silence de plomb alors qu'ils étaient retournés dans leur chambre pour pleurer leur fils décédé.

Une fois de plus, je dépassai donc l'homme sur le banc sans lui avoir adressé la moindre parole. Durant les sept années qui s'étaient écoulées, j'avais réussi à trouver ma place, un équilibre. J'étais épanoui entre mon travail, mes amis, ma femme et, maintenant, mon adorable fils. Ils avaient su m'aimer sans que j'aie à réclamer leur amour. Alors que je ne comptais plus les innombrables bons moments passés en leur compagnie, je n'avais aucun souvenir particulièrement heureux avec mon père. Il avait passé tout son temps avec mon frère, en me laissant de côté.

En parlant de moments joyeux, nous étions ce soir invités aux fiançailles d'Edan. Après sept ans de relation, nos amoureux s'étaient enfin décidés à se dire oui. Cela ne pouvait que réjouir leurs parents respectifs, qui avaient tellement attendu ce dénouement! Quand Kirsteen l'avait «quitté» pour moi, Edan s'était retrouvé sans excuse pour ne pas rencontrer la fille des amis de ses parents. À présent, leur mariage était prévu pour le début de l'été.

Parfois, l'équipe universitaire de hockey se reformait le temps d'un match. Nos amis respectifs ne manquaient jamais ces rencontres « amicales » ; le hockey était toujours un sport nerveux, mais je n'avais plus cette haine enfouie en moi. Je me défoulais sur la glace uniquement pour le plaisir, avec du respect pour les autres joueurs. Quand je repensais à mon ancienne attitude arrogante, je me rendais compte que j'étais vraiment un petit con ! Mais, heureusement, tout ça appartenait au passé.

Lors de la dernière rencontre amicale, Leah avait répondu présente, plus pour papoter avec ma femme et la copine d'Edan que pour l'amour du jeu. Elle attendait un enfant ; l'accouchement était prévu pour dans quatre mois. Elle avait épousé son professeur et, à ce titre, elle était également devenue la belle-mère de Maisie. La grossesse l'avait transformée. Elle conservait son petit caractère, mais elle était beaucoup plus posée.

Kirsteen tenait notre fils sur ses genoux. Lorsque j'étais passé devant eux, Finlay s'était mis à s'agiter en poussant des cris suraigus, comme s'il reconnaissait son père. Je lui avais fait une grimace derrière la grille de mon casque. Ma femme avait secoué la tête de dépit. Je lui avais alors lancé un baiser de ma main gantée, avant de me concentrer sur le match.

Derrière les trois femmes, Kyle et Liam étaient en grande discussion. Malgré tout, Kyle avait pris le temps de m'adresser un clin d'œil complice. Ces deux-là filaient le parfait amour, après s'être de nouveau retrouvés en tête-à-tête pour une autre explication. Quelques jours après avoir découvert que je sortais avec une fille, Liam avait recontacté Kyle pour lui dire sa façon de penser ! Ils s'étaient violemment disputés, puis Liam avait fini par lui avouer qu'il n'était pas en couple, qu'il avait menti pour une question d'ego. Kyle avait alors pleuré de joie en éventant sa supercherie : je n'étais pas son petit copain. Par orgueil, ils avaient failli se perdre pour de bon !

Kyle et Liam avaient bâti leur amour loin de leurs familles respectives, aux préjugés homophobes. Tout comme pour moi, s'éloigner des gens toxiques pour se construire sa propre identité s'était révélée *la* solution. L'appartement de Douglas n'abritait plus deux, voire trois gamins paumés.

Je cessai de songer à mon passé, parce que mon présent était tellement éclatant ! Sur le chemin qui menait à notre voiture, je passai mon bras libre autour de la taille de Kirsteen et la serrai contre moi. J'embrassai d'abord la joue rebondie de mon fils, puis la tempe de ma femme.

— Je vous aime, mes deux amours !

Remerciements et Coordonnées

Vous venez de terminer la lecture de :

Second
UNE REVANCHE À PRENDRE

et je vous en remercie infiniment !

Si vous souhaitez me soutenir, prenez cinq minutes pour écrire votre avis sur votre lecture et déposez-le sur le site marchand ou sur des sites de lectures, ou tout simplement me l'envoyer ; un petit mot d'encouragement, ça fait toujours plaisir.

À bientôt pour de nouvelles aventures livresques !

Site marchand : *Amazon.fr*
Facebook : *Héloïse.Cordelles*
Instagram : *@heloise.cordelles_auteure*
Mail : *heloise.cordelles@gmail.com*
Site Internet : *https://www.heloisecordelles.fr/*

Printed in France by Amazon
Brétigny-sur-Orge, FR

19766798R00178